Les nouveaux antisémites

Nora Bussigny

Les nouveaux antisémites

Enquête d'une infiltrée dans les rangs de l'ultragauche

Albin Michel

À Régine Skorka, déportée, résistante,
témoin au procès de Klaus Barbie,
et auprès de laquelle je me suis engagée
au Mémorial de la Shoah
à être « la mémoire de sa mémoire ».

Introduction

Il a suffi que je tente d'esquisser les premières lignes de cette enquête pour que l'actualité me rattrape. Force est de constater que lorsqu'on aborde la question de l'ultragauche en France, chaque jour apporte son lot de péripéties nouvelles. Telle une mauvaise série, les rebondissements, les cliffhangers et autres twists s'enchaînent jusqu'à la nausée. Manifestations, groupes de parole (mixtes ou non), blocages de facultés, ateliers banderoles, happenings, conférences, appels au boycott, prises de position tonitruantes, provocations martèlent le quotidien d'une partie des Français.

Rompant les digues fragiles du vivre-ensemble, le 7 octobre 2023 a permis au grand fleuve de l'ignominie d'emporter tout sur son passage. Il ne sera pas ici question de m'épancher sur tout ce que j'ai pu ressentir le jour du pogrom, beaucoup s'y sont livrés avant moi et bien mieux que je ne pourrais le faire. Il ne sera pas non plus ici question de proposer un tome II des *Nouveaux Inquisiteurs*[1], paru trois semaines avant cette date fatidique et qui racontait mon année d'immersion dans les milieux

1. Nora Bussigny, *Les Nouveaux Inquisiteurs*, Albin Michel, 2023.

militants que l'on qualifie de « woke ». Non, ce nouveau livre s'adresse plutôt à ceux qui, comme moi, veulent comprendre ce qui se cache derrière une instrumentalisation de la question palestinienne par les militants politiques de l'ultragauche. Certains me rétorqueront – avec une dose d'agressivité ou de naïveté – que cette attitude n'est que le signe d'une forme d'« empathie »... Mais celle-ci est à ce point sélective qu'elle n'est en rien spontanée et qu'elle relève au contraire d'une démarche concertée, pensée, dont le but avoué est d'instaurer en France un état de guerre permanente, un climat de lutte et d'exacerbation, une longue marche vers le chaos. En allant quotidiennement sur le terrain, mes doutes sont devenus certitudes, mes craintes se sont transformées en frayeurs.

Durant une année entière, j'ai donc participé, en toute discrétion, à des manifestations, des rencontres, des discussions en ligne. J'ai enquêté dans les campus de Columbia et de Sciences Po ainsi que dans nombre d'universités françaises. J'ai applaudi à côté de foules hystérisées à l'apologie du terrorisme. J'ai participé à des manifestations féministes et, dans des salles municipales, dialogué, en toute impunité, avec les membres d'une organisation interdite dans de nombreux pays pour ses liens étroits et avérés avec le terrorisme. J'ai scandé contre le « génocide » et pour la « résistance » palestinienne, évidemment armée, lors de manifestations censées défendre les droits des femmes et des personnes LGBT, sans qu'à aucun moment il soit fait mention des homosexuels torturés et assassinés, au nom de la charia, dans la bande de Gaza administrée par le Hamas.

Depuis des années, l'ultragauche martèle son désir d'une convergence des luttes. Cette période charnière qui parviendrait à unir antifascistes, associations islamistes, militants LGBT, étudiants et féministes décoloniaux… Depuis le 7 octobre 2023, leur fol espoir s'est consolidé. Cette convergence des luttes est parvenue à s'opérer autour d'un ennemi commun, celui dont George Orwell dit avec justesse qu'il « fédère ». C'est cet *ennemi commun* qui m'a permis de voir des islamistes siéger à côté de féministes « révolutionnaires » dans une salle municipale ou des militants LGBT « twerker » lors de défilés en soutien au Hamas dans les rues de Paris. Cet *ennemi commun* a un nom : c'est le juif, ou plutôt le « sioniste ». Il cristallise, obsède, galvanise les foules qui appellent à la révolution ou, oserai-je l'écrire, à l'intifada, de Paris à Gaza.

En 2023, la mort du jeune Nahel Merzouk, tué par un policier lors d'un délit de fuite, avait entraîné plus d'une semaine d'émeutes du 27 juin au 7 juillet. Cinquante mille émeutiers ont dégradé plus de 550 communes, 3 625 personnes ont été placées en garde à vue parmi lesquelles 1 124 mineurs, et 700 policiers ont été blessés, on déplora aussi 3 morts. Cet épisode dramatique suscita un sondage effectué par la Fondation Jean-Jaurès[1] dont le résultat fut sans appel : 77 % des Français interrogés témoignaient de leur soutien aux forces de l'ordre et 72 % estimaient que les pouvoirs publics avaient été « dépassés par une situation qu'ils ne maîtrisaient pas vraiment ».

Aujourd'hui, la question palestinienne décuple l'affaire Nahel, un sujet des plus fédérateurs et des plus inflammables. Sa capacité de mobilisation des Français, tous milieux sociaux confondus, et plus particulièrement de ralliement d'une génération Z, estudiantine, militante et surtout « primo-votante » pour les prochaines élections

1. Craplet, Christelle, « Émeutes urbaines de juin-juillet 2023 : une empreinte durable dans l'opinion ? », *Après les émeutes : Analyses et points de vue*, Fondation Jean-Jaurès, 6 décembre 2023.

municipales de 2026 et la présidentielle de 2027, est une donnée qu'il ne faut jamais perdre de vue, et qui m'a guidée durant toute mon enquête. Ceux qui connaissent mon travail savent que je privilégie toujours les faits. Caméra au poing, j'ai plongé au cœur des manifs, des regroupements, des boucles Telegram, invitant parfois le lecteur dans les coulisses de mes articles. Ma conclusion tient en peu de mots : certes, je ne culpabilise plus, en écrivant ces lignes, comme j'avais parfois pu le faire lors de la préparation de mon précédent livre, mais mon inquiétude ne cesse de grandir face à cet avenir placé sous le signe de la chasse aux juifs…

1
Les trans pour la Palestine

> « Mon corps n'est jamais vraiment mien qu'au bref moment où, marteau en main, adrénaline qui se mélange aux œstrogènes, je fracasse les vitres d'une banque ou d'un énième complice d'un génocide colonial[1]. »

En 2018, *Courrier international* publiait un article révélateur intitulé « Être gay à Gaza »[2]. On y apprenait comment le Hamas traque les homosexuels sur les réseaux sociaux afin de les emprisonner. « Le pire, c'est lorsqu'on organise une rencontre. Ton correspondant peut très bien être un agent du Hamas. Il faut jouer serré, ne pas se livrer et placer le correspondant dans une position telle que c'est lui qui doit montrer patte blanche », témoigne l'un des Gazaouis. Pourtant, depuis le 7 octobre 2023, la communauté LGBT est plus que jamais disloquée, comme vivant dans deux réalités totalement différentes : d'un côté, les militants LGBT, juifs ou non, blancs ou non, accusés de « sionisme » ou encore d'« homonationalisme » du fait de leur complicité avec un « génocide » en Palestine. De l'autre, l'ultragauche, très engagée, et c'est indéniable, contre les discriminations LGBT, mais qui n'arrive pas à percevoir que le décolonialisme qu'elle

1. Mary Nardini Gang, « Intimités criminelles », *Liberté, art et politique,* n° 341, 2024.
2. Liza Rozovsky, « Être gay à Gaza », *Courrier international,* 7 mars 2018.

porte à bout de bras entraînera sa chute et ne peut fonctionner avec des dynamiques progressistes.

Place de la République, Paris, samedi 5 mai 2024, 14 heures :

Je sors du métro et manque de heurter un homme qui porte une barbe naissante dissimulée sous son large keffieh. Il s'excuse d'un signe de la main, tout en distribuant des tracts sous l'immense drapeau palestinien qui accueille quiconque emprunte l'escalier. Me voilà de retour sur le terrain. J'avais attendu patiemment plusieurs mois après la sortie des *Nouveaux Inquisiteurs* pour me mettre à nouveau dans la peau de ma légende, pour tenter une immersion, pour me fondre dans la masse. Cette fois-ci, ni perruque rose ni faux piercing, j'ai opté pour un foulard qui dissimule mes longues boucles couleur auburn sans pour autant masquer la totalité de ma chevelure. Je le confesse volontiers : je refuse de porter un hijab, même pour les besoins d'une enquête. Franco-marocaine, je ne peux arborer ce que mes ancêtres ont voulu retirer ou refusé de porter, et, même si j'avais essayé, ma mère m'aurait très certainement sermonnée en arabe comme elle le fait souvent : « *Hayyed hada !*[1] »

Alors que je gravis les dernières marches de la bouche du métro, j'observe la large place de la République sur laquelle piétinent plusieurs groupes bien distincts, plusieurs chapelles, chacun dans sa boîte, son tiroir, derrière sa bannière, ses revendications. Aujourd'hui, je suis censée représenter un groupuscule luttant contre l'« offensive anti-trans ». Le coup d'envoi de la charge de cavalerie avait été donné une dizaine de jours auparavant, dans

1. Ce qui veut dire : « Enlève ça ! »

une grande tribune parue le 29 avril 2024 dans le média d'extrême gauche *Politis* et qui avait recueilli plus de 800 signatures émanant de collectifs et de personnalités publiques. On y retrouvait pêle-mêle Virginie Despentes, Rokhaya Diallo, Clémentine Autain et comme toujours notre Prix Nobel de littérature, la plus célèbre des transfuges de classe : Annie Ernaux, serial signataire de toutes les tribunes.

Le texte invitait les Français à « faire front » contre les « attaques » qui viseraient « les droits trans et reproductifs (avortement, contraception, PMA) » et dénonçait aussi bien le sulfureux *Transmania*[1] que la proposition de loi des Républicains, dite « loi de prise en charge des enfants transgenres », qui souhaite encadrer les pratiques médicales dans la prise en charge des mineurs souffrant de dysphorie de genre. Mais contrairement à ma précédente expérience, je n'étais plus là pour observer le militantisme trans en tant que tel, mais la manière dont celui-ci s'était fondu dans une prétendue lutte pour la Palestine. Cette intersection, pour le moins étonnante, on la doit à Sasha Yaropolskaya, juchée sur une petite estrade au pied de la fameuse Marianne de Léopold Morice, et qui s'apprête à délivrer son message accrochée à son micro.

Premier retour en arrière : qui est cette Sasha Yaropolskaya, alias Sasha Anxiety? Réfugiée russe et militante transgenre, elle lançait le 25 avril 2024 sur ses comptes X et Instagram : « Je sais que vous êtes très nombreux à vous demander qu'est-ce qu'on peut faire face à

1. Marguerite Stern, Dora Moutot, *Transmania : Enquête sur les dérives de l'idéologie transgenre*, Paris, Éd. Magnus, 2024. Accusé de transphobie pour son ton pamphlétaire, le livre affirme que « l'idéologie transgenre serait en train de s'infiltrer dans toutes les sphères de notre société ».

l'offensive anti-trans. » Engagée au sein de l'organisation trotskiste Du Pain et des Roses, liée au parti Révolution permanente[1], où elle officie comme bras droit du très controversé Anasse Kazib, Sasha Yaropolskaya est une des initiatrices de la cinquantaine de rassemblements – dont celui auquel je participe – qui réunissent aujourd'hui 25 000 manifestants dans toute la France.

Second retour en arrière : dans les mois qui ont précédé la manifestation d'aujourd'hui, Dora Moutot et Marguerite Stern[2] ont subi un cyberharcèlement massif, culminant jusqu'à des appels au meurtre, dont certains seront scandés, et même écrits en lettres rouge sang sur la statue de la République lors de plusieurs rassemblements. « Une Terf, une balle, justice sociale [mettre une balle dans la tête des féministes anti-trans] », « Les transphobes au feu et Stern au milieu », « Dora Moutot au fond du Rhin », slogans qui vaudront à nos deux autrices le soutien public de J. K. Rowling, elle-même cible de menaces pour ses prises de position jugées « transphobes[3] ». Des intimidations grandissantes, à tel point que certains militants trans créateurs de contenus, parmi lesquels Lexie Agresti ou encore Soan (alias @soantinforme), avaient

1. Parti politique trotskiste français, fondé en 2022 après s'être éloigné du Nouveau Parti anticapitaliste (NPA).

2. J'aborde cette question de manière plus brève dans une partie de l'enquête « Transidentité : des doutes et des brutes », coécrite avec Perla Msika, *Franc-Tireur*, n° 144, 14 août 2024.

3. Celle-ci a par exemple critiqué l'appellation « personnes qui ont leurs règles » plutôt que l'utilisation du mot « femmes » et a estimé que « le mouvement socio-politique insistant sur le fait que "les femmes trans sont des femmes" n'était ni bienveillant ni tolérant, mais en réalité profondément misogyne, régressif, dangereux dans ses objectifs et autoritaire dans ses tactiques ». « Why I decided to stand up for women », *The Times*, 29 mai 2024.

même dû mettre en garde leurs abonnés. Ainsi, l'influenceur Soan qui, affirmant ne pas vouloir risquer que les médias utilisent ces pancartes violentes afin d'illustrer le danger que représenterait le fait de dénoncer « l'idéologie transactiviste », prévient : « Je déconne pas quand je vous demande vraiment d'éviter les pancartes d'appel à la haine. »

Revenons à notre manifestation… Parmi les discours auxquels j'assiste, malgré une sono particulièrement défaillante, celui – cela n'étonnera personne – de Sasha Yaropolskaya est le plus révolutionnaire : « Si nous sommes là aujourd'hui, c'est que nous sommes devenus trop mous, devenus trop institutionnels, trop gentils, je veux qu'on soit de nouveaux méchants, qu'on soit de nouveaux radicaux », scande-t-elle avec un fort accent russe, entraînant de prudents mais fervents applaudissements… Il faut dire que Sasha Yaropolskaya s'y connaît en « radicalité » et en « méchanceté » : lors de la Marche des fiertés de 2021, elle avait été arrêtée par les forces de l'ordre après avoir arraché des pancartes du collectif Résistance lesbienne jugées « transphobes ».

Alors que je tente d'éviter certains militants qui pourraient me reconnaître, en me fondant dans les groupes qui se font et se défont, un fait m'interpelle : le manque d'entrain et de mobilisation de cette foule. D'après les organisateurs, plus de 8 000 personnes seraient pourtant présentes en soutien aux droits des trans… Alors pourquoi une telle absence d'engouement, une telle torpeur, aussi visible ? Et surtout pourquoi l'autre partie de la place de la République, occupée par les habituels militants propalestiniens, aux drapeaux gigantesques et aux tracts à foison, ne semble pas déterminée à rejoindre les grappes d'activistes LGBT venus hurler leurs droits ?

Cette difficulté de « convergence », Sasha va parvenir à y remédier de manière aussi incongrue qu'efficace : en se mettant soudain à hurler, en plein monologue sur les droits des personnes trans, son souhait de « la fin du génocide à Gaza ». Explosion de joie, foule en liesse, on peut dire que la militante qui ne cache pas son antisionisme est parvenue à fédérer propalestiniens et militants trans. Sasha avait publié dès le 9 octobre, soit deux jours après le pogrom, sur ses réseaux sociaux, des messages sans ambiguïté : « Liberté au peuple palestinien ! À bas l'oppression coloniale d'Israël ! Pas de solution à deux États, mais un seul État ouvrier et socialiste pour les populations palestiniennes et juives. » À ses côtés, au sein de Révolution permanente, sa consœur Irène Karalis avait d'ailleurs affirmé publiquement sur son compte X le 7 octobre son « soutien à la résistance palestinienne » !

Je le confesse : durant toute la durée de mon enquête, c'est-à-dire plusieurs mois, j'ai pensé que Sasha ainsi que les organisations Révolution permanente, Du Pain et des Roses et Le Poing levé constituaient ce qu'on pourrait appeler une sorte de paroxysme de la radicalité. Avant le 7 octobre, et surtout durant la précédente enquête qui m'avait conduite à côtoyer des mouvements antifascistes et à être formée à la fameuse « antirépression », j'étais d'ailleurs intimement persuadée que la convergence des luttes de l'ultragauche se ferait autour d'une haine commune des forces de l'ordre. Les manifestations en soutien à Adama Traoré, puis les émeutes après la mort de Nahel, loin d'être désapprouvées par Assa Traoré, demi-sœur d'Adama, m'avaient convaincue. Mais les services de police ne cristallisent pas autant de haine, autant d'énergie ni autant de colère que les juifs, ou plutôt les « sionistes ». Est-ce plus difficile de s'en prendre aux flics aussi violemment qu'aux juifs ? La question se pose. Quoi qu'il en soit, je découvris quelques mois plus tard, le 14 octobre, un texte qui vint confirmer mes inquiétudes. Publié sur le site *Paris-luttes.info*, où se regroupent de nombreux mots d'ordre, appels à manifester et témoignages de la sphère antifasciste, l'article, signé par « une bande armée de travelos qui voulaient en découdre », était sobrement intitulé : « Retour sur l'action du 5 octobre contre Stern et Moutot, et mise au point sur l'usage de la violence ».

De quoi s'agit-il ? Le 5 octobre, 55 militants de l'Assemblée antifasciste Paname ont été placés en garde à vue après avoir tenté de perturber la dédicace de Dora Moutot et Marguerite Stern dans le Ve arrondissement de Paris. *Le Figaro*[1] rapporte que des sources policières ont confirmé avoir trouvé des matraques télescopiques et un Opinel dans les affaires des accusés, tandis que le parquet parle lui d'explosifs. Dans leur « mise au point », disponible en ligne, les membres de l'Assemblée antifasciste Paname qui demeurent anonymes fustigent étonnamment Du Pain et des Roses, qu'ils surnomment même « les Grandes Organisations Inutiles » pour leur mollesse et « leurs discours victimaires habituels sur la répression qui s'abattrait sur de pauvres "manifestant.es contre la transphobie" ». Quel paradoxe ! Sasha, Révolution permanente, Du Pain et des Roses mais aussi de nombreux comptes militants n'ont-ils pas eu de cesse de condamner la police « transphobe » et « fasciste » qui arrête de pauvres militants pacifistes venus se dresser courageusement

1. Paul Sugy, « Marguerite Stern et Dora Moutot portent plainte contre un site antifa qui appelle à leur "éclater la tête" », *Le Figaro*, 17 octobre 2024.

contre le fascisme, incarné ici par Dora Moutot et Marguerite Stern[1] ?

Ce texte, d'une violence et d'une radicalité inouïes, est un exemple typique des luttes que se livrent les membres de ces chapelles qui s'entre-dévorent dès lors que l'un d'entre eux contredit une doxa militante qui se dresse en parangon de vertu et de paix. En voici un extrait, littéralement retranscrit : « Nous ne nous opposons pas aux transphobes et aux fascistes dans le joyeux monde du débat des idées, ni pour s'imposer dans l'espace médiatique : nous nous opposons physiquement et violemment à leur existence tout entière, comme eux s'opposent aux nôtres. Il n'y aura pas de réconciliation possible avec les fascistes, et il faudra bien un jour en découdre. Il faudra bien que la peur s'installe durablement dans leur camp et dans leurs têtes pour que leurs idées mortifères disparaissent à tout jamais. Cela ne pourra se faire que par la force et la violence, et donc par l'éclatage des têtes en question. Dans cette optique, une matraque télescopique semble être un pas dans la bonne direction. »

Le plus cocasse, c'est que cet article vient décrédibiliser les médias *StreetPress* et *Mediapart* qui avaient couvert et dénoncé l'arrestation des antifas, mais aussi les milieux LGBT jugés trop mous et lâches. Les autrices de ce pamphlet, qui se revendiquent « femmes transgenres[2] », veulent la mort de Stern et de Moutot, parce que ces dernières, affirment-elles, veulent la leur. Se

1. Bien que ne partageant pas leurs analyses, je les ai cependant interviewées et l'une et l'autre, car je reste évidemment favorable au débat et à l'échange. Nora Bussigny, « Transgenre : "Changer de sexe chez l'être humain est impossible" », *Le Point*, 11 avril 2024.

2. Une femme transgenre est une personne née avec un sexe d'homme, mais qui ne se reconnaît pas comme homme et a donc transitionné.

sentant proches des black blocs, elles en appellent aussi à la violence à l'encontre des forces de l'ordre : « S'il nous paraît évident qu'un bon faf[1] est un faf mort, et s'il nous paraît tout aussi évident qu'un bon flic est un flic mort, alors il n'y a qu'une seule conclusion qui s'offre à nous. Nous le répétons : nous ne voulons voir des fachos qu'en train de courir, apeurés de ce que nous leur ferons si nous les rattrapons ; nous ne voulons voir des flics qu'en train de courir, apeurés de ce qu'il leur arrivera si tel molotov ou tel mortier les atteint ou s'ils se retrouvent coincés au milieu du bloc. C'est en tant que trans que nous désirons cette violence. C'est en tant que trans que nous nous masquons, et jamais nous ne nous sentons autant affirmées dans nos expériences de meufs trans que sous la cagoule. » Au moins, voilà un discours qui a le mérite de la clarté, une menace formulée avec une violence qui ne laisse aucune place au doute. La rage qui habite le moindre mot de cette publication semble d'ailleurs viser avant tout une gauche, médiatique et militante, qui s'entête à présenter ces groupes comme faibles et sans défense. Au fond, un tel message est là pour dire à l'opinion publique une vérité : « Qu'ils et elles aillent tous et toutes se faire foutre ! Nous sommes violentes car nous sommes trans. Nous sommes violentes car nous sommes des meufs. Nous sommes violentes car nous sommes anarchistes », s'insurgent les autrices du texte, qui ajoutent que « rendre les coups aux transphobes de tous genres », c'est participer autant à leur transition que « la prise d'hormones, le renouvellement d['une] garde-robe, les changements de pronoms, les chirurgies [...] ».

1. Faf : France aux Français, acronyme qui veut aussi dire « fasciste » et qui caractérise les militants d'extrême droite.

Avec un mélange d'instinct et d'habitude, mais aussi parce que je me suis fait traiter de « fasciste » et parce que j'écris dans *Le Point* et *Franc-Tireur*, je me suis spontanément dit que leur violence envers les « fascistes » pouvait donc englober n'importe qui. Que rangent-elles au fond derrière le terme de « fasciste » ? Tout et n'importe quoi. Moi, évidemment, mais aussi quantité de médias, de femmes et d'hommes politiques, dont certains viennent de l'extrême gauche, comme François Ruffin[1] ; voire des figures qui ont toujours combattu le fascisme telle Caroline Fourest ou plus simplement, évidemment, les juifs, enfin les « sionistes ». Ce terrible chant, entendu lors de chacune des manifestations auxquelles j'ai participé, qui dit en substance : « Sionistes, fascistes, c'est vous les terroristes »...

Visiblement, j'avais vu juste. En atteste cette mention dans le texte : « Mon corps n'est jamais vraiment mien qu'au bref moment où, marteau en main, adrénaline qui se mélange aux œstrogènes, je fracasse les vitres d'une banque ou d'un énième complice d'un génocide colonial. »

Si la politique israélienne, plus largement Israël, et même tout simplement les « sionistes » ne sont pas ici nommés en des termes explicites, il me suffira de quelques vérifications habituelles sur le compte Instagram de l'Assemblée antifasciste Paname pour découvrir que ce collectif participe à la manifestation et est un soutien affirmé

1. À l'occasion de la Fête de L'Huma de 2024, Claire Jacquin, photographe de La France insoumise, écrit sur X que : « *L'Huma* répond à Ruffin : *Siamo tutti antifascisti* », tandis que la foule chante « Nous sommes tous antifascistes » en visant le député, qui a souvent pris des positions opposées à celles de La France insoumise. Des accusations de « fascisme » que réfutent d'ailleurs certaines personnes présentes.

d'un des pôles du très dangereux Urgence Palestine qui sera, nous le verrons par la suite, un des fils conducteurs de mon enquête. Une lutte qui s'organise par exemple « à l'université Paris-VIII Saint-Denis devant le bâtiment D[1] ». Je m'étais déjà rendue durant plusieurs mois sur le campus de cette université avec le statut d'auditeur libre pour écrire *Les Nouveaux Inquisiteurs*, afin d'y observer comment on enseignait la sociologie et en quoi consistaient les séances de travail sur les « violences policières », mais également dans le but de participer à des réunions interdites aux hommes dans des salles de TD. Durant cet hiver 2022-2023, j'avais pu constater combien la haine contre Israël, mais aussi contre les forces de l'ordre et les « fachos », était présente : les murs du campus étaient couverts d'affiches, de tags et de slogans antisémites et anti-flics, l'administration se contentant de faire appel au service de nettoyage.

À ce stade de la lecture, vous serez peut-être tentés de minorer cette singularité militante, en arguant qu'il faut bien que jeunesse se passe ou qu'il ne s'agit là que d'un épiphénomène qu'il ne faut pas monter en épingle. Pourtant, ce texte de l'Assemblée antifasciste Paname ne cessait de me hanter, puisqu'il officialisait des appels au meurtre et rejetait avec haine et violence les médias et collectifs, pour certains marqués à l'ultragauche, mais qui avaient l'outrecuidance de défendre les deux autrices, et donc de les victimiser.

Ce que m'expose Me Lara Fatimi, avocate pénaliste qui représente, avec Me Louis Cailliez, Dora Moutot et Marguerite Stern dans le cadre de cet appel au meurtre,

1. Publication présente sur leur compte Instagram et postée le 24 mai 2024.

ne fait que confirmer mon analyse : « Lorsque nous avons lu le texte au cabinet avec mon confrère, nous avons tout de suite fait le parallèle avec le mot "néo-terrorisme". Ce mode d'action qui appelle aux meurtres de femmes qui s'expriment, quelle que soit leur étiquette, m'a rappelé le mode opératoire des appels au djihad sur lesquels j'ai déjà travaillé. »

À la suite d'une enquête policière encore en cours, Assemblée antifasciste Paname et *Paris-luttes.info* font dorénavant l'objet d'une demande de dissolution auprès du ministère de l'Intérieur. « Par ce texte, nous avons franchi un degré de gravité. On y parle d'éclatage de têtes, d'armes blanches, d'explosifs ; un mode opératoire d'anéantissement et un champ lexical qui ne sont pas sans rappeler la littérature djihadiste qui appelle à tuer avec n'importe quel outil à disposition », poursuit Me Fatimi. Trouble à l'ordre public, appel à la violence et au meurtre, les faits sont caractérisés et difficilement justifiables devant la justice… « Avez-vous remarqué que le texte qualifie justement les juges de "chiens" ? La dernière fois que j'ai entendu ce qualificatif, c'était durant un procès terro. Ce refus de reconnaître la justice, de ne pas souscrire à la République est typique des islamistes », souligne Me Lara Fatimi en me transmettant la retranscription d'un message audio d'Abu Mohamed Al-Adnani diffusé en 2014 en langue arabe et traduit en français, anglais et hébreu : « Si vous pouvez tuer un incroyant américain ou européen – en particulier les méchants et sales Français – ou un Australien ou un Canadien, ou tout […] citoyen des pays qui sont entrés dans une coalition contre l'État islamique, alors comptez sur Allah et tuez-le de n'importe quelle manière. […] Frappez sa tête avec une pierre, égorgez-le avec un couteau, écrasez-le avec votre voiture, jetez-le d'un lieu en hauteur, étranglez-le ou empoisonnez-le. » Je suis atterrée, et l'avocate de conclure avec calme : « On l'appelle le "ministre des attentats", et c'est lui qui serait l'inspirateur des attentats que nous avons depuis subis sur notre sol. Son style, ses consignes et ses images sont en tous points ressemblants à ce texte antifasciste de militants transactivistes. »

Je n'étais qu'au début de mon enquête, mais déjà je comprenais que ce qui, dans un premier temps, aurait pu être assimilé à une forme d'intuition journalistique, allait s'avérer être réel et concret. Je n'allais pas tarder à constater de mes propres yeux et à mesurer, preuves terribles à l'appui, à quel point l'islamisme, le militantisme prétendument progressiste d'ultragauche et les questions féministes et LGBT étaient si étroitement liés, et pouvaient conduire à une subversion calculée, voulue, de notre société et de nos valeurs républicaines.

2

LGBT pro-Hamas saupoudrés d'argent public

> « Les croix gammées ce n'est pas que les juifs, c'est aussi les homosexuels, il faut arrêter de penser que croix gammée égale antisémitisme. »

Depuis la sortie des *Nouveaux Inquisiteurs*, je reçois régulièrement des photos, vidéos, confidences, témoignages de militants LGBT de tous âges qui ont en commun de refuser de voir leurs combats phagocytés par l'ultragauche et devenir l'étendard non seulement de la question palestinienne, mais surtout de sa « lutte armée », considérée comme une « résistance sous toutes ses formes ». Certaines associations courageuses comme le Beit Haverim[1] ou encore Fiertés citoyennes[2] sont les rares à dénoncer l'antisémitisme qui connaît aujourd'hui en France une croissance exponentielle. Là encore, les actions LGBT imposent le monopole de la pensée « intersectionnelle » qui vient mettre sur le même plan et confondre toutes les luttes contre les discriminations en allant jusqu'à hiérarchiser celles-ci. Un chapitre des *Nouveaux Inquisiteurs* avait particulièrement agacé nombre de collectifs de l'ultragauche, dans lequel je racontais comment, en immersion, j'avais été engagée en tant que « racisée » durant la Pride radicale en 2022 pour

---

1. Association fondée en 1977 et consacrée aux luttes LGBT pour les personnes de confession juive et non juive.
2. Association LGBT universaliste et laïque.

« faire respecter la non-mixité choisie », c'est-à-dire, en réalité, « trier »[1] les participants à la manifestation selon leur couleur de peau et leur origine pour laisser des cortèges sans personnes blanches, qu'elles soient gays ou non, pour « lutter contre les discriminations ».

Cette « non-mixité », on la retrouve à Lyon, ville dont la municipalité est dirigée par le parti EÉLV, avec un certain collectif d'ultragauche au doux nom de Collectif Fiertés en lutte. J'ai pu enquêter sur cette drôle d'association qui était parvenue à se hisser à la tête de l'historique Centre LGBT de la métropole et à transformer la fameuse Marche des fiertés en y prônant une « non-mixité », ce qui se rapproche dans mon esprit d'une forme de ségrégation raciale si l'on devait réellement qualifier cet enrobage militant pour ce qu'il est. Après que Philippe Dubreuil[2], ex-président du Forum gay et lesbien de Lyon, a quitté ses fonctions au sein de son association, j'ai documenté les dérives militantes qui avaient accompagné son départ. Parmi elles : les exclusions d'associations fondatrices, des listes de noms de « présumés agresseurs », des sanctions pour des motifs tels que le « mégenrage[3] », l'« utilisation d'un *deadname*[4] », la critique du wokisme, etc. Un épisode de plus dans la litanie des conflits propres au militantisme marqué à gauche qui ne

1. Terme utilisé par les organisateurs de la Pride radicale.

2. Une version plus courte de cette enquête m'a permis d'échanger avec Héloïse Collin, non binaire et militante d'ultragauche, alors présidente du Centre LGBT lyonnais : « À Lyon, la guerre entre "modérés" et "radicaux" dans les associations LGBT », *Le Point*, 21 janvier 2024.

3. Fait d'attribuer à une personne un genre qui ne correspond pas à son identité de genre, volontairement ou non.

4. Fait d'utiliser le prénom de naissance d'une personne trans pour la nommer.

parvient jamais à se fédérer, sauf exception, sur le long terme, qui ne cesse de s'entre-dévorer au nom d'une prétendue « pureté militante » qui exige de chaque activiste toujours plus, et qui sanctionne violemment la moindre incartade, immolant alors le fautif sur l'autel de la bien-pensance. Sauf que cette fois-ci, la justice mais aussi la mairie de Lyon (EÉLV) se sont retrouvées à devoir tenter de calmer les plus radicaux.

« J'en étais venu à avoir peur d'être agressé dans les rues de Lyon. C'est tout de même terrible de se dire qu'on en est arrivés là. J'ai sombré dans une dépression après mon exclusion. Ça a été vraiment très dur, car j'étais impliqué depuis tellement d'années dans la vie du Centre. Il m'arrivait de bricoler, de rendre des petits services, de réparer telle ou telle chose, c'était aussi l'occasion pour moi de voir mes amis. D'un coup, je me suis retrouvé tout seul. Pourtant je n'ai jamais été violent. Je n'ai insulté personne. Je ne suis vraiment pas quelqu'un de dangereux… », m'a confié Philippe Dubreuil dont les dénonciations des dérives militantes du Centre LGBT de la ville de Lyon avaient fait beaucoup de bruit en 2022. Depuis, Philippe – à l'instar de son ex-association mais également de l'association Body Design – a été exclu du Centre LGBT de la ville, dont la tête pensante n'était autre que le collectif intersectionnel d'extrême gauche Collectif Fiertés en lutte, dont plusieurs membres avaient été élus à des postes clés du Centre.

Il faut dire que parler de « wokisme » et dénoncer une « emprise » a un coût, même lorsque l'on est militant des causes LGBT+ depuis plus de quinze ans. J'en ai fait moi-même les frais à la sortie de mon livre, et je retrouve aujourd'hui dans la myriade d'éléments qui m'est communiquée tout ce que j'ai pu constater lors de ma précédente immersion. Philippe Dubreuil mais également les deux associations qui l'ont soutenu ont dû faire face à de très violentes attaques, en janvier 2024, alors que le centre associatif se réunissait lors d'une assemblée générale extraordinaire. Les sujets de tension étaient déjà nombreux parmi les quarante associations fédérées au sein du Centre. Parmi les griefs, dont certains m'avaient déjà été rapportés par plusieurs militants avec lesquels j'étais en contact, trois se détachent. Tout d'abord, la question de l'annuelle Marche des fiertés de Lyon, organisée depuis en « non-mixité choisie ». Ensuite, le rejet de l'association FLAG! engagée dans la lutte contre les discriminations LGBT au sein des forces de l'ordre et de la justice, au motif que la police est toujours du côté des agresseurs. Enfin, la création de la fameuse « liste noire des connards », communiquée sur Discord entre membres du Collectif Fiertés en lutte, et qui permet de répertorier les noms d'agresseurs présumés et considérés comme « problématiques ».

« Le bureau du Centre LGBT, qui était tenu par l'association Collectif Fiertés en lutte, avait la fâcheuse manie d'exclure sans même convoquer ou avertir les personnes concernées, à l'instar de Philippe Dubreuil », m'avoue Théo, ex-secrétaire de Body Design, l'une des deux associations écartées en 2024. « Depuis que le président de notre association, Jorick Giboint, a été exclu à son tour pour avoir contesté ces décisions arbitraires, Body Design a annulé tous les événements du Centre. Notre association est universaliste, nous n'avons jamais été partisans de la non-mixité, nos événements, tels que l'action appelée "La Rue de l'amour", étaient ouverts à tous, homos comme hétéros, ce qui a beaucoup déplu, surtout qu'elle se déroulait en même temps que la Pride qui elle était non mixte », insiste Philippe avec émotion.

Peu après l'éviction de Philippe et celle de Jorick Giboint, figures du Centre LGBT, ce dernier a commencé à « tomber en ruine » d'après plusieurs membres de l'association qui ont longtemps regretté l'absence de leurs ex-confrères, toujours prompts à faire du Centre un lieu chaleureux et inclusif.

Dans les nombreuses annexes, présentées sous forme de captures d'écran lors de l'assemblée générale extraordinaire qui devait tenter de rétablir l'ordre au sein du Centre, le qualificatif « d'extrême droite » est par ailleurs très souvent employé, sans que celui-ci soit sourcé ni justifié pour expliquer son utilisation. À l'époque, pour écrire mon article, je m'étais entretenue avec Héloïse Collin, qui m'a très souvent attaquée depuis, comme beaucoup de figures universalistes, sur son compte X où elle aime particulièrement s'épancher. Elle assurait notamment que les membres des collectifs auraient cherché à « intimider, agresser et harceler » des bénévoles de l'association. Là encore les preuves, sous la forme de captures d'écran de trois messages et de sept notifications, semblent de maigres pièces à conviction face aux allégations tenues. Comme pour apaiser les tensions, la militante avait alors insisté sur le fait que les deux associations universalistes « n'ont pas été exclues ou expulsées, mais bien que leurs adhésions ont été radiées avec la volonté à l'avenir de les voir travailler sur les points soulevés ».

En 2022, lors des délibérations du conseil municipal, la mairie de Lyon avait proposé d'attribuer au Centre LGBT et aux membres soutiens de l'association du Collectif Fiertés en lutte les montants respectifs de 15 000 et 2 000 euros. Une belle somme d'argent pour cet organisme intersectionnel, qui n'hésite pas à signer des communiqués vengeurs aux côtés des membres du groupe

Révolution permanente, déjà évoqué au chapitre précédent. Dans un de ces messages, le pogrom du 7 octobre, commis par le mouvement terroriste du Hamas, devient sous la plume de l'ultragauche une « offensive menée par le Hamas et les organisations armées de la résistance palestinienne ». Plus cocasse encore : s'il est difficile pour les membres de Collectif Fiertés en lutte de montrer la moindre empathie à l'adresse de Philippe Dubreuil, rappelons-le, psychologiquement affecté par son départ, militant LGBT de longue haleine et tout simplement « frère de lutte », il leur est bien plus facile de soutenir Mariam Abu Daqqa après son arrestation à Marseille le 16 octobre 2023[1]. Mariam Abu Daqqa est en réalité une militante du Front populaire de libération de la Palestine, organisation reconnue dans de nombreux pays comme terroriste. Elle a été arrêtée en France en novembre 2023, puis expulsée.

Pour un article dans *Le Point* sur la fracture dans le militantisme LGBT (« Marche des fiertés : la fracture qui divise le milieu LGBT français », 28/06/2025), je me suis entretenue avec plusieurs personnes trans en France qui ont en commun le fait d'être juives. Saul tout d'abord, 30 ans et homme transgenre. Au sein de la communauté LGBT intrinsèquement liée à son milieu professionnel de freelance, celui-ci doit se retenir chaque jour lorsqu'il entend des propos antisionistes, ou faisant l'apologie du terrorisme. Sur les applications de rencontres LGBT, il me montre les nombreux profils de personnes affichant un soutien sans bornes à la Palestine, ou encore

1. Le 9 novembre 2023, sur le compte Instagram du Collectif Fiertés en lutte, une publication est postée en faveur de Mariam Abu Daqqa, décrite comme « une militante féministe palestinienne », à qui le Centre LGBT affirme « pleinement » son soutien.

d'emblée leur refus de rencontrer des « sionistes » : « Je suis undercover en permanence pour ne pas perdre mon job artistique, car si on sait que je ne vais pas vraiment à Malte comme je le fais croire, mais en Israël, je risque de perdre tous mes contrats car ils reposent entièrement sur la communauté queer. » Des propos que je retrouve dans mes échanges avec Déborah, femme transgenre, dans la même situation que Saul. « Je suis trop juive pour les queers et trop queer pour les juifs », soupire-t-elle avec un sourire triste. Selon Déborah, le rejet de sa communauté des juifs « sionistes » repose sur le même mécanisme que le rejet de sa famille des personnes LGBT : « Je suis obligée de "jouer les honteuses", pour reprendre l'expression. Après un coming out, il y a une prise de distance avec nos proches, on parvient à se recréer un cercle social avec lequel sortir ou travailler, mais depuis le 7 octobre, on risque de le perdre à nouveau. » Saul, lui, m'a confié ne plus supporter d'être en permanence exposé à des discours antisionistes. Il note que la seule personne qui a accepté de l'écouter sans le juger dans son milieu professionel est « un homme blanc cisgenre hétérosexuel ». « Le pire, c'est que tout le monde pense que je suis un juif antisioniste, pour eux c'est même évident car si on est queer, c'est qu'on l'est forcément. » Décidé à boycotter la Pride de cette année pour la première fois, Saul a en mémoire les propos de militants et anciens amis qui justifient les actions du Hamas en disant par exemple que leur « masculinité toxique ne doit pas leur être reprochée » pour parler des viols commis le 7 octobre en Israël par des membres de l'organisation terroriste.

À Lyon, le collectif LGBT d'ultragauche Fiertés en lutte a imposé à nouveau le mot d'ordre de la marche de 2025 : toujours un tri selon la couleur de peau au sein des cortèges afin de laisser les personnes non blanches entre elles… tout en appelant à soutenir les antifascistes de la Jeune Garde mais également le collectif violent Urgence Palestine, menacé de dissolution.

Ethan, homme transgenre et militant qui réside en Occitanie, a pu me montrer les messages antisémites présents sur la boucle de discussion interassociative de son secteur qui appellent à « faire le ménage » pour trouver les « sionistes ». Militant depuis de nombreuses années dans le milieu LGBT de gauche, le trentenaire se rappelle que des figures comme Alain Soral ou encore Dieudonné étaient à l'époque parfaitement acceptées dans sa communauté. Finalement remplacés par Houria Bouteldja (qui avait pourtant elle aussi tenu des propos considérés comme homophobes dans son ouvrage sulfureux *Les Blancs, les juifs et nous*[1]), les idées du parti des Indigènes de la République ont selon lui infusé dans le milieu queer d'ultragauche : « On me forçait déjà il y a quinze ans à jeter mon pain azyme pour boycotter Israël. L'ouvrage *Trouble dans le genre*[2] de la personnalité queer Judith Butler est un livre primordial comme fondement des luttes LGBT, mais on pouvait déjà y lire les prémices d'une pensée décoloniale mal dégrossie qui est devenue majoritaire », me rappelle Ethan en soulignant que Judith Butler est elle-même présidente de l'association antisioniste Jewish Voice for Peace.

Le 8 octobre 2024, deux jours après que le média décolonial *Paroles d'honneur* a tenu dans son QG de Pantin un rassemblement antisioniste qu'il a eu l'outrance d'intituler « Attaques du 7 octobre 2023, le jour d'avant », une agression intersectionnelle s'est produite. Je la qualifie d'« intersectionnelle » puisqu'elle a été à la

1. La Fabrique Éditions, 2016.
2. La Découverte Poche, 2007.

fois homophobe et antisémite, n'en déplaise aux nombreux comptes et collectifs militants prompts à dégainer sur le sujet et qui ont étonnamment oscillé à cette occasion entre service minimum et silence gêné. Deux jeunes de seize et dix-neuf ans, sans doute chauffés à blanc par une haine des juifs muée en « résistance palestinienne », tentent d'agresser sexuellement un autre jeune de vingt-deux ans, non loin du canal de l'Ourcq, avant que les passants n'interviennent et ne les remettent dans les mains des forces de l'ordre. Mais où diable ces jeunes délinquants auraient-ils pu entendre des propos glorifiant des attaques terroristes envers des « sionistes » ?

Ce jour-là, je suivais en direct le live de l'événement, interloquée par l'exaltation effrénée des participants dès qu'il est question du 7 octobre, lorsque je fus témoin d'une action militante qui coupa momentanément la retransmission. Une dizaine de membres de l'UEJF[1] étaient venus pacifiquement pour apporter la contradiction aux propos qui auraient pu être tenus par un Salah Hamouri, coutumier du fait.

L'une d'entre eux, Léa, avec laquelle j'étais en relation, m'a raconté la scène : « Lorsqu'une invitée a justifié le 7 octobre et a enjoint aux spectateurs de ne pas avoir honte de légitimer les actions du Hamas, l'organisatrice a conclu en rappelant que le lieu "ne souscrit pas à ces propos" pour protéger le Relais solidaire de Pantin qui accueillait l'événement. » Porteurs d'affiches titrant : « 7 octobre le jour d'avant : le Hamas n'avait pas violé des centaines de femmes israéliennes » pour reprendre l'ordre du jour du rassemblement, Léa et ses camarades ont voulu rappeler dans la salle de façon calme que, « avant le 7 octobre, le Hamas n'avait pas tué d'otage ». « On nous a

1. Union des étudiants juifs de France.

directement arraché la feuille. Ça a été très violent, même si des vidéos qui sont sorties sur les réseaux sociaux ont voulu faire croire l'inverse. Des spectateurs ont jeté mon téléphone qui a explosé au sol. Une jeune fille a reçu un coup de poing, une autre s'est fait cracher dessus, et bien évidemment on nous a traitées de génocidaires, et cela sous les yeux des organisateurs impuissants ! Même celui qui gérait le lieu est venu calmer la violence des autres, il était dépassé par les événements ! » me raconte Léa, en insistant sur le fait que c'était l'annonce de la venue de Salah Hamouri et l'intitulé des tables rondes[1] qui ont inspiré leur happening, pas le fait que des colloques soient tenus pour soutenir le peuple palestinien.

Je passe des heures à lire, échanger, passer au crible, mémoriser, écouter, retranscrire, jusqu'à la nausée, des récits de militants LGBT, tous d'une sensibilité de gauche et officiellement « engagés contre les discriminations », mais dont l'antisémitisme, sous couvert d'engagement pour la Palestine, ne se cache plus, voire se célèbre, s'exhibe dans l'indécence la plus totale, flirtant pour beaucoup avec des provocations publiques à l'antisémitisme passibles de peine d'emprisonnement et d'amende.

En 2024, j'ai accepté d'animer pour l'association Fiertés citoyennes un débat lors de leur toute première table ronde, tenue dans les locaux de la mairie du IIIe arrondissement de Paris. Mal m'en a pris, malgré la gentillesse des participants et des intervenants, je me suis retrouvée la cible d'un drôle de petit bonhomme au crâne luisant et à la longue barbe grisâtre répondant

1. Comme, par exemple, « Du 7 octobre 2023 au 6 octobre 2024 : une attaque meurtrière, un génocide, une résurrection, comment la Palestine nous libère ? »

au nom d'Arlindo Constantino. Agressif, intimidant, obsessionnel, surexcité, l'individu était venu pour en découdre verbalement avec l'association universaliste, mais aussi et surtout avec moi, comme je le découvris par la suite dans les trop nombreux tweets qu'il me dédia, tel un minutieux détracteur. Heureusement, j'ai pu compter ce jour-là sur l'intervention d'une de mes plus proches amies qui m'a courageusement protégée, amie dont Arlindo fit bien immédiatement ma compagne, nous comparant inlassablement à Caroline Fourest et à sa femme Fiammetta Venner. Car ce militant historique de l'association Act Up luttant contre le sida aurait déjà hurlé contre Caroline Fourest en pleine rue[1], clamant qu'elle serait une « islamophobe », une « pourriture », la « honte de la communauté », invitant même Fiammetta à la frapper. Consacrant infiniment de temps à tweeter, il mêle inlassablement les juifs, le Printemps républicain, la franc-maçonnerie, les gays qu'il estime de droite (aussi surnommés « homonationalistes », une insulte qu'il affectionne particulièrement), Israël, les « sionistes », les médias « complices », les forces de l'ordre, *Franc-Tireur, Le Point, Le Figaro,* la « gauche coloniale » et l'« extrême droite », soit tous les partis politiques et leurs représentants autres que La France insoumise ou Révolution permanente.

Or, cet individu a obtenu dans des conditions controversées le poste de président de la mythique association Act Up, au moment même où celle-ci parvenait tant bien que mal à s'extirper d'accusations d'antisémitisme intra-associatives.

1. Caroline Fourest, *Inna,* Grasset, 2014. Elle y évoque une agression dont elle me reparlera dix ans plus tard, alors que je lui racontais mes déboires avec Arlindo Constantino.

Déjà financée, selon plusieurs de ses membres, par la mairie de Paris à hauteur de plusieurs dizaines de milliers d'euros et par la direction générale de la Santé, l'association reçoit par ailleurs de nombreux dons et soutiens de fonds privés. Les généreux donateurs sont-ils au courant du profil qui a pris la tête d'Act Up ? Il leur suffirait pourtant de jeter un coup d'œil à ses publications publiques pour s'inquiéter des dérives qui minent cette association primordiale auprès des personnes souffrant du VIH. Et pourtant, tout ne date pas d'hier. Dès le 7 octobre 2023, Thierry Schaffauser, travailleur du sexe, figure militante de l'association et toujours engagé au parti EÉLV, malgré ses échecs successifs aux différentes élections, poste sur son compte Facebook public un texte de plusieurs lignes, accompagné d'une photo du drapeau palestinien et qui témoigne de son « soutien à la résistance palestinienne sous toutes ses formes ». Là encore, je ne peux m'empêcher de soupirer : comment serait reçu par la « résistance palestinienne sous toutes ses formes » un homme homosexuel, ouvertement prostitué et qui a déjà posé publiquement pour son affiche de campagne en 2017 vêtu d'un corset transparent laissant dépasser un soutien-gorge noir, maquillé d'un rouge à lèvres vif, sous une perruque brune ?

J'apprends alors, en combinant recherches et témoignages officieux de plusieurs membres et ex-membres d'Act Up, que les propos lunaires de certains et le positionnement de cette association subventionnée ont un historique qui parle malheureusement de lui-même. Entre l'entrisme de Révolution permanente, mené par Sasha Yaropolskaya, et le positionnement politique ouvertement pour La France insoumise de plusieurs d'entre eux, je ne peux retenir un sourire quand je découvre le profil de Pierre. Pierre… ou plutôt « Sabri », comme il souhaiterait être désormais nommé afin de comprendre ce que cela fait d'être perçu comme « racisé ». D'après plusieurs de ses proches collègues, qui me demandent l'anonymat, il est « fan absolu » d'Houria Bouteldja et du parti des Indigènes de la République.

Dans une proposition de communiqué de presse pour Act Up que je me suis procurée, Pierre/Sabri commence en évoquant l'horreur du 7 octobre. Mais très vite, je déchante lorsqu'il rappelle qu'Act Up est « une association de blancs » et précise avec dépit que ce ne sont pas les « deux ou trois personnes racisées qui nous ont rejoints » qui vont changer grand-chose... Je ne comprends pas bien l'intérêt de spécifier cela, mais je continue ma lecture : « Malgré des discussions internes, nous ne sommes pas débarrassés de l'inutile culpabilité face au régime de Vichy et au régime colonial et néocolonial français. » « L'inutile culpabilité face au régime de Vichy ? » Je me demandais il y a peu comment certains militants parvenaient encore à me surprendre dans ce qu'ils peuvent produire de pire, eh bien c'est chose faite ! Et Pierre/Sabri, aujourd'hui à nouveau membre de l'association après une exclusion momentanée, de poursuivre : « Cette culpabilité nous rend perméables à toutes les rhétoriques de victimes éternelles qu'utilisent le gouvernement israélien et tous ses propagandistes. On n'ose pas dénoncer les crimes des colons israéliens par peur, même inconsciente, du stigmate de l'antisémitisme. »

Peu après, je me procure le compte rendu d'une réunion de l'association datant du 5 février 2024 où le cas d'un des membres (non juif), victime de tags antisémites dans son hall d'immeuble, est évoqué. En lisant l'échange, je suis dépitée : iels sont vraiment fou.olle.s ! L'une des membres, Elsa Aloisio, s'insurge qu'Act Up ait dénoncé sur ses réseaux sociaux l'antisémitisme des tags de l'immeuble, parmi lesquels figurent quelques croix gammées ! « Ce qui me dérange, affirme la militante de toute évidence *déconstruite*, c'est que, quelque part, Act Up-Paris prend parti et ne dit pas un mot pour la Palestine ! Donc en faisant ce post, j'estime qu'Act Up-Paris prend position en se focalisant sur l'antisémitisme et je suis en total désaccord avec ça. »

De son côté, Pierre/Sabri martèle, certainement fier de son analyse, et quelque peu agacé : « Les croix gammées ce n'est pas que les juifs, c'est aussi les homosexuels, il faut arrêter de penser que croix gammée égale antisémitisme ! Je suis désolé, mais on est une association qui a pour logo le triangle rose des déportés homosexuels, la première chose que l'on devrait penser, à Act Up, lorsqu'on voit une croix gammée, c'est les déportés homosexuels. »

Je découvre au fil de ma lecture, tout en surlignant des répliques m'évoquant une pièce de théâtre ubuesque, un nom familier : celui de ma binôme lors de la Pride radicale de 2022, qui était avec moi chargée de « trier » des gens selon leur couleur de peau... J'avais à l'époque protégé l'identité de cette militante transgenre, je continuerai donc à la prénommer « Alice[1] » pour sa sécurité. Ce qui ne m'empêche pas d'être déçue à la lecture des propos tenus ici par mon ancienne « collègue » de manifestation : « Je soutiens ce qu'a dit Pierre / Sabri ! » plussoie cette chère Alice qui poursuit : « À quel moment ce

1. Alice avait participé à l'organisation de la Pride radicale de 2022 comme bénévole. Militante transgenre et adhérente d'Act Up, Alice est comme moi une personne « racisée ». Nous avions composé notre binôme lors de cette manifestation à Paris afin de « faire respecter la non-mixité ». Cf. Nora Bussigny, *Les Nouveaux Inquisiteurs*, *op. cit.*, chap. IV et V.

texte “qui pue” est publié sans passer par la RH ? Et je suis d’accord aussi avec ce qu’il dit sur la priorisation des déportés homosexuels et des séropos, c’est ça Act Up. Je suis une personne transgenre, je ne suis pas juive ! »

Alice peut compter sur le soutien de la sociologue Françoise Gil[1] qui, comme le révélera l’AFP en avril 2024, aurait notamment traité de « sioniste » une militante juive de l’association, Eva Vocz[2], avant d’être radiée d’Act Up. Évidemment, interrogée par mes confrères, Françoise Gil réfute tout antisémitisme, s’indignant que « dès qu’on a une sensibilité pour le génocide, clairement, qui se déroule à Gaza, on est taxé d’antisémitisme ». Pourtant, en lisant le compte rendu de l’entretien, je peux noter que, malgré les tentatives de plusieurs membres de faire comprendre à cette dame la gravité de ses propos, celle-ci ne lâche rien et assume totalement son soutien au Hamas : « Oui, je maintiens que c’est un mouvement de libération. »

D’après mes sources, l’arrivée d’Arlindo Constantino à la tête d’Act Up a été facilitée par des ralliements de dernière minute dont les membres présentaient tous un profil antisioniste. Ces mêmes sources m’ont raconté le harcèlement qu’aurait subi Eva Vocz de la part de certains adhérents, la poussant au départ malgré son poste salarié dans l’association.

Si la Pride parisienne de 2024[3] était davantage tournée vers les élections législatives que vers la Palestine, c’est

1. Elle travaille depuis les années 1990 sur les rapports entre sexualité et santé.

2. Militante, ex-salariée d’Act Up et actrice et réalisatrice X.

3. Je me suis rendue pour *Le Point* à cette Pride afin d’enquêter sur les frictions politiques dans les milieux LGBT français. Cf. Nora Bussigny, « LGBT : des frictions sur le front des fiertés », *Le Point*, 6 juillet 2024.

parce que les différents collectifs qui d'ordinaire sont tout à l'organisation d'une « contre-Pride », encore appelée « Pride radicale », privilégiaient cette année un soutien indéfectible à la marche blanche organisée à Nanterre par la mère de Nahel Merzouk : « Nous rappelons que marcher aux côtés des partis de nos ennemis politiques, des entreprises et de la police à la Pride officielle n'est pas la stratégie que nous pensons la plus efficace pour visibiliser nos revendications », pouvait-on lire dans un communiqué qui avait tout d'un appel au boycott.

Mais cette accalmie fut de courte durée : je découvre dans un message de la ville de Paris que plusieurs maires d'arrondissement et certains de leurs conseillers (comme Alice Coffin) ont tenu à proposer aux Parisiens des spectacles qui « mettent à l'honneur la culture et la diversité des identités et mettent en lumière l'histoire pour l'accès aux droits des personnes LGBTQIA+ ». Cette troisième édition du Festival des fiertés – dont l'édito est cosigné par Emmanuelle Pierre-Marie (maire du XIIe, EÉLV), Jérôme Coumet (maire du XIIIe, ex-Parti socialiste) et Carine Petit (maire du XIVe arrondissement, EÉLV) – a retenu mon attention. Y est notamment promue dans le document la conférence dansée de l'activiste queer non binaire Habibitch, de son vrai nom Lissia Benoufella. Son spectacle de voguing, baptisé *Décoloniser le dancefloor*, qui s'est tenu le 13 novembre 2024 à 18 heures, propose de « penser les systèmes qui façonnent nos rapports sociaux quotidiens. Racisme, privilège(s), domination(s), résistance, création, communauté(s), autant de concepts fondamentaux disséqués sous une loupe décoloniale acerbe ». Une performance, d'après le texte, « à l'image de son interprète : incarnée, complexe, percutante, drôle, engagée, politique »...

« Drôle », Habibitch ne l'est guère... Ou plutôt elle pouvait sembler l'être lorsqu'elle faisait croire qu'elle s'engageait contre les discriminations, tout en étant visiblement en exaltation absolue juste après le 7 octobre lors du pogrom du Hamas. En effet, dès le lendemain des attaques terroristes, Habibitch publiait pour ses 50 000 abonnés un charmant message de réveil : « Bonjour aux Palestiniens et aux Palestiniens seulement. » Dans plusieurs publications qui ont suivi les massacres, la « féministe » insiste, en citant Nelson Mandela : « Si l'oppresseur utilise la violence, l'opprimé n'a pas d'autre choix que de répondre par la violence. Dans notre cas, ce n'était qu'une forme de légitime défense. » Et en ajoutant en anglais : « L'apartheid est l'apartheid, personne n'est libre tant que la Palestine n'est pas libre. » Elle partage également les opinions d'une militaire qu'elle connaît visiblement bien : Fatima Ouassak, un profil « écoféministe » décolonial et radical, cofondatrice de l'association controversée Front de mères, ancienne du parti des Indigènes de la République et qui, dès le 7 octobre, avait tweeté (« sans trembler ») : « Pendant la guerre anticoloniale en Algérie, Simone de Beauvoir ou Sartre ont pris position (sans trembler) pour la résistance armée algérienne, contre la France. Dans la guerre qui oppose colons et colonisés, il faut soutenir (sans trembler) le camp des colonisés. #FreePalestine[1]. » De son côté, Habibitch, finalement presque gênée après avoir glorifié les attaques terroristes qui ont vu des civils torturés, traînés au sol, tués, finira par manifester en quelques lignes son soutien aux « victimes israéliennes des attaques et à leur famille », sans oublier tout de même de rappeler que « les civils » sont « des dommages collatéraux » de « la violence d'État ». À mes yeux,

1. Ces propos ont été postés sur son compte Instagram public dans des stories (éphémères) encore disponibles à l'heure où j'écris ces lignes.

Habibitch applaudit là le viol, la barbarie, les meurtres, tout cela en concluant son message par un répugnant : « Je leur envoie tout mon amour. » Cela relève visiblement soit d'une stratégie de communication ratée, soit d'une dissonance cognitive propre à certains militants, capables, comme je l'avais constaté sur le terrain, de frapper des femmes en manifestation pour cause de « transphobie » tout en brandissant des pancartes appelant à lutter contre les violences sexistes.

Le 19 novembre 2024, Habibitch, inlassablement vent debout contre Israël et les « sionistes », poursuit sa tournée en se rendant à Nantes, devant une large assemblée. Une enseignante accompagnée de ses étudiants témoigne pour le média collaboratif de citoyens *Fragil*[1] de sa venue grâce à un partenariat établi avec le Théâtre universitaire « qui l'a conduite à choisir cet événement ». Là encore, le soutien au pogrom du 7 octobre dont a fait publiquement preuve l'artiste ne semble toujours pas poser problème à ceux qui aident la tenue de ces spectacles en leur versant de l'argent public. En effet, l'association Songo, qui gère Stereolux, bâtiment culturel qui a reçu Habibitch en grande pompe, était financée d'après leur lettre ouverte à hauteur de 47 % « par les collectivités au titre de ses activités d'intérêt général ». À l'instar de plusieurs autres associations, les subventions allouées par la ville de Nantes, Nantes Métropole, le département de Loire-Atlantique, la région Pays de la Loire et le ministère de la Culture aux hôtes nantais d'Habibitch vont finalement être supprimées prochainement, sur décision de l'État, pour cause de « déficit insoutenable ». On y apprend donc au passage que cet espace culturel

1. « "Décoloniser le dancefloor" : salle comble pour la conférence dansée d'Habibitch », *Fragil*, 29 novembre 2024.

recevait 76 000 euros d'argent public[1], argent qui a donc été reversé en partie sur le compte de l'artiste, certainement rémunérée pour sa prestation de « décolonisation du dancefloor[2] ».

Cet exemple précis de dépenses d'argent public au profit de Habibitch ne me permet pas bien sûr de mettre dans le même panier les techniciens, artistes, personnels, etc., qui composent les équipes de cette association et ne sont en rien décisionnaires des profils sélectionnés pour être mis en lumière et financés. C'est le cas par exemple de Louisa Yousfi, autrice décoloniale, « journaliste » et animatrice sur *Paroles d'honneur* et meilleure amie d'Houria Bouteldja. Dès le 7 octobre, elle plantait sur ses réseaux sociaux où elle est très active le drapeau palestinien, accompagné du slogan « *From the river to the sea* ». Sur ses stories Instagram et ses publications, la jeune femme ne cache pas sa haine envers Israël. Le 1er août 2024, visiblement très émue par le décès du leader du Hamas Ismaïl Haniyeh, Louisa Yousfi publiait un portrait du terroriste accompagné de la citation suivante : « Notre sang n'a pas plus de valeur que le sang de notre peuple. » Un sacré florilège, publié avant et pendant sa résidence d'un an à la prestigieuse Villa Médicis, qui dépend quasi exclusivement des financements du ministère de la Culture français, pour un total de 6 millions d'euros. En 2022, la bourse attribuée aux résidents comme Louisa Yousfi s'élevait à plus de 42 000 euros, sans compter les nombreux frais pris

1. Conseil d'administration de l'association Songo, « Lettre ouverte de réponse à la suppression des subventions de l'association Songo (Stereolux) par la région Pays de la Loire », 18 décembre 2024.

2. En mai 2025, Habibitch s'est plainte dans une story Instagram de ne plus être « bookée » pour des jobs à cause de sa « politisation ». Une nuance pour dire « radicalisation » ?

en charge par l'institution ! Un coût inquiétant dès lors que cette pensionnaire peut laisser penser qu'elle contribue à véhiculer par ses revendications un antisémitisme virulent et agit de manière illégale en produisant depuis sa résidence, propriété de l'État français, du contenu rendant, selon moi, hommage au terrorisme. J'avais, pour *Franc-Tireur*[1], interrogé le ministère et la Villa Médicis : tous semblaient embarrassés et m'ont promis d'ouvrir une enquête sur ces contenus. Si elle s'est montrée depuis plus prudente, Louisa Yousfi a malgré tout su profiter de son séjour à Rome en « bonne compagnie », c'est-à-dire avec sa grande amie Houria Bouteldja…

Pour conclure ce volet financier, je me dois d'aborder l'édition 2024 du Festival du film lesbien, gay, bi, trans, queer et +++ de Paris, aussi appelé « Chéries-Chéris ». Un scandale a éclaté lors de la cérémonie de clôture après que Julia Layani, créatrice de contenus LGBT et membre du jury, a expliqué avoir été victime d'une cabale interne. Dans un mail envoyé le 5 novembre 2024 à la direction du festival qui demandait son éviction, plusieurs jurés lui reprochaient d'avoir interviewé Caroline Fourest dans son podcast et d'avoir approuvé ses propos, alors même que cette dernière serait « notoirement connue pour promouvoir une vision de la laïcité qui masque une islamophobie persistante » et aurait eu des « prises de position polémiques sur le conflit israélo-palestinien ».

« Dans un contexte où notre communauté s'efforce de lutter contre toutes formes de discrimination, y compris l'islamophobie et le racisme, il nous paraît important que le choix des membres du jury reflète ces valeurs. Par conséquent, nous vous demandons de bien vouloir

1. « Villa Médicis, pension complexe », *Franc-Tireur*, 18 septembre 2024, numéro 149.

envisager le remplacement de Mme Layani [...] », conclut le courrier signé, d'après des informations portées à ma connaissance par la photographe Romy Alizée, le scénariste Théo Abadie, les acteurs Sohan Pague, Erwan Kepoa Falé, les réalisateurs Alexis Langlois, Rémy Dayre, Achille Bocquier, Valentin Noujaïm, Antonius Ghosn et... deux noms que nous connaissons maintenant : Elsa Aloisio, citée quelques pages plus tôt pour ses propos au sein d'Act Up, et surtout Habibitch, à l'initiative de la cabale sobrement intitulée « Contre la présence de Julia Layani à Chéries-Chéris ». On ne peut être plus clair.

Dès le 25 novembre, lors du dîner de délibération des prix, Julia Layani révèle avoir entendu l'une des membres du jury dire qu'il « serait bon aussi de parcourir les fiches techniques des films pour voir s'il y a des sionistes problématiques dans les équipes[1] ». Organisés, les jurés proposent de prendre la parole à la fin du festival afin de dénoncer notamment dans un texte commun « le génocide à Gaza, l'invasion du Liban, la lutte courageuse des femmes iraniennes contre un régime oppressif », mais aussi « la montée inquiétante de l'extrême droite ». S'ils affirment vouloir combattre « l'homophobie, la transphobie, la putophobie, le patriarcat » et soutiennent en conclusion que « la libération des personnes LGBT+ /TDS est intrinsèquement liée à la libération de tous les peuples opprimés », le mot « antisémitisme » n'est pas évoqué, comme le relève mon confrère Philippe Guedj. Embarrassée, Julia Layani va alors oser demander que le sort des 120 otages israéliens détenus à l'époque par le Hamas soit bien mentionné. Une requête qui lui vaudra d'abord un silence puis une

1. Cf. l'article très documenté sur l'affaire de mon confrère Philippe Guedj, « Festival Chéries-Chéris : dans les coulisses d'une cabale aux relents antisémites », *Le Point*, 29 novembre 2024.

interdiction de monter sur scène pour lire le texte avec les autres jurés. Courageuse, Julia Layani s'y rendra tout de même après leur passage, malgré quelques cris du public.

« Quand Julia a mentionné les otages sur scène, la salle a plutôt bien réagi malgré quelques huées accompagnées de "on n'en a rien à foutre", c'est après que ça s'est corsé », témoigne Lina[1], militante, proche amie de Julia Layani et présente tout au long de la soirée. « Plusieurs membres du jury étaient très agressifs après, lors des explications ! "On n'a jamais voulu que tu sois là", disait l'un ; "ton podcast avec Caroline Fourest c'est un truc de droite[2] qui va à l'encontre des valeurs de la communauté", lançait l'autre... J'ai été obligée de réagir en disant que moi aussi j'appartenais à "la communauté" donc pourquoi devraient-ils décider ?! » s'agace Lina.

Pour la trentenaire, la phrase la plus révélatrice de cet épisode, et qui n'a à ce jour pas fuité, est celle prononcée par l'une des membres du jury à l'encontre de Julia Layani : « Les réalisateurs arabes ne souhaitaient pas que tu voies leur film. » « J'ai dû m'écarter pour me calmer, c'était donc la preuve que ce n'était pas une question de Fourest, de laïcité, mais d'antisémitisme, on voulait opposer les juifs aux Arabes ! »

Catherine Michaud, conseillère régionale déléguée spéciale à la Lutte contre les discriminations, le racisme et l'antisémitisme, et présidente de GayLib était présente

---

1. À sa demande, j'ai modifié son prénom pour préserver son anonymat.

2. « Caroline Fourest : la masterclass d'analyse politique du moment », « Conversations avant la fin du monde », 19 juillet 2024. Caroline Fourest et Julia Layani évoquent certes la radicalité de certains membres de La France insoumise, mais aussi et surtout le Rassemblement national, Marine Le Pen ainsi que le travail de Caroline Fourest sur le sujet.

ce soir-là. Il faut dire que la région Île-de-France, partenaire de l'événement, finance un quart du budget, soit 20 000 euros. Après son propre discours, Catherine Michaud était persuadée que la soirée se déroulerait sans encombre et ce, avant de voir six membres du jury monter sur scène. « Ils n'ont pas dit un mot pour les otages, alors qu'il y a deux Franco-Israéliens et des bébés aux mains du Hamas ! Il y a des victimes civiles des deux côtés, c'est dramatique, et rappeler le sort des otages ne veut pas dire que l'on soutient la politique de Netanyahou. Par ailleurs, il n'y a pas de génocide à Gaza, il y a la guerre ! En entendant Julia Layani s'exprimer et témoigner de ce qu'elle a vécu durant le festival, nous avons décidé par la suite à la région de suspendre les subventions allouées au festival. On ne peut pas organiser un festival qui promeut nos diversités par le cinéma, les courts métrages, la culture et supporter en son sein qu'une membre du jury soit discriminée en raison de ce qu'elle est », précise Catherine Michaud après le festival. Elle auditionnera par ailleurs en commission culture de la région les organisateurs du festival pour la prochaine édition.

Quelques mois plus tard, et après avoir croisé Julia au détour du lancement des Assises de lutte contre l'antisémitisme, je lui propose de venir en discuter avec moi. Je connaissais l'affaire certes, mais son regard sur ce qu'elle avait vécu, surtout sans témoin, était important pour moi. Julia Layani me retrouve dans le Marais : « Voir Habibitch, qui a parfaitement assumé ce qui s'est passé, danser lors des Victoires de la musique[1] sur le service public alors

1. Le 14 février 2025, Habibitch a fait partie des danseuses et danseurs que l'on a pu découvrir durant le spectacle de l'artiste Lucky Love en direct sur France 2.

que j'ai encore des séquelles psychologiques de ce qui s'est passé, a constitué pour moi un véritable choc.»

«Après m'être "pointée" à la cérémonie de clôture, je suis déterminée à monter sur scène avec les autres. C'est là qu'un des jurés me demande de sortir avec lui et me dit texto : "Désolé, on ne va pas pouvoir te faire monter avec nous sur scène pour dire ce que tu as dit dans ton mail, car ça n'a pas été validé par le groupe"», se remémore Julia. Son cœur bat, ses mains tremblent, elle se rappelle son enfance, dans la cour de récréation, quand elle ne savait pas quoi rétorquer face à un antisémitisme absurde. Elle se souvient qu'elle balbutie un «mais pourquoi?» pour seule réaction. «Parce que ce n'est pas le sujet», clôt le juré qui se dédouane en affirmant avoir été désigné «pour lui communiquer le message». «Je lui dis, dans un accès de colère, qu'ils ne me laissent pas monter avec eux, car ce sont de "gros antisémites". Que n'avais-je pas dit là!» Le juré, rouge de colère, s'exclame : «Ah ça y est, tu as prononcé le mot! C'est ça le fascisme, c'est dangereux!» À ce stade, Julia et lui sont quasi front contre front. Elle tente : «Est-ce que je peux dans ce cas monter avec vous sans mentionner les otages?» Il refuse, prouvant donc la justesse du postulat de Julia. Tout au long de la cérémonie, elle bouillonne sur son siège et ne cesse de chercher une «caméra cachée», preuve d'une mauvaise blague, d'un *prank* expliquant la situation absurde, et discriminante, vécue en plein festival de lutte contre les discriminations. En vain, évidemment.

Julia Layani est parvenue à faire son discours, seule, sur scène, malgré quelques huées et des regards haineux. Lorsqu'elle doit ensuite remettre un prix, les autres jurés s'éloignent ostensiblement d'elle pour ne pas être aperçus à ses côtés. Depuis, celle qui a grandi en Seine-Saint-Denis a connu un déferlement de haine, mais a vu aussi des soutiens affluer en masse. Je l'interroge sur la génération Z, qu'elle connaît bien. A-t-elle encore de l'espoir ? « Je vais avoir un discours optimiste, la jeunesse a une force militante, vivante. Il y a un vote jeune, mais ce vote jeune n'est pas forcément lié à La France insoumise ! Il suffit que d'autres personnalités politiques s'emparent des sujets qui les touchent, que le mouvement universaliste récupère leurs causes laissées à la dérive des extrêmes pour y arriver. L'espoir est possible, et il est politique. »

Elle ne croyait pas si bien dire.

3

Féministes, 7 octobre et terrorisme

« Sionistes, fascistes, c'est vous les terroristes ! »

Chaque année, deux journées bien distinctes incarnent, par le biais de grandes manifestations en France et dans plusieurs pays à travers le monde, l'engagement militant féministe : le 25 novembre (Journée internationale pour l'élimination de la violence à l'égard des femmes) et le 8 mars (Journée internationale des droits des femmes).

En France, depuis le 7 octobre 2023, les luttes féministes, déjà fragilisées par la cohabitation entre différents courants, ont explosé en plein vol. Certaines de leurs figures, comme Élise Goldfarb[1] ou encore Rebecca Amsellem[2], ont décidé de prendre la parole sur leurs réseaux sociaux respectifs, chacune effarée de constater le manque de solidarité envers les femmes israéliennes victimes du Hamas.

La première, quelques jours après le pogrom, poste sur son compte Instagram : « J'étais aux manifs pour Adama Traoré, j'étais aux manifs contre les violences policières,

1. Cofondatrice du média féministe *Fraîches* et du podcast « Coming-out ». *Fraîches* a publiquement tenu à marquer ses distances avec elle et Julia Layani, l'autre cofondatrice.

2. Économiste, féministe et créatrice du média féministe *Les Glorieuses.*

plusieurs fois. J'étais à toutes les manifs contre les violences faites aux femmes. À toutes les marches contre le racisme, depuis que j'ai huit ans. J'étais aux manifs pour les Ouïghours, j'étais à la marche pour le climat. J'étais à la Pride. J'étais à la marche contre l'homophobie. J'étais à la manif contre les talibans. J'ai coupé mes cheveux pour l'Iran. Pourtant, ce soir, aucun de mes amis non juifs n'était là pour lutter avec moi contre le terrorisme islamiste et le massacre de civils innocents, le massacre de mon peuple à moi. »

De son côté, Rebecca Amsellem, dans un long texte posté lui aussi sur son compte Instagram, précise : « Être juive aujourd'hui, ce lundi 9 octobre 2023, c'est voir des intellectuelles féministes qu'on lisait, qu'on admirait, qu'on soutenait, publier des inepties qui pourraient être qualifiées d'apologie du terrorisme. »

En réponse à ses prises de position courageuses, « évidentes », puisqu'elles ne font rien d'autre que de dénoncer le Hamas, appeler à la paix, à la libération des otages et à un cessez-le-feu, Élise Goldfarb recevra un nombre si élevé de menaces de mort et de messages antisémites qu'elle sera contrainte de déposer plainte.

À l'image des réseaux sociaux, où de très nombreux comptes X et Instagram féministes ont pris fait et cause contre Israël, sans aucune empathie pour les femmes violées, torturées et détenues en captivité par le Hamas, l'organisation de manifestations féministes ne pouvait se dérouler sans encombre. Mon précédent livre m'avait préparée à ce triste constat : dès 2022, lors de la Pride radicale, les organisateurs ne savaient pas comment « trier » les juifs dans les cortèges réservés, ou non, aux blancs. Fallait-il les mettre avec les blancs privilégiés en fin de manif? Avec les opprimés « racisés » en tête de cortège? Plus perturbant encore : à quoi reconnaît-on un « juif[1] » ? À toutes ces questions, j'avais été confrontée, en immersion, bien avant que les luttes militantes ne scindent officiellement et durablement les différents courants du militantisme féministe.

Peu avant le 25 novembre, des témoignages affluent sur des « tensions » internes qui affecteraient l'organisation de la fameuse manifestation du collectif féministe #NousToutes. Par conséquent et pour cette édition 2023, concrètement, la manifestation fonctionnera pour la première fois comme une « inter-orga », ce qui n'est pas sans me rappeler la Pride radicale. Autrement dit, plusieurs collectifs coorganiseront la manifestation[2] et se mettront d'accord sur une marche à suivre. Parmi eux, le fameux collectif Du Pain et des Roses, avec à sa tête Sasha Yaropolskaya. Juste après le 7 octobre 2023, l'écrivaine, féministe et présidente des associations Paroles de femmes et SOS autisme France Olivia Cattan me fait part, au téléphone, de l'agressivité à laquelle elle a dû faire face de la part de ce collectif alors qu'elle avait voulu lancer un appel général pour une reconnaissance d'un « féminicide de masse » lors des pogroms : « On m'a confirmé le déchirement interne des féministes après le 7 octobre. Comme d'habitude, elles m'ont opposé un manque total de réaction, mais cette fois il était accompagné, chez les militantes du collectif Du Pain et des Roses, d'une violence inhabituelle. Je me suis fait traiter de "sale blanche", de "sale bourgeoise", de "sale sioniste". Elles m'ont accusée de faire de la propagande israélienne, d'être une espionne au

1. *Les Nouveaux Inquisiteurs*, *op. cit.*, chap. VI.

2. Manifestation qui a déjà réuni par le passé près de 110 000 personnes en France.

service du gouvernement ! » Visiblement émue, brisée par tant d'hostilité, Olivia Cattan ajoute : « Durant toute cette période, j'ai tenté de contacter en vain le collectif d'ultragauche qui a bien sûr soigneusement évité de me répondre, sans doute trop occupé par l'organisation de la manifestation féministe propalestinienne. » Constat terrible, amer, elle déplore, pleine de tristesse mêlée de colère, juste avant que nous cessions notre discussion : « Nous n'étions plus dans un débat sur le droit des femmes, j'étais ramenée à ma judéité et non à mon engagement féministe de longue date. »

Le 25 novembre, le collectif Nous Vivrons, fondé après le 7 octobre pour porter la voix des victimes des pogroms, et qui ne cesse pourtant de communiquer sur son rejet « des extrêmes », est interdit de manifestation à Paris avec les autres participantes féministes. Les tenues portées par les membres du collectif disent tout du message qu'elles souhaitent véhiculer : des joggings tachés de rouge au niveau de l'entrejambe pour rendre hommage à la jeune Naama Levy, violée par les terroristes du Hamas lors de l'attaque du 7 octobre et dont le corps mutilé avait été exhibé par l'organisation terroriste tel un affreux trophée de guerre.

Des membres de Nous Vivrons, durant les échanges que j'ai eus avec elles, corroborés par leurs déclarations parues dans les colonnes de *Libération*[1], témoignent avoir été molestées par des hommes du NPA[2] et de Révolution permanente. « Lors de la manif du 25, des activistes de

1. « "On était comme des parias" : l'amertume de féministes juives, empêchées de manifester contre les violences faites aux femmes », *Libération*, 27 novembre 2023.

2. Nouveau Parti anticapitaliste.

DPDR[1] seront filmées et confrontées après avoir arraché des collages "Je suis Shani Louk[2]", précise dans un second article de *Libération* ma consœur Ève Szeftel[3]. Les commentaires, qui me seront confirmés ensuite par des militantes féministes juives présentes, témoignent de propos tels que « mort aux juifs » entendus parmi la foule des participants, au milieu d'une marée de drapeaux palestiniens et de phalanges menaçantes d'hommes aux visages masqués par des cagoules.

Quelques mois plus tard, je travaille sur un sujet à paraître dans *Le Point*[4] portant sur les incidents graves qui se sont produits à Paris dans le cadre de la manifestation féministe du 8 mars 2024. Des militantes de Nous Vivrons, mais aussi de l'association féministe No Silence ont été contraintes de fuir, face à une foule menaçante qui leur jetait des œufs ainsi que des tessons de bouteille, en hurlant des slogans d'une violence rare, racistes et imbéciles – un sommet étant atteint par l'un d'entre eux qui les résume tous : « Sionistes, fascistes, c'est vous les terroristes ! » Pour les besoins de mon article, je récupère une multitude de vidéos des agressions que je décide de rendre publiques sur mon compte Twitter après avoir obtenu l'aval des victimes. Parmi les lanceurs de bouteilles, des internautes semblent reconnaître Omar Alsoumi, ce qu'il n'a pas confirmé.

1. Du Pain et des Roses.
2. Victime de l'attaque terroriste du 7 octobre.
3. Ève Szeftel et Marlène Thomas, « Depuis l'attaque du Hamas du 7 octobre, #NousToutes au cœur d'un malaise militant », *Libération*, 12 février 2024.
4. « Manifestation du 8 mars : les féministes juives exfiltrées après des violences », *Le Point*, 8 mars 2024.

Mélanie Pauli-Geysse, présidente de l'association No Silence, une jeune femme douce et sensible dont j'apprécie l'engagement, me donne sa version des faits : « On entendait des slogans tels que "sales juives", "nazis", "Israël assassin" sur notre passage peu après que l'on a commencé à défiler, mais après les tentatives d'intimidation et les insultes, on a reçu des projectiles divers, c'est là qu'on a eu vraiment peur. » Certains, comme le député Antoine Léaument[1], assurent, pour justifier les assauts de ces néoruraux qui auraient troqué fourches et torches pour des keffiehs, des bouteilles en verre, des insultes et des coups, que les deux collectifs féministes juifs étaient accompagnés par le service d'ordre de la Ligue de défense juive, un groupuscule d'extrême droite radicalisé ! Alors qu'il ne s'agissait que du Service de protection de la communauté juive (SPCJ), affilié à aucun parti et chargé de protéger les participantes à cette manifestation. « S'ils n'avaient pas été là, ça aurait donné un autre pogrom », me souffle une jeune femme, bouleversée par la brutalité de ces assauts. À nouveau, je suis consternée et amère face à la schizophrénie du militantisme : agresser des femmes à une manifestation où l'un des engagements est la lutte contre les violences faites à leur égard !

À quelques centaines de kilomètres de là, à Bordeaux, les féministes du collectif Nous Vivrons affrontent elles aussi une situation similaire. Je décide de rencontrer deux d'entre elles, afin de recueillir leur témoignage.

1. Député NFP-LFI, élu de la 10e circonscription de l'Essonne, élu en 2022 et réélu en 2024. Il fait partie de ceux qui ont demandé la destitution du président de la République « pour manquement à ses devoirs ».

Dans l'un des cafés à proximité de la gare Saint-Jean, je rejoins Lise et Sonia[1], deux féministes, mères de famille et membres de l'antenne bordelaise. Le regard perdu, Lise me raconte que leur participation à la manifestation féministe avait commencé sur un malentendu inespéré : « Je voulais qu'on représente les femmes israéliennes violées par le Hamas. J'ai donc contacté l'antenne bordelaise du collectif #NousToutes pour que nous puissions participer à la manifestation. L'une des membres de l'association m'a très vite rappelée, enthousiaste, en me disant que nous serions accueillies avec plaisir ! J'étais tellement contente, vous ne pouvez pas imaginer ! » Tout semblait commencer sous les meilleurs auspices. La suite de l'histoire est hallucinante et riche d'enseignements. Je n'en crois pas mes oreilles. Ou plutôt, elle ne vient que confirmer cette brume épaisse, qui ne fait que se densifier à mesure que j'avance dans mon enquête. Un ciel d'orage qui se précise. Une peste brune qui s'installe lentement. Lise poursuit : « Puis je leur ai dit ce que nous revendiquions, l'hommage que nous avions prévu et là, tout à coup, un affreux silence à l'autre bout du fil. J'entends une phrase qui me glace d'horreur. La voici, telle quelle : "J'ai cru que vous étiez à l'inverse." Vous vous rendez compte ? "J'ai cru que vous étiez à l'inverse !" Je comprends alors qu'il y a eu une terrible confusion. Que #NousToutes pensait que nous étions un collectif portant les voix palestiniennes. Je n'ai pas le temps d'ajouter quoi que ce soit qu'elle me rétorque immédiatement, juste avant de couper la communication : "Ça ne va pas être possible, on ne défend pas les mêmes valeurs." » L'histoire n'est pas finie, le meilleur est à venir. Juste

1. Elles m'ont demandé de modifier leurs prénoms par mesure de sécurité.

avant de mettre fin à la discussion, l'interlocutrice de Lise lui précise que la présence de la bannière « *Free Palestine* » « ne pouvait pas figurer à côté de notre "cause" ».

Après avoir tenu à laisser une trace écrite de cet échange, Lise constate que les propos et le refus de participation sont repris dans les mails échangés par les militantes féministes, mais en supprimant le mot « juives ». Sonia et Lise ne baissent pas les bras pour autant et décident malgré tout de braver l'interdit, accompagnées d'une vingtaine de femmes âgées de trente à soixante ans… Cette fois, c'est Sonia qui raconte : « Malgré la présence de la police, ce qui s'est alors passé est absolument dingue. » Alors que les militantes, pacifistes, sortent leurs pancartes rendant hommage aux femmes victimes du 7 octobre, un groupe de manifestantes, agrippées les unes aux autres par le bras, faisant une sorte de chaîne humaine, les isolent en les encerclant. Et Lise de poursuivre : « C'était comme une chorégraphie, elles nous entouraient toutes, je n'oublierai jamais leurs regards de haine, puis elles nous ont ostensiblement tourné le dos dès qu'on a tenté de scander nos slogans "Hamas violeur" et "Les femmes ne sont pas un butin de guerre", alors que beaucoup nous faisaient des doigts d'honneur. » Sonia ajoute : « On leur a fait remarquer qu'elles tournaient le dos à des femmes qui dénonçaient des viols, mais ça ne les a pas empêchées de nous dire de dégager ! Parmi nous, il y avait des militantes dont le féminisme datait du MLF[1], elles étaient immensément choquées de voir comme les choses avaient pu changer. »

Courageuses, les féministes juives et leurs alliées ont voulu défiler, avant d'être bloquées sans ménagement par le service de sécurité, masculin et imposant, de la

1. Mouvement de libération des femmes, né en 1970.

manifestation. D'après les manifestantes, le SPCJ s'est interposé et a fini par les exfiltrer pour leur sécurité. « Ce qui me ronge c'est l'absurdité de tout ça. Ils étaient des milliers, c'était festif et pourtant on n'a pas pu participer, alors qu'on ne faisait rien de mal », conclut Sonia[1].

Le 30 septembre 2024, le compte Instagram du collectif féministe #NousToutes, suivi par plus d'un demi-million d'abonnés, a troqué la couleur violette, sa marque de fabrique, pour les couleurs du drapeau palestinien. Dans un de ses posts, #NousToutes, l'un des plus gros collectifs féministes français, cofondé dans le but de « créer une déferlante réunissant toutes les forces possibles pour dénoncer les violences sexistes et sexuelles », par Caroline De Haas[2], exige que la France « cesse immédiatement ses ventes d'armes et de matériels militaires à Israël » et appelle « à la fin du massacre colonial à Gaza, en Cisjordanie et au Liban »[3].

Le long communiqué et l'appel à manifester sont soutenus par de nombreux collectifs controversés parmi lesquels Lallab[4], proche de certaines thèses islamistes,

1. Soucieuse de l'éthique journalistique, j'ai tenté de contacter le collectif #NousToutes en leur précisant que j'avais des questions sur des témoignages recueillis au niveau national, mais aussi régional. Mes mails sont restés sans réponse.

2. Aux côtés de Madeline Da Silva, Fatima Benomar, Laure Salmona et Clémentine Vagne.

3. Cf. « Mais où va le collectif #NousToutes ? », *Le Point*, 8 octobre 2024.

4. Association qui se définit comme « féministe et antiraciste dont le but est de faire entendre la voix des femmes musulmanes » et qui lutte pour le droit de porter le hijab. Elle est critiquée notamment pour le choix de certaines de ses intervenantes aux profils sulfureux.

le mouvement Boycott, désinvestissement et sanctions[1], mais également le collectif Du Pain et des Roses.

Sur son compte Instagram, le collectif #NousToutes n'hésite pas à manier la censure et les blocages des comptes d'utilisateurs parmi les plus pacifiques. En témoigne ce commentaire qui semble avoir été supprimé après avoir été publié le 7 octobre 2024, en ce triste anniversaire, par une utilisatrice, sous l'annonce de l'appel à manifester du collectif : « Malheureusement vous vous trompez de combat… Ce n'est pas blanc ou noir. N'est-il pas plus féministe de soutenir les civils hommes, femmes, enfants ? Qu'ils soient palestiniens ou israéliens. Faites attention à vos publications. Prônez la paix ça c'est être féministe », relatait le post de l'utilisatrice censurée, dont j'ai pu rapidement faire la capture d'écran. « C'est bien le cas, et si vous nous lisiez vraiment, vous le sauriez », avait rétorqué le compte Instagram de #NousToutes avant de supprimer les traces de cet échange.

D'autres utilisatrices d'Instagram déplorent avoir vu leurs commentaires supprimés et leurs comptes bloqués par le collectif féministe, comme le rapporte Shani Benoualid, conseillère pour le numérique et contre la haine en ligne à la DILCRAH[2] et cofondatrice de l'association #jesuislà. « Silencier les femmes, c'est ça l'esprit de votre collectif "féministe" ? » interpelle publiquement cette dernière engagée sur ses réseaux sociaux, sans

1. BDS, mouvement international d'appel à boycotter les produits, mais aussi les personnalités israéliennes, afin d'affaiblir et d'entraver le rayonnement, la production et la consommation de quoi que ce soit lié à Israël.

2. Délégation interministérielle à la lutte contre le racisme, l'antisémitisme et la haine anti-LGBT.

obtenir visiblement de réponse du collectif qui se veut féministe.

Le vendredi 4 octobre 2024, Jean-Luc Mélenchon appelle les étudiants français à « mettre des drapeaux palestiniens partout où c'est possible » et à réagir à la circulaire du ministre Patrick Hetzel à propos du « maintien de l'ordre » dans les universités à l'occasion de la date anniversaire du 7 octobre. Les manifestants qui se réunissent ce 8 octobre au soir place de la République à Paris semblent décidés à appliquer à la lettre la demande de leur leader.

La tête couverte d'un foulard noir, habillée d'un gros pull, les yeux dissimulés sous de larges lunettes, je me fraie un chemin à travers les manifestants alors qu'une pluie glacée semble déterminée à s'inviter à la fête. Le rassemblement a commencé à l'heure, et les discours s'enchaînent rapidement, parmi lesquels celui de l'inévitable Sasha Yaropolskaya que les « camarades » Du Pain et des Roses sont venus applaudir. « Notre féminisme sera toujours du côté du féminisme qui lutte contre le colonialisme », scande la réfugiée transgenre russe à la petite foule qui grelotte devant la statue de la République. « Rapprochez-vous, qu'on voie bien qu'il y a du monde », nous lance une organisatrice, alors que les manifestants peinent à retenir leurs drapeaux palestiniens, secoués par un vent féroce. Soudain, j'attrape la main de mon amie Léa, qui avait accepté de m'accompagner pour éviter que j'attire les regards en tant que personne seule dans la foule à prendre des notes et à filmer. « Samidoun est là aussi, évidemment ! » lui glissé-je dans le creux de l'oreille, comme une terrible évidence.

Créé en 2012, Samidoun, aussi appelé Palestinian Prisoner Solidarity Network, est considéré comme la façade ripolinée de l'organisation terroriste du Front populaire de libération de la Palestine. Grâce à une question écrite posée au Parlement européen[1], on apprend que Samidoun aurait organisé, en 2022, un rassemblement devant l'immeuble Louise-Weiss en « appelant à vaincre l'Europe, les États-Unis et Israël à coups de "kalachnikovs, de roquettes et de balles" ». Deux ans plus tard, le Canada et les États-Unis, suivant la décision de l'Allemagne, qui a interdit en octobre 2023 Samidoun « en raison de ses liens démontrables avec le Hamas », l'ont classé dans la catégorie des organisations terroristes[2]. Mais alors… que vient faire Samidoun dans une manifestation féministe organisée sur le sol français ? À dire vrai, je ne suis pas totalement surprise, car cela fait déjà un certain temps que j'étais parvenue à rejoindre les boucles Telegram internationales et nationales de cet organisme où j'avais découvert des militants efficaces, extrêmement présents sur le terrain et surtout adeptes de l'écriture inclusive, dont ils semblaient parfaitement maîtriser les arcanes. Cette stratégie, sur laquelle je reviendrai dans les prochains chapitres, puisque je serai amenée tout au long de cette enquête à côtoyer et à soutenir cette organisation pour les besoins de mon immersion, est redoutablement efficace quand il s'agit d'occuper un territoire

1. La question posée au vice-président de la Commission/haut représentant de l'Union pour les affaires étrangères et la politique de sécurité est disponible sur le site en ces termes : « L'organisation extrémiste Samidoun sera-t-elle ajoutée à la liste des organisations terroristes ? »

2. Le Trésor des États-Unis a qualifié Samidoun d'« entité terroriste mondiale expressément désignée » dans le cadre du décret 13224 pour ses liens avec le FPLP et la défense de ses intérêts.

militant et de développer la communication victimaire, ainsi que le recommandent la République islamique d'Iran mais aussi les Frères musulmans.

Pendant que j'entraîne mon amie Léa à la suite des sbires de Samidoun venus déployer leur étendard, le président Emmanuel Macron est hué par la foule tandis que les militantes rappellent que la France « arme » le « génocide » en Palestine. Après avoir fustigé le « fémonationalisme » et le *pinkwashing*[1] d'Israël, une minute de silence est demandée en hommage aux victimes civiles. Les membres de l'UJFP[2], pour la plupart assez âgés, tiennent une banderole appelant au cessez-le-feu et distribuent des tracts aux participants qui comparent le 7 octobre au 1er novembre 1954 en Algérie et estiment que « la société civile d'un état colonisateur ne peut pas être extérieure à une guerre coloniale ».

Alors que la foule s'élance dans les rues bouclées par des véhicules de police, les slogans communs aux manifestations palestiniennes sont scandés par les manifestants, en majorité des jeunes et des étudiants. « Israël assassin, Macron complice », « Israël, casse-toi, le Liban n'est pas à toi », et autres « *Free free Palestine* » ponctuent leurs brèves interruptions au rythme des feux de signalisation. De mon côté, j'avance discrètement, le cœur battant, derrière deux jeunes hommes masqués et cagoulés, emmitouflés dans leurs keffiehs. Survêtements, écharpe

1. Procédé marketing utilisé par un État, une organisation politique, un parti politique ou une entreprise pour améliorer son image en promouvant une attitude accueillante à l'encontre de la communauté LGBT.

2. Union juive française pour la paix, ce collectif qui se revendique antisioniste est solidaire de la résistance du peuple palestinien et soutient les anticolonialistes juifs et palestiniens.

Burberry, l'un d'eux parle anglais, ce qui n'empêche pas l'autre de lui glisser, visiblement fier : « Sarah est de plus en plus chez Samidoun, mais elle reste en intérim chez Palestine vaincra. » Tous deux semblent bien connaître un vieil homme en bonnet, keffieh et djellaba, le visage à demi dissimulé sous une large barbe grisâtre et foisonnante, qui semble leur faire la leçon. « Palestine vaincra, c'est quoi ça ? » m'interroge Léa, essuyant la pluie qui goutte sur ses verres de lunettes alors que nous perdons la trace des membres de l'organisation terroriste, qui n'ont visiblement pas fini leur marche. Je hausse les épaules, dans l'incapacité de lui répondre, reprenant machinalement les slogans « Nous sommes tous des enfants de Gaza » hurlés dans les microphones. C'est en immersion à Toulouse que j'en saurai plus, ce qui me confortera dans ce qui désormais m'apparaît comme une évidence : il y a une véritable infiltration de la mouvance islamiste dans toute la société française grâce à l'aide efficace, réfléchie, programmée, de la gauche radicale, véritable cheval de Troie de l'antisémitisme. Et si des organisations terroristes ont réussi à se frayer un chemin dans les luttes progressistes, c'est bien que tous les paradigmes sont définitivement chamboulés.

4

« La preuve par la Palestine »

« Le Hamas a seulement répondu avec sa culture. »

Lors de cette marche durant laquelle j'ai croisé, pour la première fois, des membres de Samidoun, j'ai compris que ceux-ci étaient en terrain conquis et dans un premier temps, du moins, ils ne m'ont pas semblé particulièrement intimidants… Tout au moins pour des membres d'une organisation reconnue, dans plusieurs pays étrangers, comme terroriste.

Pourtant, lors de la manifestation féministe du 8 mars 2024 à Bruxelles, certains ont fait des victimes. Je le découvre en me rendant en Belgique, et en y rencontrant Viviane Teitelbaum. Cette sénatrice, bien connue des habitants de la capitale, qui viennent la saluer alors que nous conversons, est engagée pour les droits des femmes depuis de nombreuses années. Elle est aujourd'hui présidente du Centre européen du Conseil international des femmes, mais a surtout échappé de peu au pogrom du 7 octobre, déclinant à la dernière minute l'invitation d'une de ses connaissances de l'association Women Wage Peace, mouvement pacifiste de femmes israéliennes qui milite avec l'organisation palestinienne Women of the Sun.

« Le 4 octobre 2023, trois jours avant le pogrom, nous marchions toutes ensemble à Jérusalem, on était galvanisées, on pensait que tout était possible... Vivian Silver, l'une des organisatrices de la marche, m'avait proposé de descendre au kibboutz Be'eri pour me montrer comment s'organisait son travail. Faute de temps et à regret, je n'ai pas pu accepter son aimable invitation et suis partie le lendemain. Deux jours plus tard, elle a été brûlée vive par le Hamas. »

Au cours du rassemblement féministe du 8 mars 2024, cette même Viviane Teitelbaum décide de délaisser sa formation politique (Le Mouvement réformateur) pour rejoindre ses sœurs de lutte : des féministes juives, portant des panneaux sur lesquels figurent les photos des otages. Je constate, comme chaque fois que j'interviewe une féministe juive venue porter la voix des victimes du 7 octobre, que toutes insistent pour dire qu'elles « n'ont pas pris de drapeaux israéliens, seulement des photos des victimes », comme pour s'excuser, ou encore pour justifier qu'elles ne méritaient pas les agressions odieuses auxquelles elles ont dû faire face.

Viviane Teitelbaum me livre son témoignage, bouleversant, glaçant : « Le cortège s'ébranle, mais très vite, nous sommes violemment bousculées. Ayant reçu, dans la mêlée, un coup au niveau de l'épaule, j'ai horriblement mal au bras. Je crois à un mouvement de foule jusqu'à ce que j'entende les cris d'une femme de mon parti, qui est d'ailleurs de confession musulmane. Affolée, elle me hurle soudain de "PARTIR ! VITE ! IL N'Y A PAS UNE SECONDE À PERDRE !" C'est à ce moment précis que je constate que notre cortège féministe juif est encerclé par des hommes qui ont l'air menaçant, qui nous hurlent au visage, et nous prennent en étau comme s'ils voulaient nous écraser. » Les femmes parviennent miraculeusement à s'échapper, et Viviane, l'épaule douloureuse, apprend par son amie arabophone qui lui avait donné l'alerte que les hommes avaient crié cette consigne en arabe en les voyant : « Ce sont des sionistes, encerclez-les. » Après le dépôt d'une plainte, une enquête policière a été diligentée. Selon plusieurs recoupements, il s'agirait de membres du groupe Samidoun, dont le président du pôle européen réside à Bruxelles.

Interdit de séjour aux Pays-Bas où il devait donner une conférence, l'intéressé est aujourd'hui dans l'attente de la décision du Commissariat général aux réfugiés et aux apatrides de se voir retirer son statut de réfugié – la secrétaire d'État à l'asile et à la migration, Nicole De Moor, le qualifiant de « prédicateur de haine extrémiste ». S'ils sont capables d'être violents, les membres de Samidoun sont aussi de fins gourmets : peu après le 7 octobre, en Allemagne, l'organisation terroriste avait mis en place une distribution de pâtisseries à Berlin afin de fêter « la victoire de la résistance »[1].

Pour beaucoup de féministes, les lieux de luttes deviennent difficiles d'accès face à l'omniprésence d'un discours antisioniste. Même des collectifs pacifistes comme Les Guerrières de la paix, porteuses d'un discours aussi bien israélien que palestinien, sont la cible de tweets et autres stories Instagram, aussi vengeurs qu'intempestifs. Parmi ceux-là, ceux de Rima Hassan occupent une place de choix, n'hésitant pas à qualifier ces féministes de suppôts de la « gauche sioniste ». Une cabale que la députée européenne partage (comme beaucoup d'autres choses) avec le collectif ultraviolent Urgence Palestine, bien déterminé à s'en prendre, à grand renfort de posts sur

1. « "Mohammed Khatib légitime et glorifie la violence contre l'État d'Israël" : un militant palestinien interdit d'accès aux Pays-Bas », *Le Parisien*, 25 octobre 2024.

les réseaux sociaux, aux Guerrières de la paix, femmes engagées, qui seront nommées au prix Nobel de la paix en 2025.

Le samedi 15 juin 2024, une enfant de douze ans est agressée sexuellement à Courbevoie par trois garçons. La petite fille, victime de multiples sévices, sortie miraculeusement vivante de plusieurs heures de tortures, n'avait pas informé son « amoureux », qui s'avère être l'un des agresseurs, de sa judéité ! L'avocate de l'enfant, Muriel Ouaknine-Melki, est on ne peut plus explicite : « C'est parce qu'elle était juive que la victime a été agressée. » En effet, d'après cette avocate, avec laquelle j'ai échangé à plusieurs reprises, l'enfant a été insultée, traitée de « sale juive » et accusée d'être un soutien d'Israël, complice d'un « génocide ».

Pour les collectifs féministes, prendre clairement position dans cette affaire fait l'objet d'une véritable hésitation, surtout quand les membres de Nous Vivrons décident d'organiser un rassemblement le 19 juin 2024 sur le parvis de l'Hôtel de Ville à Paris. « Dans 2 jours on vas [*sic*] apprendre que c'est faux et qu'il n'y a eu aucun truc antisémite ben oui c'est pas écrit sur le visage de quel [*sic*] religion on es [*sic*] hein », commente une utilisatrice dont le pseudonyme Internet est accompagné d'un drapeau palestinien. D'autres posts de femmes, comme celui d'une certaine Alice B., accusent même « le CRIF[1] et ses affidés » de faire de la « propagande sioniste ».

Ce féminisme à double vitesse, adepte du « Je te crois » sélectif, l'une d'entre elles l'a vécu de l'intérieur, passant

1. Acronyme du Conseil représentatif des institutions juives de France.

d'observatrice pantoise à victime d'une véritable curée «sororale». Il s'agit de Diane Richard, militante féministe depuis plusieurs années. Cette vingtenaire aux cheveux chocolat et au sourire franc était membre de la coordination nationale du collectif #NousToutes jusqu'en juillet 2023, avant de plier définitivement bagage après le 7 octobre. Je la rencontre alors que nous nourrissons l'une envers l'autre de forts a priori. Elle me perçoit surtout comme celle qui s'est «infiltrée» dans les milieux militants féministes et qui s'en est prise aux causes qu'elle défend. Je la vois comme la tenante d'une des raisons qui m'ont poussée à faire cette immersion : une parole cloisonnée, codifiée (Diane ne cesse d'employer par exemple le pronom «iel»), tolérante par lâcheté face aux dérives radicalisées du féminisme intersectionnel. Je confesse m'être trompée sur le manque de courage de la militante : ceinture noire de karaté, elle doit affronter quotidiennement, et seule, un cyberharcèlement massif qui l'a coupée de nombre de ses amies militantes.

Pour Diane, «l'affaire Nahel» viendra déchirer le militantisme féministe au sein du collectif #NousToutes lors du 7 octobre. Alors que nous nous sommes rejointes dans un café du Marais, Diane livre ce qu'elle a sur le cœur : «Juste après son décès, la coordination de #NousToutes a décidé que tout le monde devait participer à une mobilisation, ce qui était logique dans la volonté d'une ligne plus intersectionnelle. Sauf qu'assez vite, des conflits entre le féminisme et l'antiracisme sont apparus, alors qu'ils ne sont pas censés s'opposer… Des militants antiracistes, accusés de VSS[1], ont été réintégrés, bien que nous ayons comme principe de croire toutes les victimes. Parmi eux, Taha Bouhafs, soudain à nouveau le bienvenu

1. Acronyme de violences sexistes et sexuelles.

et présent à toutes les mobilisations, sans que beaucoup de féministes ne protestent[1]. »

Pour la militante, le message imposé aux troupes poussait à prioriser les luttes antiracistes, au détriment de femmes victimes d'agressions sexistes ou sexuelles. Certains agresseurs (présumés) étaient subitement excusés uniquement en raison de leur engagement antiraciste, et Diane se heurtait, comme je le comprends, aux limites sélectives du « Je te crois » empirique.

Déçue par tant d'incohérences, Diane décide de quitter la coordination du collectif féministe de France, mais continue de défendre ses consœurs et leur lutte dont elle ne conteste pas encore la justesse. Lors de la manifestation du 25 novembre 2023 dédiée à la lutte contre les violences faites aux femmes, elle est étonnée de voir autant d'hommes y participer : « Pourquoi les mecs se soucient-ils soudain du féminisme ? » se demande-t-elle. Alors qu'elle marche avec deux amies juives, ces dernières se sentent tellement mal à l'aise qu'elles souhaitent quitter le cortège. Toujours dans les boucles de messages internes, Diane constate la mainmise de Du Pain et des Roses, et le tournant antisioniste qu'est en train de prendre l'un des événements féministes dont elle était depuis des années l'une des organisatrices. Après avoir publié un premier texte sur les réseaux sociaux et accepté de répondre à des journalistes, la militante est la cible d'un cyberharcèlement provenant de ses camarades qu'elle connaît bien et qui sont, comme

1. Condamné pour injures racistes envers une syndicaliste policière, il a en revanche été mis hors de cause par une enquête interne de LFI dans une affaire d'agressions sexuelles, les deux victimes s'étant rétractées.

elle, très sincèrement engagées pour une vraie « sororité ». Contrainte, après de nombreuses tentatives d'apaisement, de discussions et de mains tendues, de claquer la porte du collectif, Diane me montre certains messages qu'elle a reçus. Ainsi, Fatima Benomar, un temps proche de Jean-Luc Mélenchon, lui écrit, après qu'elle s'est rendue à l'hommage pour la jeune enfant juive victime du viol à Courbevoie, des messages outranciers. Florilège : « L'histoire te rattrapera », « Les féministes te jugeront collectivement pour ce que tu commets », « Et pas que les féministes, l'histoire qui est en train de se jouer : celle des corrompues de ton espèce ».

Accusée d'être une « *white savior*[1] », une « féministe blanc-bourgeoise » ou encore une « facho », celle qui était pourtant encartée chez Europe Écologie Les Verts se voit même suspectée « d'avoir été sans doute mal à l'aise le 8 mars 2024, car il y avait beaucoup de drapeaux palestiniens dans la manif et beaucoup d'Arabes ». Si Diane continue inlassablement à soutenir aussi bien les civils palestiniens qu'israéliens, combien de militantes sont-elles aujourd'hui dans le même cas, face à la montée de ce fascisme ordinaire qui découragerait la plus sincère de ces femmes engagées ?

En retranscrivant ses propos, je me souviens de ces mots prononcés par une militante féministe, peu après les attaques du 7 octobre, pour évoquer et justifier les viols et meurtres commis sur les Israéliens : « Le Hamas n'a rien fait d'autre que de répondre avec sa culture. » Outre le racisme inconscient et abject de cette excuse vaseuse, cela révèle vraiment la logique purement

1. « Sauveur blanc » : reproche fait aux personnes blanches de se comporter comme des « sauveurs » ou encore des « protecteurs » avec les personnes dites « racisées ».

imbécile de certaines féministes qui vont excuser les agressions sexuelles dès lors qu'elles proviennent de personnes dites « racisées », justifiant leurs actes par les souffrances causées par les discriminations raciales.

Le 8 janvier 2025 à 18 heures, je m'éclipse des bureaux du *Point* pour me rendre à une autre manifestation du collectif #NousToutes qui devait initialement avoir lieu à quelques pas de la rédaction, devant le ministère des Armées. À nouveau, les accusations de « *pinkwashing* » et les demandes d'arrêt de vente d'armes et d'aide militaire à Israël ont réuni, malgré le froid, une bonne quarantaine de militants, officiellement pour porter un message féministe. Je me fonds dans la masse, croisant à nouveau Sasha Yaropolskaya entourée des membres du groupe Du Pain et des Roses, mais aussi de nombreux hommes en survêtements et le visage dissimulé sous des capuches. Impossible de les manquer. On entend le grondement du rassemblement dès la place Balard qui fait face à la bouche de métro et les cris « *From the river to the sea, Palestine will be free* » ou encore « Génocide à Gaza, Macron complice », encouragés par les coups de klaxon de certains automobilistes. Alors que je converse poliment avec une jeune femme, enroulée dans son drapeau de la Palestine, je remarque la présence de plusieurs enfants, âgés de six à huit ans, à qui on a donné des affiches anti-Israël auxquelles ils se cramponnent, sans savoir ce qu'ils exhibent. Cette utilisation ignoble des tout-petits lors de ces rassemblements est une constante qui n'est pas sans me rappeler la manière dont le Hamas impose dès le plus jeune âge aux enfants palestiniens la détestation d'Israël.

Je tente d'écouter les discours de jeunes militantes féministes appartenant à différents collectifs qui se relaient au micro, malgré les bourrasques, pour dénoncer la participation des femmes au sein de Tsahal, mais j'en suis empêchée, comme les autres participantes à la manifestation, par les hurlements des hommes dans la foule.

«ISRAËL, ISRAËL», s'égosille l'un d'entre eux, plutôt âgé, sans reprendre son souffle. Ses paroles, reprises par d'autres, recouvrent inévitablement celles des militantes, gênées, qui tentent vainement de lire leur texte sans oser demander à ces intervenants masculins de les laisser s'exprimer. «La France participe activement à un génocide colonial qui...» «ISRAËL ASSASSIIIIIIIIIIIIIN», hurlent des voix masculines dans de puissants haut-parleurs. Impossible d'écouter les femmes; les hommes, toujours les hommes, sont au centre de l'attention. L'un d'entre eux escalade même un feu de signalisation pour y accrocher une pancarte «Stop au génocide» alors qu'une femme du collectif Stop Arming Israël France tente à son tour de parler. «ET LES ENFANTS ET LES ENFANTS, QUEL QUE SOIT LEUR SEXE», s'époumone l'homme, étouffant une nouvelle fois la voix des femmes.

Mais cette fois-ci, un jeune garçon aux cheveux longs et blonds, visage tatoué, bomber jaune fluo sur le dos, s'agace, importuné qu'il est par ces prises de parole intempestives et demande, d'une voix aiguë, au hurleur de se taire. Immédiatement, plusieurs hommes s'approchent de lui, menaçants. Les tentatives d'intimidation pleuvent : «Pourquoi tu lui demandes de se taire?», «T'es pas d'accord avec ce qu'il dit?», «C'est quoi ton problème?». Encerclé, celui qui se présente sous le pseudonyme d'«Osmose», ou encore «Folle Errante» sur ses réseaux sociaux – où il est suivi par une dizaine de milliers de personnes pour parler de sa pratique du travail sexuel tarifé et de son militantisme décolonial – bien que n'en menant pas large, tente de justifier son intervention : «Je suis de son avis, mais... il nuit à la légitimité de l'action en criant.» «Ouais, mais il est comme ça, c'est tout, laisse-le», clôt l'un des imposants gaillards en sweat-shirt, intimant d'un signe de la main à ses acolytes de s'éloigner. J'en entends un glisser au passage à ses amis amusés : «C'est un pédé», se fichant cordialement d'être homophobe. Troublé et mal à l'aise, Osmose se confie à moi : «Il est important de s'écouter les uns et les autres, non? Je ne comprends rien à ce qui se passe.» J'observe, comme lui, la foule scindée en deux : les féministes près de la tribune, et les hommes tout autour, tel un étau – comme pour les contraindre au silence.

C'est au tour des militants juifs décoloniaux Tsedek ![1] de prendre la parole. Ces jeunes, version 2023 de l'UJFP, sont tout aussi radicaux et servent de caution aux nouveaux antisémites, même s'ils semblent être finalement très peu nombreux. Je le constate en voyant monter sur la petite estrade improvisée une jeune femme, le visage dissimulé sous une casquette, portant un masque du Covid-19, affublée d'une capuche et d'un keffieh, tenir son discours d'une voix tremblotante : «Israël est comme la France : un pays raciste», soutient-elle avant de conclure par la traditionnelle phrase : «*Tahia*[2] *Palestine.*»

Après l'inévitable discours de Sasha Yaropolskaya, lui aussi interrompu par les manifestants, c'est au tour du député de La France insoumise Jérôme Legrave de prendre la parole. Alors qu'il s'avance vers le micro,

1. Tsedek! se définit comme un collectif de juifs et de juives décoloniaux. Ils luttent contre le racisme d'État en France et pour la fin de l'apartheid et de l'occupation en Israël-Palestine.

2. «Vive la Palestine», slogan scandé en soutien à la Palestine et à sa «résistance».

l'un des manifestants acclame alors avec force « la lutte armée palestinienne », sans que cela soit contredit par Jérôme Legrave. Paradoxe, quand on sait que ce député est le seul à s'être opposé en 2022 à une résolution de soutien de l'Assemblée nationale à l'Ukraine. Mettant sur le même plan Vladimir Poutine et Volodymyr Zelensky, refusant même à ce dernier le statut de défenseur de la démocratie, il se dit contre la livraison d'armes à l'Ukraine, au nom d'une étrange position « antiguerre »[1].

« Antiguerre », oui, sauf quand il s'agit du Hamas visiblement… Nullement perturbé, le député en profite pour fustiger lui aussi l'État, Manuel Valls et la gauche qui oserait accuser La France insoumise d'antisémitisme. « Ils passent leur temps à accuser ceux qui le refusent [le génocide], et ils sont très nombreux à être systématiquement antisémites ! HONTE À EUX ! HONTE À EUX ! Parce que c'est leur complicité qui les rend coupables des horreurs qu'ils ont permises », fulmine Jérôme Legrave, laissant la foule huer chaque nom et presque chaque mot tandis que retentit régulièrement, accompagné de battements de mains, le fameux slogan : « Nous sommes tous/ des enfants/ de Gaza ! Nous sommes tous/ des enfants/ de Gaza ! »

Je repense à cette théorie que m'avait fait découvrir Diane, alors que nous parlions des incohérences du mouvement féministe. Il s'agit de « la preuve par la Palestine », avancée par Youssef Boussoumah, reprise et développée par l'une de ses amies, Houria Bouteldja. Cette conception n'est pas sans me rappeler celle déjà développée par

1. « Pourquoi ce député LFI a voté contre une résolution en soutien à l'Ukraine », *Libération*, 2 décembre 2022.

Alain Soral[1] et reprise dans l'ouvrage de Bouteldja[2] : elle y présente une distinction entre les blancs, les « indigènes » et les juifs, contraints de choisir entre le « sionisme » et l'« antisionisme ».

Le 7 octobre 2023, Bouteldja rappelait sur son compte X que « ce qui se passe actuellement en Palestine est un test qui va nous permettre à tous de juger de la solidité de nos *alliés* », avant de finir par s'en prendre aux politiques de gauche, notamment à LFI et à Jean-Luc Mélenchon, en estimant que la position publique de ce dernier le jour des attaques était « du pur équilibrisme entre son aile sioniste et son aile propalestinienne ».

Cette « preuve par la Palestine », sorte de théorie antisémite banalisée, alimente régulièrement chaque malaise féministe, chaque incohérence LGBT, et c'est bien la même *preuve* qui entre en jeu ce 8 janvier 2025 lors du discours de Jérôme Legrave : serait-il un allié solide pour la résistance palestinienne ? Allait-il mettre de côté ses positions prétendument « antiguerre » pour oser reprendre son public qui loue « la résistance armée » ? Non, bien évidemment.

Pour ces premiers chapitres qui se veulent enquête et analyse de ces fractures dans les milieux militants LGBT et féministes autour de la question de l'antisémitisme et de l'islamisme, je me devais d'interroger Caroline

1. Voir le très instructif article de Sender Vizel, « La “preuve par la Palestine”, analyse d'une théorie antisémite banalisée », *Le Club de Mediapart*, 18 août 2024.

2. Houria Bouteldja, *Les Blancs, les juifs et nous. Pour une politique de l'amour révolutionnaire*, Éditions La Fabrique, 2016.

Fourest, directrice de la rédaction de l'hebdomadaire *Franc-Tireur* depuis 2022. On peut soutenir sans risque d'erreur que cette journaliste réputée se trouve à l'intersection de toutes ces fractures. Trop progressiste pour certains de par son féminisme, son engagement pour le mariage gay ; naïve pour d'autres à cause de son travail depuis plusieurs années contre l'extrême droite ; « facho », enfin, pour tous ceux qui poussent des cris d'orfraie dès que l'on parle de laïcité et qu'une femme dénonce l'ampleur du danger que pouvait représenter le prédicateur Tariq Ramadan, mais aussi la sphère fériste en France et à l'international.

Caroline Fourest, qui a longuement travaillé sur l'extrême droite en France, ne s'offusque aujourd'hui même plus lorsqu'on la qualifie de « facho » : « Ils traitent comme ça tous ceux qui sont laïques et universalistes, au point de monopoliser la représentation de la gauche et d'en oublier d'être efficaces contre l'extrême droite, la vraie, qui, elle, s'en nourrit. Sauf qu'à force de s'acharner contre nous, de prendre des coups, un jour on n'existera plus. »

Après l'une de nos conférences de rédaction hebdomadaires avec l'équipe, Caroline Fourest accepte que nous nous isolions pour échanger à bâtons rompus sur le regard qu'elle porte sur les militants, leurs luttes, leurs excès, et leurs profondes contradictions. « Ils n'ont pas l'impression de défendre le Hamas, ils pensent juste que c'est la seule manière de défendre la Palestine et qu'il ne faut pas juger la manière dont les Palestiniens choisissent de se défendre », m'explique-t-elle immédiatement, lorsque je lui fais part des propos et prises de position tenus par les collectifs qu'elle connaît pour certains depuis longtemps. La journaliste, qui il y a une quinzaine d'années publia des interventions de Jean-Luc Mélenchon dans les colonnes de la revue *ProChoix* dont elle était alors rédactrice en chef, fait le constat suivant : il est très facile pour une certaine extrême gauche de faire dériver la moindre association vers ses obsessions.

Elle précise : « Pour ceux qui ne sont pas très au fait de ces sujets, il suffit de leur dire que les Palestiniens sont des personnes "racisées" pour leur faire oublier les crimes du Hamas, comme il est facile de les convaincre de trouver des circonstances atténuantes à l'islamisme en parlant d'"islamophobie". C'est un mot très dangereux, joker des mollahs, qui a emporté à lui seul une partie de la gauche pour les emmener dans les bras des islamistes. »

Concise, Caroline Fourest poursuit sa démonstration, et m'apprend que ce mot – je refuse de l'employer et lui préfère celui de « racisme antimusulman » – a été créé pour dénoncer une « phobie » envers l'islam, mais en réalité il fait croire qu'il révèle des discriminations : « Des militants homos qui ont toute leur vie combattu l'homophobie entendent ce mot et y voient une sœur de lutte, quoi de plus naturel ? La jeunesse fonctionne sur des solidarités d'identités plutôt que sur des solidarités d'idées : ainsi, lorsque tu es racisé, tu es victime par essence. À l'image du référentiel américain noir/blanc, le Palestinien est moins blanc que l'Israélien. Et avec cette cause décoloniale, tu récupères ceux qui s'identifient à la guerre d'Algérie. Cela part d'une lutte sincère pour l'humanité vers l'acceptation d'une alliance avec des terroristes, racistes, antisémites et homophobes. »

La mise en œuvre concrète de ces propos, je la vois constamment sur le terrain, alors que je participe aux manifestations durant lesquelles je peux lire sur des affiches bariolées des slogans tels que « L'Algérie a vaincu, la Palestine vaincra » ou lorsque j'entends certains rapprochements faits avec la Nouvelle-Calédonie, ou plutôt la « Kanaky[1] », comme tiennent à l'appeler ces militants en référence aux Kanaks, peuple autochtone qui représente 40 % de la population de l'île et territoire français d'outre-mer.

Si Caroline Fourest est parfaitement à l'aise pour me parler des stratégies islamistes, et plus particulièrement des Frères musulmans sur lesquels elle a beaucoup enquêté, et de leur habileté à proposer un message séduisant en public qui diffère lorsqu'il est diffusé au sein de la confrérie, celle-ci semble toujours troublée à l'évocation des victimes du 7 octobre. Elle admet à voix basse être toujours aussi stupéfaite de constater comment « rationnellement on en est arrivés là, à ne pas croire les victimes du 7 octobre ». « Certes, cela ne date pas d'hier, que certaines féministes révolutionnaires refusent de dénoncer le viol commis par un immigré, mais on a vraiment perdu beaucoup de féministes lorsqu'elles ont refusé de dénoncer l'islamisme pour ne pas nourrir, selon elles, le racisme anti-arabe. Pour elles, dénoncer les crimes du Hamas peut servir, dans leur manière de penser, à justifier les représailles perpétrées par le gouvernement israélien. »

Dans son numéro du 21 octobre 2024, soit trois semaines après le triste anniversaire du pogrom, la revue *La Déferlante*, qui se présente comme féministe, grâce notamment à certains articles magnifiques sur la

1. Le terme « Kanaky » est utilisé par les militants décoloniaux pour parler de la « Nouvelle-Calédonie ».

lutte contre les violences faites aux femmes, avait décidé de mettre en une Rima Hassan et le rappeur Médine, aux saillies d'inspiration antisémite et homophobe récurrentes. Je ne fus guère surprise, contrairement à beaucoup d'amies féministes, grandes fans de la revue intersectionnelle. Dans une annonce de recrutement postée le 14 novembre 2023, l'équipe de *La Déferlante*, à la recherche « d'un.e chef.e de projet marketing digital en CDI » avait précisé qu'en tant « qu'entreprise engagée », elle était « particulièrement attachée à la diversité des profils dans son équipe » et que, par conséquent, les candidatures de « personnes LGBT+, porteuses de handicap ou non blanches » seraient « examinées avec attention ».

À l'époque du mariage pour tous, Caroline Fourest et de nombreux militants sont parvenus à convaincre des gens qui, face à eux, « pensaient que les homos étaient communautaristes, voire violaient des enfants ». « Si on s'y était pris comme certains militants intersectionnels agissent aujourd'hui, on n'aurait jamais obtenu l'égalité des droits. On les a convaincus en utilisant le langage public, sans faire le procès des hétéros ni leur demander de s'excuser de l'être. »

Et pourtant, malgré son combat, encore blessée après avoir été agressée par des militants homophobes d'extrême droite proches de Civitas durant une manifestation contre le mariage homosexuel en 2012, Caroline Fourest et certaines de ses proches, dissidentes russes, ont voulu se rendre au bar LGBT La Mutinerie – un bar où j'ai moi-même accompagné de nombreux proches pour danser durant mes années étudiantes : « J'arrive, les filles m'applaudissent, et les patronnes, des femmes trans, me demandent de sortir. Mes amies ne comprennent pas, elles leur rappellent le combat que nous venions de gagner, mais elles n'ont rien voulu entendre et ont commencé à encercler la table où nous étions assises. J'ai tenu quarante minutes avant qu'elles ne m'escortent jusqu'à la sortie. Me traitant de "putophobe", car je militais aux côtés des Femen qui luttent contre la prostitution forcée en Ukraine, et d'"islamophobe" suite à mes prises de position contre Tariq Ramadan... J'ai appris après que les Indigènes de la République se réunissaient régulièrement à La Mutinerie. »

Tandis que je débranche mon ordinateur, Caroline me glisse que ces coups, ces attaques, ces allégations, ont été encore plus radicales en Belgique, alors qu'elle avait été invitée par le passé à deux reprises à Bruxelles. C'est en m'y rendant à mon tour, des années après elle, pour écrire ce livre, et en interrogeant les organisateurs de plusieurs manifestations et rencontres, que j'ai mesuré l'ampleur du drame qui s'était abattu sur la Belgique et était en train de déferler en France sans que personne semble vouloir s'en rendre compte. Ce qui, il y a quelques années encore, relevait de la conjecture, est déjà une réalité brutale qui ne se contente plus de frapper à notre porte, mais qui a déjà pris possession des lieux...

Et tout cela n'avait pu se faire que grâce à un seul outil : Internet. Ou plutôt les réseaux sociaux et leur puissance internationale, capables d'amplifier une idée et de convaincre ou de contraindre des milliers de personnes à considérer qu'elle était la bonne.

5

Les influenceurs du chaos

« Bientôt l'enfer éternel, pour toi, peuple maudit ! »

Souvent, lorsque je tente d'alerter sur les liens tissés entre l'ultragauche et l'antisémitisme, je ne reçois, de la part de certains, que des haussements d'épaules accompagnés d'un sourire affectant la sagesse. Pour mes contradicteurs, ces mouvements militants ne seraient que de simples « idéaux de jeunesse », et ces appels à de nouvelles intifadas guère différents des précédents. Lors de ces confrontations, je ne cesse de leur répéter que la puissance des réseaux sociaux utilisés à des fins révolutionnaires n'est pas à négliger. Il s'agit, bien au contraire, d'un atout majeur. Et ça, l'antisionisme l'a bien compris.

Élise Goldfarb, déjà évoquée au début de ce livre, m'a raconté[1] comment elle a pu « en faire les frais », à l'instar de nombreuses personnalités nationales et surtout internationales du mouvement Blockout, aussi surnommé la

1. Une partie de son témoignage se trouve dans mes deux articles sur le mouvement Blockout : « Blockout : qui se cache derrière ce mouvement de boycott propalestinien ? », *Le Point*, 15 mai 2024; « Gaza : le boycott de stars voulu par le mouvement Blockout a-t-il eu des effets ? », *Le Point*, 18 juin 2024.

« guillotine digitale ». Début mai 2024, alors que le traditionnel Met Gala, événement culturel historique de collecte de fonds entre célébrités, passionne comme chaque année les réseaux sociaux, la plateforme TikTok est secouée par d'étranges vidéos dont les statistiques de vues, likes et commentaires feraient pâlir d'envie n'importe quel créateur de contenus. Tout partirait, lorsque l'on retrace l'origine de ce qui était au départ une simple « polémique », d'une influenceuse américaine appelée Hayleyybaylee[1], qui s'est filmée dans une robe de créateur digne des plus grandes soirées mondaines aux abords du lieu de cérémonie du Met en prononçant, en anglais, la fameuse phrase attribuée à tort à Marie-Antoinette : « Qu'ils mangent de la brioche ! » Dès lors, sur l'application chinoise TikTok prisée par la jeune génération, des vidéos aux millions de vues et aux centaines de milliers de « j'aime » proposent des montages où s'entrechoquent des moments du dîner fastueux du Met Gala et des images de Palestiniens sous les bombes israéliennes. Sur certaines, on reconnaît aisément l'air d'une des chansons de la pentalogie *Hunger Games*[2] où les castes « riches » festoient juste à côté des plus démunis. Ces vidéos ont rapidement été érigées à l'international comme les symboles d'une rébellion à l'encontre de toutes ces célébrités, et de leur influence, qui auraient été jugées incapables de se dresser non point contre certaines injustices, mais contre une iniquité majeure : la cause palestinienne. Les vidéos se multiplient, les listes de personnalités ayant soit soutenu Israël lors du pogrom du 7 octobre, ou encore n'ayant pas dénoncé la réplique

1. Elle s'appelle Haley Kalil et son pseudo Instagram est haleyybaylee.
2. Il s'agit de la musique *The Hanging Tree*.

du gouvernement de Netanyahou sont immédiatement listées. Des influenceuses, comme Kim Kardashian accusée de complicité avec le « sionisme », perdent au total en un peu plus de trois semaines 800 000 abonnés. Même chose pour The Rock (398 000 abonnés de moins) ou encore la star internationale Beyoncé (700 000 abonnés envolés)[1].

En France, le compte Instagram sobrement intitulé « @blockout2024_france » référence rapidement une soixantaine de personnalités et somme de les « bloquer ». Parmi eux, l'actrice Géraldine Nakache, qui avait eu l'outrecuidance de s'émouvoir le 7 octobre, la journaliste Léa Salamé, l'acteur Pierre Niney, le footballeur Antoine Griezmann, le dessinateur Joann Sfar… Le mot d'ordre est donné : « Bloquons les célébrités qui restent silencieuses face au génocide à Gaza. »

Lorsque la ville de Rafah en Palestine est la cible des bombardements de l'armée israélienne, la pression numérique menée par le mouvement Blockout se durcit. C'est là que je vois apparaître les liens entre le mouvement BDS, Boycott, désinvestissement et sanctions et la guillotine numérique du Blockout. Fondé en 2005 à Ramallah par Omar Barghouti, le mouvement BDS se veut pacifique et appelle à boycotter, soit à affecter financièrement, Israël en refusant de consommer toutes les marques en lien avec le pays. En 2020, Omar Barghouti, dans le podcast « Gazan Voices », demandait : « Si les réfugiés retournent chez eux comme le réclame le mouvement BDS, si nous mettons fin au régime d'apartheid d'Israël et si nous mettons fin à l'occupation des terres occupées en 1967, y compris Jérusalem, que restera-t-il

1. Cf. « Estomaqués par le Met Gala, les internautes sortent la guillotine numérique », *L'ADN*, 13 mai 2024.

du régime sioniste ? Telle est la question. Sur quoi les deux États seront basés ? »[1] Par ailleurs, et cela d'autant plus depuis le 7 octobre, une véritable chasse aux sorcières cible les enseignes liées de près ou de très loin à l'État hébreu. C'est le cas par exemple de Carrefour, visé par le mouvement BDS après qu'une photo diffusée sur Instagram montrait un employé offrant à des soldats de Tsahal de la nourriture. Peu importe que le salarié ait agi en l'occurrence seul sans que la marque intervienne, cela a suffi pour que l'enseigne soit la cible d'un boycott international. Rappelons qu'en 2019, déjà, Gilad Erdan, ministre israélien de la Sécurité intérieure, établissait dans un rapport les liens étroits de BDS avec le Hamas et le FPLP.

Dans une vidéo postée face caméra sur son compte Instagram, depuis supprimé, la militante Elsa Miské alias Zazem, spécialiste des réseaux sociaux et officiant pour le média propagandiste *Al Jazeera*, digne de *Russian Today* comme outil de désinformation et ouvertement antisioniste, explique très clairement pourquoi il est nécessaire de « bloquer » les personnalités qui n'ont pas pris fait et cause pour la Palestine : « C'est un mouvement de boycott des célébrités qui ne se sont pas exprimées au sujet de la Palestine et qui tirent leur popularité et leurs revenus en partie grâce aux réseaux sociaux et à l'attention que leurs fans leur donnent. » Il me suffit d'un clic pour voir que parmi les partenaires de la publication Instagram se trouve le mouvement BDS, dont le modus operandi reste le même. La fameuse Zazem, suivie par plus de 40 000 abonnés sur son compte Instagram – on peut notamment y lire la déclaration

1. https://ajcongress.org/israel/bds-co-founder-says-goal-of-movement-is-end-of-israel/

d'intention suivante : «Je commente ce qui m'énerve genre l'Occident[1] » –, ne cache nullement son lien avec le mouvement d'Omar Barghouti : «L'idée c'est vraiment de suivre le fonctionnement de BDS en exerçant des actions ciblées», insiste-t-elle en montrant longuement le compte Instagram @campagnebdsfrance, qui avait appelé peu avant au boycott des éditions de l'Eurovision tant qu'Israël ne sera pas banni de la fameuse compétition musicale. Insistant sur la pression à exercer sur les influenceurs, tributaires d'un nombre spécifique d'abonnés et de vues par contenu pour négocier financièrement avec des marques, le hashtag #Blockout2024 s'évertue à établir des listes de personnalités «complices» pour mieux les affaiblir digitalement afin de les forcer à s'exprimer en faveur de Palestine. «Ces personnes ne sont puissantes que grâce à nous, que nous les suivions sur les réseaux ou non, car c'est notre engagement sur les réseaux sociaux qui génère leurs revenus et permet leur mise en avant par l'algorithme. Nous ne pouvons plus accorder ce pouvoir à des personnes silencieuses face à un génocide diffusé en direct sur nos smartphones. En bloquant ces personnalités et leurs entreprises sur nos réseaux, on leur envoie un message fort : nous n'acceptons plus leur indifférence», s'obstine avec une franchise déroutante l'organisation dans sa publication du 13 juin 2024, disponible sur le compte Blockout français.

Problème, ce blocus prétendument pacifique qui a su impacter des créateurs de contenus extrêmement

1. L'Occident qui semble l'énerver d'ailleurs beaucoup en 2019, alors que le podcast «Yesss, warriors pendant le sexe», qu'elle a cofondé bénéficiait du soutien financier de la direction générale des médias et des industries culturelles du ministère de la Culture dans le cadre du Paris Podcast Festival.

puissants auprès de la génération Z, comme Léna Situations ou Squeezie, entraîne également depuis son lancement français des réactions antisémites, sous la forme de cyberharcèlement et de menaces. Élise Goldfarb m'avait montré les messages abominables qu'elle pouvait recevoir, faisant référence à un « antisémitisme historique », aux « chambres à gaz », ou à « Hitler [qui] n'aurait pas bien fait son travail ». D'autres se rappellent encore, plusieurs mois après les faits, du déferlement de haine antisémite qu'ils ont dû essuyer. C'est le cas de Johanna Labretonnière, créatrice de contenus et professionnelle de l'organisation d'intérieur suivie par plus de 150 000 followers : « J'ai eu un post sur le compte Blockout à mon effigie le 2 juillet 2024, m'accusant d'être négationniste et m'associant au RN qui légitimerait ma prétendue violence ! Tout ça parce que j'avais commenté le port du keffieh par Rima Hassan après son élection au Parlement européen et fini par répondre à des tonnes de messages en forme de pastèque, le symbole de la lutte palestinienne sur les réseaux sociaux, que cet été je mangerai de la pastèque à l'ombre du drapeau israélien. » Elle me fait alors suivre des dizaines d'écrits qu'elle a massivement reçus dès que son visage a été « ciblé » par le compte Blockout. Je découvre des atrocités qui me laissent sans voix : « Israël n'existe pas. Vous avez volé le territoire des Palestiniens et vous êtes responsable de ce génocide. Vous n'avez rien compris à l'Holocauste [...] », « grosse salope, Mélanchon [*sic*] t'emmerde toi et ta famille d'idiots allez vous faire enculer t'es qu'une nazie », « tu n'es qu'une petite merde salope. Sombre petite merde qui mérite la peine de mort. Bientôt l'enfer éternel pour toi peuple maudit. Sale race [...] tu vas le payer très cher. »

Les messages reçus en privé par Johanna sont trop nombreux pour que je puisse tous les mentionner sans traumatiser mon éditeur, le service juridique et les lecteurs, mais l'étape qui a suivi fut encore plus dommageable pour la mère de famille menacée et paniquée. Sur son compte professionnel Google dédié à son entreprise ou encore dans les commentaires postés lors de la sortie de son livre *Le Challenge 21*, les mentions publiques négatives apparaissent simultanément, en attestent les heures de publications enregistrées sous la forme de captures d'écran par Johanna : « zéro professionnalisme, personne problématique et dangereuse, je ne me suis pas senti en sécurité », « livre inutile n'acheter [*sic*] surtout pas ». Qu'il s'agisse d'Élise Goldfarb, Johanna Labretonnière ou encore d'autres créateurs de contenus et célébrités souhaitant rester anonymes, tous ont en commun de me confier, visiblement affectés : « Heureusement que j'étais bien entouré, si j'avais été seul je ne sais pas ce qui se serait passé… »

Le 15 mai 2024, l'influenceuse controversée Poupette Kenza, suivie par plus d'un million de jeunes utilisatrices surnommées ses « poupettes », réagit après avoir été ajoutée au mouvement Blockout, accusée de ne pas être un soutien de la « cause » palestinienne. « Je suis une propalestinienne, je ne travaille pour aucune personne sioniste ou juive […]. Je n'ai aucun partenaire, aucun agent qui est juif », se défend cette dernière, en un réflexe dangereux et profondément antisémite, à l'image d'une génération poreuse aux pires dérives. Des artistes et influenceurs comme Angèle, Léna Situations, Natoo, François Civil, tous ciblés par Blockout face à leur silence « complice », se décident peu après le 4 juin à signer une tribune dans *Libération* pour la « reconnaissance d'un État palestinien ». « Nous, artistes, créateurs de contenu, personnalités publiques et citoyens, avec nos différences mais aussi ces liens qui nous unissent, nous joignons nos voix pour dire au monde que nous reconnaissons l'existence de l'État de Palestine, non seulement en réponse au massacre actuel, mais au nom du droit de ce peuple à exister », écrivent les 230 signataires dans le long texte.

« Y a également une application que j'connais, c'est pas du tout une OPU [placement de produit] *wallah*, c'est un truc qui a beaucoup tourné sur les réseaux y a peut-être quelques mois, que vous connaissez certainement, c'est Boycott X », voilà ce que communique Billy, alias Rebeudeter, assis sur plusieurs millions de jeunes abonnés tous réseaux sociaux confondus, lors du live « Stream for Humanity », événement caritatif qui s'est tenu durant trois jours, en 2024, via la plateforme Twitch afin de réunir influenceurs et prescripteurs parmi les plus célèbres, à l'instar de Squeezie, Inoxtag ou encore Michou. Les dons collectés lors de cette initiative louable s'élèvent à plus de 3 millions d'euros, sont destinés aux victimes de conflits armés – Palestine, Congo, Soudan, Liban… – et sont directement reversés à Médecins sans frontières.

Peu avant que l'opération ne soit lancée, l'absence de l'Ukraine ou encore celle de Mayotte avaient fait réagir certains internautes face à cette sélection des causes. Le youtubeur à l'origine du streaming, Mohamed Amine Mahmoud, alias Aminematue (qui compte plus de 3 millions d'abonnés seulement sur Twitch), avait tenté de se justifier en s'engageant à plus de diversité lors des prochaines éditions. Depuis cet événement, une jeune créatrice de contenus du nom d'Eden a révélé sur son compte TikTok les différents tweets d'inspiration antisémite publiés ces dernières années par ce même youtubeur. Elle a aussi accepté de me faire suivre un nombre important de captures d'écran, ce qui ne m'a pas empêchée de tenter de contacter Amine pour obtenir sa propre version… Mon mail est bien évidemment resté lettre morte[1] !

En 2013, la trend (tendance sur un réseau social) « #UnBonJuif » proposait aux utilisateurs adeptes d'humour noir de reprendre des clichés sur la communauté juive en proposant des intitulés de films… Difficile d'en comprendre douze ans plus tard le concept. Ayant moi-même proféré de nombreuses blagues, que je considère à présent comme « antisémites » ou « racistes », lorsque j'étais adolescente avec mes amis de l'époque de toutes origines et confessions, et sans en saisir un instant la portée, je pourrais aujourd'hui parfaitement entendre des regrets relatifs à des traits d'humour, par « trop » noirs ou de mauvais goût, parce que les erreurs de jeunesse peuvent être absoutes lorsque celle ou celui qui les a perpétrées en reconnaît la bêtise, l'inanité, voire le caractère profondément irrecevable. C'était mon cas. Il me suffit de relire de vieux messages écrits alors que j'étais lycéenne pour être emplie de dégoût en me voyant ricaner à des traits « d'humour » de camarades sur la Seconde Guerre mondiale, ou de Dieudonné, sans voir à ce moment-là où était le problème. J'arrivais cependant déjà parfaitement à distinguer et même à dénoncer les « blagues » relevant

1. J'ai envoyé en mars 2024 un message on ne peut plus clair à Amine sur sa boîte mail officielle, l'alertant sur le fait que l'on m'avait transmis des tweets qui auraient été postés par lui et dont le caractère serait antisémite. Il ne m'a pas répondu, voilà pourquoi j'emploie dans ce passage le conditionnel car je ne peux pas attester formellement que ces captures d'écran n'aient pas été modifiées puisque Amine a entre-temps supprimé ses publications. Toutefois, il n'a jamais démenti le TikTok de la jeune Eden, alias @eden.vdr, dont la vidéo diffusant ces tweets a été consultée plus de 260 000 fois.

de harcèlement antisémite, comme celui qu'a enduré lorsque nous étions au lycée une de mes anciennes camarades de classe.

Mais faudrait-il encore qu'il y ait des regrets… En 2013, alors âgé de vingt ans, Amine n'aurait pas hésité à écrire sur son compte Twitter, à la suite de la trend «#UnBonJuif», ceci : «Les juifs c'est des fils de pute», en ajoutant un hashtag on ne peut plus significatif : «#CestPasUnFilmMaisJmenBasLesCouilles». Deux ans plus tard, en 2015, le joueur de football algérien de l'équipe de Porto Yacine Brahimi est incité à boycotter sa participation au match qui l'opposait au Maccabi de Tel-Aviv par les internautes en soutien à la Palestine. Finalement, celui-ci prendra part à la rencontre et marquera même contre ses adversaires, devenant un acteur de la victoire de l'équipe portugaise le 20 octobre 2015. Pas de quoi, me direz-vous, comme certains l'énoncent vulgairement, «en faire tout un plat», si ce n'est qu'Amine, alors âgé de vingt-deux ans, publiera sur son compte X une photo du joueur, agenouillé la tête sur la pelouse du terrain avec la légende suivante : «Brahimi qui marque contre Tel-Aviv et qui prie en direction d'Aushwitz [*sic*] incroyable.»

Trois ans plus tard, Amine, alors âgé de vingt-cinq ans, qui sait désormais écrire correctement «Auschwitz», poste un tweet ainsi libellé : «Évite la ligne 13 et la ligne 7 c'est abusé une ligne sur 2 t'emmenes [*sic*] à Auschwitz.» À l'aune de ces publications, son message posté le 16 octobre 2023, visionné aujourd'hui plus de 4 millions de fois et pour lequel beaucoup d'internautes lui reprocheront l'absence de toute empathie pour les otages et les victimes du 7 octobre, prend tout son sens : «Comment ne pas reconnaître les souffrances endurées par le peuple palestinien depuis des décennies… Les médias qui se réveillent du jour au lendemain en tentant de nous faire croire que les soutenir c'est cautionner des actes d'homicides, ne nous laissons pas endormir. *Free Palestine* tout [*sic*] les jours et ça bougera pas. » Alors pourquoi s'étonner que lors du « Stream for Humanity », le youtubeur Rebeudeter ait vanté les mérites de la très controversée application Boycott X ?

En janvier 2024, je me suis intéressée à cet outil disponible depuis fin décembre 2023 sur l'Apple Store, téléchargé à l'époque plusieurs dizaines de milliers de fois jusqu'à se hisser à la sixième place des applications les plus utilitaires. L'utilisation de ce logiciel, gratuite, proposait de scanner durant ses courses des produits pour « prendre le contrôle » de ses achats en découvrant la provenance de chacun d'eux, afin de transformer son smartphone « en un puissant outil de consommation consciente ». Ainsi, la phrase « Coca-Cola exploite une usine dans la colonie israélienne illégale d'Atarot, construite en Palestine occupée », apparaissait-elle lorsqu'on utilisait Boycott X pour scanner les fameuses canettes – exemple parmi d'autres – durant ses courses hebdomadaires. Le logiciel Boycott X, lancé par le jeune développeur Chedy El Tabaa, visait alors des marques comme Volvic, Nestlé, Danone, mais aussi l'enseigne Carrefour, les fast-foods McDonald's, Burger King ou KFC… En l'utilisant, un message d'alerte écrit en rouge permettait de voir que le produit scanné ne rentrait pas dans la catégorie « droits humains » dont les motifs étaient pour le moins très orientés. « Le propriétaire de la marque San Pellegrino, Nestlé, détient une participation majoritaire dans Osem. Osem est un fabricant alimentaire israélien qui opère en Palestine occupée », pouvait-on lire lorsque l'on scannait une bouteille de San Pellegrino. Pour Burger King par exemple, ainsi que pour les autres fast-foods, l'application invitait au boycott au motif que les chaînes soutiendraient

« Tsahal en fournissant gratuitement de la nourriture et des boissons aux militaires israéliens ». Chaque scan et alerte était accompagné d'un lien vers une « source » qui variait selon l'accusation, allant de l'article de journal à la communication sur les réseaux sociaux de la marque, comme pour Burger King et sa publication Instagram.

Sur Boycott X, nombreux sont les groupes et enseignes à être ciblés, et les marques de luxe n'étaient pas épargnées : Louis Vuitton, Prada, Dior, Valentino, Ralph Lauren… Ainsi pouvait-on lire au sujet de cette dernière : « Ralph Lauren Fragrances est un partenariat avec L'Oréal, qui est un "ami chaleureux d'Israël". Après avoir envoyé une lettre à la Ligue arabe contenant des informations favorables au boycott, ils ont payé une amende de 1,4 million de dollars et présenté des excuses, avant d'entretenir de nouvelles relations avec Israël, avec de lourds investissements et même d'exploiter une usine en Palestine occupée. »

L'une des principales cibles de l'application n'était autre que le milliardaire français Bernard Arnault et le groupe LVMH, qui englobe de nombreuses marques et était accusé par Boycott X « d'investir des centaines de millions dans des entreprises israéliennes ».

Comme on peut le constater, cet « antisionisme » utilise tous les moyens, même ceux qui semblent les plus anodins, pour s'immiscer dans le quotidien des citoyens et métastaser son fiel nauséabond. Car quoi de plus prosaïque que de déambuler dans les allées d'un supermarché pour y acheter des canettes de Coca-Cola…

Le pouvoir des réseaux sociaux et la dangerosité de leur influence chez les jeunes n'est pas à sous-estimer. Un aperçu m'en a été donné en travaillant sur le sujet des influenceurs français potentiellement liés à la République islamique d'Iran. En novembre 2024, alors que je préparais un dossier sur les dérives antisémites dans le football[1], mon attention fut attirée par deux jeunes influenceurs. Le premier s'appelait Shahin Hazamy et se prétendait journaliste. La seconde, Samia Benyounes[2], a fait de ce sport sa spécialité. Tous deux se connaissent, en témoignent leurs likes respectifs et leurs centaines de milliers de jeunes abonnés qui ne se doutent absolument pas de ce qui se cache derrière le vernis du militantisme. « Qui s'y frotte s'y pique, ce n'est pas Tel-Aviv ici », poste le 8 novembre Shahin Hazamy sur son canal Telegram éponyme, qu'il cogère avec une mystérieuse équipe de rédacteurs. Il faut dire que Shahin Hazamy, Franco-Iranien de vingt-neuf ans, semble particulièrement « jubiler » face aux agressions antisémites survenues à Amsterdam en marge du match de ligue Europa qui opposa le Maccabi Tel-Aviv à l'Ajax. J'avais moi-même rejoint son canal Telegram quelque temps auparavant, alertée par la force de frappe de ce « journaliste » suivi par plus de 150 000 personnes sur Instagram et 300 000 sur TikTok, adepte de termes comme « l'entité occupante » ou « la résistance » pour parler d'Israël et du Hamas. Très informés, celui qui se dit journaliste et ses comparses anonymes bombardent sur leurs réseaux sociaux, presque en direct, des vidéos des agressions que je découvre au même titre que tous ceux qui suivent son canal privé. Parmi le déferlement de violence qui ne semble pas émouvoir le « journaliste », on découvre même une photo du passeport de l'une des présumées

1. « Antisémitisme dans le football : la haine hors jeu ! », *Franc-Tireur*, n° 158, 20 novembre 2024.

2. Amie de Rima Hassan, en attestent leurs photos postées à plusieurs reprises sur leurs comptes Instagram respectifs où elles sont ensemble.

victimes, encore otage. « Davantage de vidéos de colons hooligans sionistes ayant été corrigés à Amsterdam après avoir provoqué, frappé et insulté des Arabes et des pro-palestiniens », poste Shahin Hazamy, relayant une *fake news* démentie par une enquête du *Telegraph* qui prouve qu'une chasse aux juifs avait été fomentée bien en amont du match. « L'un des supporters israéliens a déclaré : "J'ai l'impression d'être revenu au 7 octobre. Personne n'est là pour nous aider" », publie Shahin Hazamy, ironique.

Toutes ces informations simultanées, dont la provenance questionne sur une potentielle proximité avec des organisations palestiniennes, tendraient à laisser penser que Shahin Hazamy[1] pourrait être un relais de la Force Al-Qods, l'unité d'élite du Corps des gardiens de la Révolution islamique iranienne. C'est du moins la thèse, à laquelle je souscris, de mon confrère franco-iranien spécialisé dans les questions d'islamisme Emmanuel Razavi[2]. La Force Al-Qods, comme il le rappelle dans son enquête, est spécialisée dans la guerre asymétrique, la cyberguerre et les opérations d'infiltration et d'influence : « Elle a coordonné depuis trente ans, avec la milice chiite libanaise – créée en 1982 par le Corps des gardiens de la Révolution islamique –, la plupart de ses attaques contre Israël et de nombreux attentats. Elle fournit des armes aux groupes

1. Que ce soit pour mes différents articles ou encore pour cet ouvrage, j'ai tenté de contacter Shahin Hazamy à plusieurs reprises et n'ai obtenu de réponse à aucune de mes sollicitations. Celui-ci se présente comme journaliste mais ne semble collaborer avec aucun organe de presse officiel, ses vidéos sont à destination de ses réseaux sociaux. Lui-même se surnomme « ghetto reporter » pour qualifier sa démarche de reportage de terrain.

2. « Révélations : un chercheur et un influenceur français, agents d'influence de la République islamique d'Iran », avec Emmanuel Razavi, *Atlantico*, 15 novembre 2024.

djihadistes soutenus par la République islamique d'Iran comme le Hamas ou le Djihad islamique, et les forme militairement. En Syrie, ses troupes ont apporté une assistance essentielle à Bachar Al-Assad. En 2017, le département du Trésor des États-Unis a désigné le Corps des gardiens de la Révolution islamique (IRGC) comme "groupe terroriste" en vertu du décret exécutif 13224, "pour ses activités de soutien à l'IRGC-QF[1]". Le 15 avril 2019, le département d'État américain a enfin désigné le Corps des gardiens de la Révolution islamique, avec sa Force Al-Qods, comme "organisation terroriste étrangère". »

Faut-il rappeler que le 4 décembre 2023, déjà, Shahin Hazamy était apparu sur une photo publiée sur Instagram aux côtés de Kemi Seba. Militant antisémite panafricain multicondamné, soutenu financièrement par la Russie, Kemi Seba a perdu sa nationalité française et ne cache nullement être aidé par la République islamique d'Iran. Tous deux se rencontrent au sein même du ministère des Affaires étrangères iranien, temple des mollahs. Car ces derniers ne semblent absolument pas déranger Shahin Hazamy, dont il sert la soupe propagandiste islamiste à ses abonnés dans ses stories et ses boucles privées. Ainsi, lorsque la doctorante iranienne Ahou Daryaei s'est courageusement montrée en sous-vêtements, en signe de protestation contre le harcèlement perpétré contre les étudiantes par les miliciens du Corps des gardiens de la Révolution, Shahin Hazamy a immédiatement usé de son influence sur les réseaux sociaux pour recracher la version du régime, faisant croire que la jeune femme serait atteinte de troubles psychiques et accusant même « l'entité sioniste » et « les médias occidentaux » de mener « une

1. Acronyme anglais pour « Islamic Revolutionary Guard Corp-Qodes Force ».

opération psychologique» de déstabilisation. S'il n'hésite pas à s'acharner contre Raphaël Glucksmann, Shahin Hazamy est aussi capable de compassion, comme lorsqu'il défend Dieudonné ou encore Bashir Biazar, agent d'influence des mollahs expulsé de France, dont il paraît être proche.

Approfondissant mon enquête, je découvre qu'en 2020 Shahin Hazamy, bien que se présentant comme un reporter engagé à Cergy contre les discriminations et les «violences policières», figurait aussi sur la liste électorale de gauche de Sanaa Saitouli aux élections municipales. Pire, en 2021, il intervient dans un collège de Seine-Saint-Denis pour présenter auprès d'élèves son métier et ses «engagements»! Téléphonant à la direction de l'établissement où il est intervenu, je finis après plusieurs tentatives par être mise en relation avec la principale, visiblement troublée quand je lui demande pourquoi le site de son collège affiche une photo d'un homme aujourd'hui soupçonné d'être propagandiste de la République islamique d'Iran. Celle-ci m'apprend qu'elle n'était pas encore en poste lorsque cet événement avait eu lieu, mais qu'elle s'engage à convoquer rapidement la professeure qui avait invité Shahin Hazamy afin de me donner des explications. Entre-temps, la photo est effacée du site du collège. Bien m'en avait pris – réflexe de journaliste d'investigation – d'avoir fait en amont une capture d'écran…

De mon côté, je trouve en quelques clics le profil Instagram de l'enseignante grâce à une publication soigneusement rédigée en écriture inclusive. Elle se présentait à l'époque dans sa biographie Instagram comme «anarchiste d'extrême gauche irresponsable qui a renié ses valeurs». Je ne peux m'empêcher de partager l'intitulé avec la principale lors d'une nouvelle conversation téléphonique, lui demandant si c'est bien le profil de cette même enseignante qui est dépeinte comme «formidable et très engagée pour ses élèves». Lors du rendez-vous avec les deux protagonistes, celles-ci laissent s'installer un silence gêné, avant de justifier le tout par «un grand sens de l'humour». La professeure, que je ne nommerai pas (tout comme l'établissement, afin de ne mettre personne en danger), m'assure regretter la venue de Shahin Hazamy dont elle mesure aujourd'hui la radicalité : «Vu comment il a viré, si c'était à refaire, elle ne le referait pas [*sic*]», insiste la proviseure. Je ne leur fais alors nullement mention des plaintes que j'ai pu consulter où figure le nom de Shahin Hazamy.

Toutes ces questions, je peux les évoquer plus longuement avec mon amie, l'activiste féministe, laïque et franco-iranienne Mona Jafarian. Elle aussi a fait de ses réseaux sociaux une force de frappe, où elle se bat pour les valeurs universalistes et démocratiques, qu'elles soient françaises ou iraniennes. C'est elle qui me corrige patiemment chaque fois que j'emploie le terme «Iran» pour parler des mollahs en me rappelant qu'il s'agit de la «République islamique d'Iran» et non de son «pays qui est aux antipodes de ces monstres».

Alors que Mona s'insurge tandis que nous regardons le compte Instagram de Shahin Hazamy gagner chaque jour en likes et en abonnés[1], elle précise : «On a réalisé que

---

1. J'ai contacté Shahin Hazamy pour *Franc-Tireur* : il ne m'a jamais répondu. Après la sortie de mon enquête, il a assuré poursuivre le magazine «sioniste» en justice et a ouvert une cagnotte pour, dit-il, payer ses frais d'avocat, demandant à ses abonnés de lui donner de l'argent pour le soutenir. Cinq mois plus tard, lorsque je rédige ces lignes, la cagnotte de Shahin Hazamy compte plus de 7000 euros et ni mes employeurs «sionistes» ni moi n'avons vu la moindre ombre d'une plainte de sa part. Toutefois, celui-ci affirme, par le biais de son avocat Me Antoine Pastor, avoir bien déposé plainte pour diffamation.

Shahin Hazamy n'était pas un simple influenceur endoctriné, mais qu'il était en mission. Il se sert d'Israël pour récupérer les jeunes de banlieue et est même repartagé par des rappeurs… Il a gagné la bataille sur la communauté musulmane, toutes les nanas qui me suivaient sont parties de mon compte, et son compte a grossi énormément depuis le 7 octobre ! On ne fait pourtant qu'alerter sur ses liens affichés avec la République islamique… Comment les autorités peuvent-elles le laisser dérouler la propagande du régime à des centaines de milliers de jeunes ?! »

Elle détient d'autres éléments qu'elle voudrait partager et ainsi m'alerter sur un profil particulier, celui d'une jeune femme que Shahin Hazamy surnomme affectueusement « petite sœur ». « Crazy N'ouss », de son vrai nom Youssra Mahdi, pratique sur les réseaux sociaux le dessin et explique être « facilitatrice graphique ». Suivie par une petite communauté de 12 000 abonnées jeunes et très féministes, elle a fait du port du hijab et de « l'islamophobie » en France l'un de ses combats. Jusque-là, rien de très perturbant lorsque l'on regarde son profil coloré et foisonnant. La suite est édifiante : « La diaspora

---

La cagnotte a été suprimée en juillet 2024 par les forces de l'ordre. J'ai également contacté son avocat, qui ne m'a pas répondu. Depuis mes enquêtes sur lui, Shahin Hazamy a notamment été épinglé par *Quotidien* pour avoir distribué des drapeaux de la République islamique d'Iran dans une manifestation coorganisée par LFI. Hazamy a apporté son soutien à la ressortissante iranienne Mahdieh Esfandiari, incarcérée en France après avoir continué à alimenter la boucle Telegram de son compagnon, lui-même détenu pour apologie du terrorisme, antisémitisme et appel à faire « un déluge d'Al Aqsa » en France. Shahin Hazamy, à ce jour toujours présumé innocent, devait être jugé le 3 juillet au tribunal de Bobigny, après une perquisition musclée à son domicile. Le procès a, selon son communiqué, été reporté en avril 2026 avec une interdiction de quitter le territoire.

iranienne nous a informés que la République islamique organisait un événement dont le but était de racoler des quidams et de les faire adhérer à ses valeurs sous couvert d'un quelconque intérêt pour l'art ! C'est à ce moment-là que nous avons découvert avec stupéfaction que cette jeune femme figurait sur une photo prise à l'ambassade d'Iran devant le drapeau de la République islamique ! La même donc qui promettait dans son événement de faire voyager les participants grâce à la poésie iranienne. »

À partir de là, les commentaires ont fusé. Mona et ses abonnés ont décidé de lui rappeler qu'elle « collaborait » avec un régime qui tue la jeunesse de son pays et qu'elle devrait plutôt dénoncer le fait d'être rémunérée par un pouvoir dictatorial : « Elle nous a d'abord répondu qu'elle était seulement prestataire de services, puis elle a commencé à poster de nombreuses stories et publications où elle affirmait être victime d'une cabale islamophobe car elle portait le hijab... Mais cela n'avait rien à voir ! On alertait simplement sur le fait qu'en créant un événement comme celui-ci, les gens qui y participeraient allaient donner leur mail, donc par la même occasion potentiellement toutes leurs coordonnées personnelles à la République islamique ! »

Il est vrai que les publications de Youssra Mahdi déplorant une cabale « islamophobe » et « raciste » ne laissent absolument pas présager que tout cela n'a rien à voir avec son voile, ses origines ou sa religion, mais illustrent bien le fait qu'elle prône un événement lié à un régime qui pend un Iranien toutes les cinq heures ! D'après Mona, c'est en contactant les deux premiers lieux où devait se dérouler la conférence de l'influenceuse Youssra Mahdi[1]

1. J'ai contacté en vain, à plusieurs reprises, Youssra Mahdi sur sa boîte mail officielle le 19 février 2025 afin d'obtenir sa

que chacun a fini par faire marche arrière après avoir consulté le compte Iran France Culture. Dans les commentaires, on pouvait lire par exemple qu'une femme qui travaillait avec des jeunes de la Seine-Saint-Denis disait : « Nous y serons, est-ce que vous y serez aussi ? » « Cela veut donc dire qu'ils ont ramené des jeunes en difficulté là-bas », précise Mona, effarée. De fait, en se rendant sur l'Instagram d'Iran France Culture, on assiste à une promotion de la République islamique d'Iran, comme celle proposée le 8 mars « à l'occasion de la Journée internationale des droits des femmes »... Ainsi, entre des hommages rendus à l'ayatollah Khomeiny, ou encore à Raïssi, le « boucher de Téhéran », on tombe sur une commémoration annuelle de la « Journée internationale Al-Quds[1] » ! Instaurée par Khomeiny en 1979, cette journée qui se tient le dernier vendredi du mois du ramadan est censée, pour les musulmans, être dédiée à la « cause palestinienne ». Voilà ce que déclarait le Guide suprême le 7 août 1979 : « J'appelle tous les musulmans du monde et tous les États islamiques à s'unir pour couper les mains du régime occupant d'Al-Quds et de ceux qui les protègent. Je demande à tous les musulmans du monde de sélectionner comme la Journée d'Al-Quds le dernier vendredi du mois sacré du ramadan – qui est lui-même une période à déterminer et peut également être le déterminant du sort du peuple palestinien – et à travers une cérémonie démontrant la solidarité des musulmans à l'échelle mondiale, d'annoncer leur soutien aux droits légitimes du peuple musulman. Je demande à Dieu tout-puissant la victoire des musulmans sur les infidèles. »

---

version de l'événement et de la cabale qu'elle considère « raciste et islamophobe ».

1. « Al-Quds » désigne ici le nom arabe de Jérusalem.

C'est en corrélant toutes ces informations qu'on comprend mieux le rôle joué par les influenceurs en relation avec les antisémites de tous poils et certains soutiens idéologiques du terrorisme international. Un autre événement promu sur leurs réseaux sociaux respectifs, et bien évidemment relayé par Shahin Hazamy et Youssra Mahdi, sobrement intitulé « Gala d'Al-Qods », est on ne peut plus révélateur. La soirée se déroule le 28 mars 2025 à Villeneuve-Saint-Georges, une commune du Val-de-Marne, et propose deux tarifs, l'un à 49 euros et l'autre à 36 euros pour les étudiants, assurant que « l'ensemble des dons sera reversé à l'ONG palestinienne Give Palestine ». L'association La Colombe verte organise depuis trois ans cet événement caritatif, comptant chaque fois sur le soutien de Shahin Hazamy. Le premier avait eu lieu le 13 avril 2023 à Alfortville et le second à Créteil, le 5 avril 2024. Lors de ce dernier, on retrouvait évidemment les noms familiers de Shahin Hazamy, mais aussi celui de Ramy Shaath, fils de l'ancien ministre des Affaires étrangères palestinien Nabil Shaath, incarcéré en Égypte avant l'intervention de la France en 2022 à la demande de son épouse, Céline Lebrun. Si aujourd'hui figure sur son compte Instagram le triangle rouge inversé, symbole du Hamas, on pouvait surtout entendre, en novembre 2023, Ramy Shaath, aux côtés d'Omar Alsoumi d'Urgence Palestine, vociférer au micro place de la Bastille contre ceux qui estiment que « la résistance » palestinienne serait « du terrorisme ».

Avec lui ce soir-là, se trouvait la sportive et ancienne basketteuse Émilie Gomis, devenue une proche amie de Shahin Hazamy depuis qu'elle loue le Hamas et dorénavant la République islamique d'Iran sur ses réseaux sociaux où les publications nauséabondes sont légion, et qui lui ont valu la perte de son poste d'ambassadrice des jeux Olympiques. Il n'est jamais inutile de remonter le temps…

Je découvre aussi que participait à la fête Olivia Zémor, présidente de la controversée association EuroPalestine. Rappelons qu'en 2017 déjà une manifestation de l'association avait failli être interdite par la mairie de Paris, car elle réclamait « la séparation du CRIF et de l'État ». Et, en 2004, apparaissait sur la liste des candidats proposés par EuroPalestine lors des élections européennes la candidature d'un certain Dieudonné, soutenue par… Alain Soral !

Mais ce qui aujourd'hui attire mon attention, c'est le webinaire coorganisé en parallèle par la Colombe Verte en partenariat avec EuroPalestine intitulé « Le rôle de l'Occident dans l'urgence humanitaire à Gaza » qui s'est tenu le 9 février 2025. Cette conférence recevait le député LFI du Val-d'Oise Carlos Martens Bilongo, nullement rebuté par les profils qui l'accompagnent – bien au contraire. Étaient présents évidemment Shahin Hazamy et Olivia Zémor, mais aussi Christophe Oberlin, chirurgien français ayant réalisé plusieurs missions humanitaires en Palestine, tête de liste du groupe EuroPalestine aux élections européennes, juste avant Dieudonné ! Quant au dernier, il s'agit du très controversé Michel Collon.

Auprès de Mona Jafarian, je peux détailler toutes mes recherches et les connexions que j'ai établies. Celle-ci n'est pas surprise : « C'est comme en Iran en 1979, tu dois trouver un thème pour faire une convergence des luttes, et avec la cause antisioniste, tu peux y aller à toutes les sauces ! » Mais, soudain plus sombre, Mona concède être très pessimiste pour l'avenir, notamment au regard de l'inaction des pouvoirs publics, en France comme en

Belgique, deux nations qui ne parviennent pas à maîtriser cette vague numérique qui endoctrine la jeunesse : « On perd la bataille idéologique, le Hamas, la République islamique instaurent un narratif mondial et nous ne faisons pas le poids auprès des jeunes. » Ce récit, je le voyais s'exercer au détour de commentaires, de vidéos, de contenus colorés postés sur les réseaux sociaux à destination d'une jeune génération abreuvée par du contenu en ligne qui prétend parler de « lutte contre les discriminations », mais qui s'avère faire tout l'inverse.

De mon côté, je constaterai très vite, en arpentant les campus américains, belges et français, à quel point Mona avait raison.

6

De Columbia à Sciences Po, la promo « intifada »

« Nous sommes tous des enfants de Gaza ! »

Je ne pouvais décemment pas travailler sur le militantisme antisioniste au sein des écoles et des facultés françaises sans me rendre au point névralgique des actions universitaires internationales, à savoir Columbia. Cette université prestigieuse est considérée depuis le 7 octobre 2023 comme le cœur des actions militantes propalestiniennes estudiantines, qui essaima son modus vivendi dans de nombreuses villes universitaires américaines et étrangères dont certaines se trouvent en France.

Lorsque je me suis rendue à Columbia le 31 mai 2024, le plus dur était déjà passé et le beau temps semblait figer le campus où les étudiants se faisaient désormais rares. Mon premier réflexe avant de commencer mon investigation a été de me rendre dans l'immeuble qui abrite la plus vieille société secrète de femmes : l'Alpha Delta Pi dont j'avais beaucoup entendu parler et qui se trouve aux abords de Columbia. Deux immenses drapeaux palestiniens, en place des drapeaux américains, m'accueillent, me donnant l'impression de m'être trompée d'adresse jusqu'à ce que j'aperçoive le panneau affiché en lettres dorées juste devant l'entrée principale. Je rebrousse chemin et en profite, avant de m'entretenir un peu plus tard avec des enseignants qui ont accepté de témoigner anonymement, pour aborder les agents de sécurité présents aux portes d'entrée du campus. La presse a très souvent omis d'évoquer le rôle primordial joué par ces hommes et ces femmes, souvent âgés, qui étaient aux premières loges lors des blocus qui ont secoué Columbia. Tous font preuve d'une grande prudence quand je m'adresse à eux dans un anglais hésitant, heureusement « enrichi » par celui de mon amie franco-américaine venue me seconder dans mon entreprise. « Ça a été très dur, on n'avait jamais vu ça », nous confie un agent, tout en restant attentif au moindre mouvement dans la rue. Plusieurs de ces vigiles nous parlent de ce qu'ils considèrent comme une « prise d'otage » perpétrée par des étudiants propalestiniens : « L'un de nos collègues, âgé, a été littéralement retenu en otage. Cela aurait pu être n'importe lequel d'entre nous… Les manifestants étaient déchaînés, de vrais sauvages. »

Pour comprendre, creuser et enquêter sur cette université et sur son impact en France, il faut revenir plusieurs mois en arrière, plus précisément le 8 octobre 2023 à Harvard, autre prestigieuse université américaine. C'est une lettre diffusée sur le campus, cosignée par plusieurs groupes estudiantins, qui va mettre le feu aux poudres. On retrouve dans ce texte l'antienne habituelle : c'est le « régime d'apartheid d'Israël » qui est l'unique responsable de toutes les violences déclenchées au lendemain du pogrom, voire du pogrom lui-même. Il ne faudra pas plus de trois semaines pour qu'à Columbia, une centaine d'enseignants décident une initiative similaire, sous la forme d'une lettre ouverte à destination de leurs étudiants… Mais pas n'importe lesquels : ceux qui ont soutenu l'« action militaire » du Hamas lors du 7 octobre. Et non pour les alerter ou encore leur rappeler la gravité des crimes commis ; non, ces enseignants apportent au contraire leur soutien aux étudiants pro-Hamas et vont jusqu'à exiger de Columbia qu'elle « cesse de publier des déclarations favorisant la souffrance et la mort des Israéliens ou des juifs à cause des souffrances et de la mort des Palestiniens ». À Princeton, même rengaine : le témoignage d'un étudiant juif a provoqué l'ouverture d'une enquête par le ministère américain de l'Éducation après que celui-ci a dénoncé les appels à l'intifada et au mantra « brique par brique, mur par mur, l'apartheid israélien doit tomber ».

Durant plusieurs mois, plus de quatre-vingts campus américains offriront au monde entier le spectacle de manifestations étudiantes radicales qui exigeront un cessez-le-feu à Gaza (évidemment sans mention de libération des otages, sauf rares exceptions) et la fin des partenariats avec les universités israéliennes. Mais pourquoi ai-je choisi de me concentrer précisément sur Columbia ? Parce que les mouvements étudiants qui s'y déploient ont alors permis de mettre au jour les liens ténus que ces jeunes entretiennent avec la mouvance du terrorisme international.

En avril 2024, Columbia souhaite lancer une antenne à Tel-Aviv, ce qui est perçu comme une véritable provocation par certains étudiants, décidés à en découdre. Tout commence, en signe de manifestation, par la mise en place de « campements » sur lesquels flottent des drapeaux palestiniens, sans que jamais ils ne soient délogés par les autorités universitaires. C'est alors que l'on assiste à des scènes ahurissantes (on retrouvera les mêmes en France et en Belgique) où des étudiants empêchent leurs camarades estampillés « sionistes » (car juifs) de se rendre en cours. Parmi les nombreuses arrestations d'étudiants au sein des universités, on découvre celle de la jeune Isra Hirsi, étudiante militante à Columbia et surtout fille de la représentante, très controversée, du Minnesota au Congrès des États-Unis Ilhan Omar[1]. L'une des vidéos parmi les centaines que je consulte, relatives à ces mouvements de protestation, retient mon attention : on y voit une étudiante, enveloppée dans un keffieh, exiger une « aide humanitaire »… Jusque-là, rien d'étonnant, si ce n'est que cette « aide humanitaire » n'était pas destinée aux Gazaouis, mais aux « camarades » qui bloquent Columbia ! De son côté, Isra Hirsi, écœurée, tweete le 18 avril 2024 : « Ceux d'entre nous qui vivent dans le camp de solidarité de Gaza ne seront pas intimidés, nous resterons déterminés jusqu'à ce que nos demandes soient satisfaites. » Pour rappel, une année à Columbia coûte, en moyenne, entre les frais de scolarité, le loyer dans une chambre universitaire et les livres exigés par cet enseignement prestigieux, au bas mot 80 000 dollars… Difficile malgré toute la bonne volonté du monde de plaindre ces pauvres étudiants…

Lorsque j'échange avec les deux professeurs de Columbia, tous deux me confirment que la majorité des étudiants s'est tenue à l'écart des manifestations. Ce qui ne m'empêche pas de vouloir comprendre ce qui anime les plus militants d'entre eux. « Il y a un désir de se trouver selon eux du bon côté de l'histoire, ils aspirent à défendre une cause juste. Mais le narratif qu'ils mobilisent, fondé sur le schéma "oppresseur-opprimé" est dénué de toute complexité morale et se trouve en décalage par rapport

1. Ilhan Omar a accusé les juifs américains de « double loyauté » et « d'acheter leur influence avec de l'argent ». Elle est soupçonnée d'avoir transmis au Qatar et à l'Iran des informations confidentielles. Elle aurait par ailleurs vu sa campagne financée par le Qatar et affiche ouvertement son soutien au mouvement BDS. Accusations qu'elle et ses équipes ont réfutées.

à la réalité qu'ils appliquent. Toute forme de dialogue, toute volonté d'écouter l'histoire d'un autre point de vue leur paraît une forme de compromission qui entacherait la pureté de leur cause », me confie le premier. Sa collègue ajoute, surprise : « Je n'ai jamais vu un seul message comprenant le mot "paix" dans leurs revendications. »

Si ces deux enseignants tiennent tant à garder leur anonymat, c'est aussi et surtout vis-à-vis de leurs collègues : après avoir mené l'enquête et épluché les profils du corps professoral en les combinant avec les informations que j'ai récoltées, je constate que ce ne sont pas moins de soixante-dix professeurs et ex-professeurs de Columbia[1] qui, en 2024, affirmaient publiquement soutenir les actions du mouvement BDS et d'autres collectifs radicalement antisionistes. Dans le cas de BDS, que nous avons déjà abordé auparavant, cela tombe presque sous le sens puisque son fondateur, Omar Barghouti, l'a créé alors qu'il était encore étudiant au sein de cette même université…

Nadia Abu El-Haj, professeure d'anthropologie, assume être l'une des leadeuses officielles du mouvement BDS sur le campus où elle rallie de nombreux étudiants à sa cause grâce à des séries de conférences et de rencontres. À moins de 100 kilomètres de là, sur le campus de Princeton, sa consœur et enseignante d'histoire Molly Greene est quant à elle la fondatrice de « l'initiative de désinvestissement des professeurs de Princeton », un collectif en hommage à BDS. Est-ce avec l'approbation de ce collectif d'enseignants que, le 26 mai 2024, la remise des diplômes a été perturbée par plusieurs étudiants qui ont exhibé leurs keffiehs et drapeaux palestiniens par-dessus leurs tenues traditionnelles ? La question vaut

1. En incluant Barnard College.

d'être posée[1]. Guère étonnant lorsque l'on constate que Zia Mian, chercheur scientifique, soutient BDS mais aussi et surtout un collectif très important pour sa résonance jusqu'à la rue Saint-Guillaume : Students for Justice in Palestine.

Principal fauteur de troubles au sein des universités, Students for Justice in Palestine, alias SJP, a été créé en 1993 à Berkeley par Hatem Bazian, aujourd'hui professeur de droit islamique et d'études ethniques dans cette même université. Cette organisation compte aujourd'hui plus de deux cents sections réparties dans de nombreux campus, y compris au sein des différents instituts d'études politiques en France. C'est le même homme[2] qui soutient en 2020 le Council of American-Islamic Relations, considéré comme les « Frères musulmans américains », et accusé d'avoir financé le Hamas en 2008, selon le FBI. Après le 7 octobre, plusieurs survivants ont décidé de porter plainte contre Students for Justice in Palestine après avoir découvert une « boîte à outils en ligne » mise à disposition des utilisateurs pour soutenir « une intifada unitaire ». Dedans, on pouvait lire certaines consignes de « résistance » sous la forme d'incitations à « la lutte armée, grèves générales et manifestations ». « Tout cela est légitime et nécessaire », défendait l'organisation estudiantine qui qualifiait d'ailleurs le 7 octobre de « victoire historique ». Cela ne devrait

1. Le 3 mai 2024, certains de ces étudiants avaient entamé une grève de la faim, pour témoigner leur solidarité aux civils palestiniens. « Cette grève est une réponse au refus de l'administration de répondre à nos demandes de dissociation et de désinvestissement d'Israël », affirmait leur communiqué.

2. Hatem Bazian avait été lui aussi épinglé pour avoir collecté des fonds au profit de KindHearts, une organisation démantelée par le département d'État des États-Unis après qu'il a été prouvé qu'elle avait financé le Hamas en 2006.

donc surprendre personne d'apprendre que, le 24 mars 2024, la section SJP de Columbia a coorganisé pour les étudiants volontaires un drôle d'événement intitulé « Résistance 101 ». Sous la forme d'une visio, les jeunes participants ont eu « la chance » de rencontrer en ligne Khaled Barakat, membre de l'organisation terroriste du Front populaire de libération de la Palestine. Très fier de porter la voix de ses « amis et frères du Hamas, du Djihad islamique et du FPLP », Khaled Barakat a félicité les étudiants pour leurs actions militantes et leurs blocus, leur enjoignant de poursuivre la mobilisation et de diffuser des vidéos partout dans le monde, modus operandi susceptible d'après lui d'être le plus apprécié par leurs camarades « de la résistance armée ».

À des milliers de miles, au sein de l'Institut d'études politiques (IEP) de Lyon, des étudiants masqués hurlent en liesse « Nous sommes tous des enfants de Gaza ». Ces vidéos, tournées après le 7 octobre, sont repartagées par le compte Twitter de Students For Justice in Palestine, dont le pôle le plus virulent se trouve sur le campus de Sciences Po Paris, créé au sein de l'antenne parisienne par Khaled Abu-Qare. Palestinien né à Jérusalem et qui venait de faire sa rentrée à Sciences Po, ce dernier a répondu dans une interview sur un site étudiant[1] que l'organisation Students For Justice in Palestine « a dû passer par un processus de vote des étudiants et a reçu plus que le nombre de voix nécessaire pour être reconnue par Sciences Po comme

1. Il s'agit du site *Accent* qui se présente comme « une vitrine sur les productions de journalistes en devenir qui souhaitent partager leurs créations hors des salles de classe ». L'autrice de l'article, Sara Trabi, a réalisé avec Youssra Mahdi (alias Crazy N'ouss) un événement « contre l'islamophobie » en France et plus particulièrement contre les pressions exercées sur les femmes qui portent comme elles le hijab.

une initiative étudiante. On avait besoin de 120 votes, on en a obtenu 437». Selon lui, le principal objectif de son collectif, inauguré à son arrivée et qui compterait lors de sa création entre 20 et 25 membres actifs, serait «de faire entendre la cause de la lutte palestinienne».

Cette partie du chapitre relative à Sciences Po, école sur laquelle j'ai investigué pour des articles et pour cet ouvrage, n'aurait pu être écrite sans les très nombreux témoignages d'étudiants, de professeurs et de membres de la direction qui ont en commun un courage qui m'impressionne. Grâce à eux, j'ai eu accès à des boucles de messages privés, des mails destinés à certains élèves ou enseignants, des vidéos de scènes ahurissantes, souvent en direct. Mais je ne suis pas la seule «journaliste» à avoir bénéficié de cette confiance : Shahin Hazamy[1], de son côté, a pu lui aussi renseigner en direct ses abonnés sur les actions menées par les étudiants militants, filmées au plus près du réel. C'est lui qui a, par exemple, diffusé la vidéo du faux sang jeté sur la façade de l'IEP parisien par un militant cagoulé le 31 mars 2025... Vidéo très rapidement likée par une certaine Rima Hassan, qui va, comme on peut s'en douter, occuper une place de choix dans notre enquête.

En m'entretenant avec plusieurs étudiants, tous assurent qu'avant le 7 octobre, aucun d'eux n'avait constaté ou vécu la moindre incartade antisémite. «C'est après le 7 que ça a explosé. L'un des anciens étudiants de Sciences Po, Omri Ram, a été tué alors qu'il participait au festival Supernova et il y a eu des affiches qui lui

1. Shahin Hazamy et le Comité Palestine Sciences Po se suivent mutuellement sur les réseaux sociaux, contrairement aux autres collectifs de l'IEP. Est-ce un hasard si Shahin Hazamy reçoit donc des vidéos tournées en direct depuis ces actions estudiantines?

rendaient hommage sur le campus. On les a retrouvées vandalisées, elles ont été à moitié arrachées ou recouvertes avec des affiches propalestiniennes ! Même chose pour les affiches des otages. Et quand des étudiants ont tenté de s'interposer, ils ont été agressés », me racontent Lou (une étudiante dont j'ai modifié le prénom) ainsi que Maxime Loth, président du Printemps républicain à Sciences Po Paris[1].

Le 13 octobre 2023, Dominique Bernard, professeur de français, est assassiné par un islamiste d'origine tchétchène dans son établissement à Arras. Profondément touchés, à l'instar de nombreux Français, Lou, Maxime et d'autres étudiants décident de placarder des affiches, rendant hommage à l'enseignant décédé ainsi qu'à Samuel Paty, sur les murs de leur campus. « Une étudiante est passée devant nous, elle a perdu son sang-froid et nous a hurlé dessus en nous traitant d'islamophobes et de racistes », témoignent plusieurs élèves, encore sous le choc. Maxime me confie qu'à l'époque l'un de ses camarades lui aurait un jour asséné, droit dans les yeux, que « le Hamas c'est la libération ».

L'influence du Comité Palestine Sciences Po mais aussi et surtout de Students For Justice in Palestine se fait rapidement sentir, jusqu'à atteindre un point culminant sur lequel nous n'allons pas tarder à revenir. « C'est un mouvement très coordonné avec une codification vestimentaire composée de keffiehs et de masques. Les nombreux messages pour s'organiser, ou encore dénoncer

1. J'ai connu Maxime Loth et le Printemps républicain (dont je ne suis pas membre) le 24 octobre 2023 lors d'une conférence donnée à Sciences Po sur invitation de l'université, où j'étais accompagnée d'Arnaud Abel, président de Fiertés citoyennes, pour présenter *Les Nouveaux Inquisiteurs*.

des “enseignants problématiques”, sont transférés sur des boucles WhatsApp et traduits de l'anglais au français, ce qui témoigne d'une influence internationale», me dévoilent plusieurs étudiants qui sont parvenus à faire des captures d'écran rapides de groupes privés avant d'être supprimés des boucles. C'est dans ce contexte particulièrement tendu que Rima Hassan entre en scène.

Invitée le 5 mars 2024 par Students for Justice in Palestine, celle qui n'était à l'époque qu'activiste – elle ne sera élue députée européenne que trois mois plus tard au sein du groupe GUE/NGL – fait déjà couler beaucoup d'encre. Elle est accompagnée de Rony Brauman, ex-président de Médecins sans frontières[1]. Ce que révèle Samuel Lejoyeux, qui était encore à cette époque président de l'UEJF, est de la plus haute importance : «Nous avions demandé à l'administration qu'il y ait un contradictoire lors de l'échange puisqu'il n'est pas possible qu'il n'y ait qu'une seule pensée qui s'exerce à l'université sans aucun débat, mais cela nous a été refusé. Nous avions également prévenu que la présence de Rima Hassan, au vu de ses prises de position, risquait de mettre le feu aux poudres. Encore une fois, ce qui est en jeu ici, ce n'est pas le fait de dénoncer la défense de la cause palestinienne, mais la radicalité des propos tenus.»

Le lendemain, 6 mars 2024, Maxime Loth est convoqué par deux membres de la direction de Sciences Po Paris après avoir témoigné auprès de plusieurs médias, dont *i24NEWS*, des insultes et menaces qu'il avait reçues de la part de ses camarades pour avoir dénoncé la

1. Rony Brauman est particulièrement controversé depuis qu'il a estimé en 2016 au micro d'Europe 1 que, pour lui, le port de la kippa serait «une affiliation politique» et «un signe d'allégeance à la politique de l'État d'Israël».

présence de Rima Hassan. « La venue de Rima Hassan et Rony Brauman a exacerbé les tensions, je recevais des insultes sur les réseaux sociaux d'étudiants, pour certains dans ma classe, qui me traitaient de "toutou de l'État terroriste israélien". Le problème n'était pas le débat, bien au contraire, mais les intervenants », rappelle lucidement Maxime Loth.

L'échange est lunaire et m'a été rapporté dans les détails par le jeune étudiant : « Lorsque j'ai rappelé à mes interlocutrices que les propos tenus par Rima Hassan faisaient l'objet d'une accusation d'apologie du terrorisme et qu'elle était accusée d'antisémitisme, l'une des membres de la direction a nié de la tête et m'a dit qu'elle n'avait pas été condamnée par la justice. J'ai alors énuméré pour elle les faits antisémites qui ont eu lieu à l'IEP depuis le 7 octobre, de l'arrachage des photos d'otages aux menaces et autres altercations, faits auxquels elle a répondu que, pour elle, cela ne relevait pas de l'antisémitisme ! » Quant aux membres de la direction, ils ont trouvé « exagérée » l'intervention de Maxime Loth sur *i24NEWS*, alors que celui-ci s'était contenté de rapporter les propos tenus par des camarades ! Et ce dernier de poursuivre : « Cette même direction m'a bien confirmé avoir eu connaissance des faits, mais je me suis senti réprimandé pour les avoir dénoncés auprès des médias. Elle a reconnu toutefois qu'il y avait bien eu des actes antisémites, mais pas ceux que je décrivais, et qu'ils auraient été sanctionnés sans qu'elle ait à communiquer sur chaque "manquement au règlement". Donc pour elle, l'antisémitisme est un simple "manquement au règlement" ! »

Lors de la conférence du 5 mars, des membres de l'UEJF ont tenté de poser une question à Rima Hassan et à Rony Brauman, avant d'en être empêchés par les organisateurs. Des faits de censure que tente de rapporter

Maxime Loth à la direction lors de son entretien, ce qui lui vaut, de la part de cette dernière, une réponse ahurissante : « Les membres de l'UEJF n'auraient pas dû venir, car cela "exacerbe" les tensions. Dans ces conditions, il est normal qu'on ne leur ait pas donné la parole ! »

Un professeur enseignant à Sciences Po depuis trente-trois ans, membre du conseil de direction de l'Institut, François Heilbronn, était présent à cette conférence. Il avait lui aussi demandé – en vain – à la direction l'interdiction de la venue de celle qu'il estime être une « propagandiste extrémiste ». La conférence a donc eu lieu, ironie du sort, dans l'amphithéâtre Jean-Moulin. François Heilbronn, soucieux d'entendre l'entièreté des propos tenus, était accompagné, comme il me le confirme, par plusieurs de ses collègues. Il commence par insister sur un point : « Rony Brauman, ancien enseignant à Sciences Po, a justifié les actions du Hamas "au nom de la violence légitime en cas d'occupation". Il a confondu Israël et le meurtre barbare de civils avec une action militaire contre d'autres militaires "en territoire occupé", ce que n'était plus Gaza depuis l'été 2005. Rima Hassan quant à elle s'est présentée en tant que réfugiée palestinienne et a diffusé un diaporama pour expliquer qu'il fallait que tous "les réfugiés palestiniens" (près de 6 millions, ce qui inclut, cas unique dans l'histoire des peuples, les descendants des réfugiés sur quatre à cinq générations) reviennent en Palestine libérée "du fleuve à la mer" ».

Après avoir laissé les conférenciers s'exprimer, François Heilbronn prend la parole, devant une salle pleine de deux cents étudiants « dont une moitié coiffée de keffiehs palestiniens tout neufs », se souvient-il, ajoutant que la plupart étaient masqués pour ne pas être reconnus. Contestant au préalable le fait que Rima Hassan se décrive comme « réfugiée palestinienne », il lui a rappelé qu'elle avait acquis depuis ses dix-huit ans «l'honneur d'être une citoyenne française», lui glissant au passage qu'en tant que «juriste», elle devrait savoir que lorsque l'on acquiert la nationalité du pays d'accueil, on perd son statut de «réfugié». «J'ai ajouté que j'avais moi-même une mère "réfugiée juive égyptienne" chassée d'Égypte comme tous les juifs égyptiens par Nasser en 1956, puis devenue apatride. Bien que ma mère et sa famille furent dépossédées de tous leurs biens et de leur nationalité, je ne me sentais en aucun cas "un réfugié égyptien", mais fier d'être un citoyen français. En l'occurrence, c'est l'arrière-grand-mère de Rima Hassan qui était réfugiée.»

Déterminé à clarifier la situation, François Heilbronn insiste et lui demande alors de préciser la phrase «libérer la Palestine de la mer au Jourdain» puisque le fleuve (le Jourdain) et la mer (la Méditerranée) risquaient, s'ils étaient «libérés», de laisser errer 7 millions d'Israéliens juifs vivant entre ces deux rives. La réponse de Rima Hassan est étonnante : «Très énervée, elle a affirmé que les juifs qui le souhaitaient pourraient rester dans cette "Palestine libérée", ce qui déclencha un tonnerre d'applaudissements chez les deux cents étudiants présents… Ce qui prouve donc bien qu'aucun d'entre eux ne souhaite une cohabitation pacifique à deux États et qu'ils se félicitent même d'appeler à la destruction du seul État juif.»

Il faudra à peine une semaine pour que le chaos annoncé prenne forme. Le mardi 12 mars, alors qu'une étudiante, également membre de l'UEJF, tente d'entrer dans l'amphithéâtre Émile-Boutmy[1], rebaptisé sobrement pour l'occasion «Amphi Gaza», où se déroule alors une conférence en soutien aux Palestiniens coorganisée

1. Fondateur de l'École libre des sciences politiques, futur Sciences Po.

par le Comité Palestine Sciences Po, elle est exfiltrée manu militari sous les clameurs de la salle : « Ne la laissez pas rentrer, c'est une sioniste ! » Mais cette fois la direction réagit[1] enfin, poussée par le Premier ministre de l'époque, Gabriel Attal, lui-même ancien étudiant de l'IEP. Gabriel Attal, tout comme Sylvie Retailleau, à cette période ministre de l'Enseignement supérieur, ont annoncé saisir la justice. Le lendemain, Mathias Vicherat, directeur de l'IEP en retrait suite à des accusations de violences conjugales, choisit de démissionner en pleine tempête, laissant l'établissement sans capitaine à bord. Pourtant, malgré l'emballement médiatique et la prise de position du président Emmanuel Macron qui juge les propos tenus à l'encontre de l'étudiante « intolérables et inqualifiables », cela ne calme pas les ardeurs militantes des étudiants propalestiniens et antisémites car, dès le 14 mars, en fin de journée, l'IEP est évacué. La raison : l'organisation d'un rassemblement non autorisé par la police et mené par le collectif Urgence Palestine. Dans la foulée, plusieurs tribunes et pétitions sont orchestrées par des militants, parmi lesquelles celle du collectif décolonial juif Tsedek !, signée anonymement par plusieurs étudiants juifs qui arguent « une manipulation politique » et nient toute forme d'accusations antisémites.

Dans les autres IEP de France, des actions militantes propalestiniennes sont également organisées. C'est le cas de Sciences Po Poitiers où des manifestants ont déployé le drapeau palestinien devant le campus et bloqué partiellement l'entrée afin « d'échanger sur la situation en Palestine ». Interrogés par le média régional *La Nouvelle*

1. Elle ouvre, le 13 mars au matin, une enquête administrative après avoir saisi le procureur de la République pour des « faits à caractère antisémite ».

République[1], ces derniers ont même affirmé être « convaincus que les accusions d'antisémitisme n'[étaient] pas fondées et qu'[ils demandaient] la levée des mesures disciplinaires ». Sur le campus de Menton s'est tenue peu après, à la fin mars, une « Semaine de la Palestine », à laquelle ont été conviés Manuel Bompard et Rima Hassan qui en ont profité pour donner une conférence de presse.

C'est dans ce contexte mouvementé que j'ai accès, grâce à des étudiants, à des messages postés le 28 mars 2024 sur le groupe WhatsApp parisien de Students for Justice in Palestine. Il y est proposé à tous ceux qui le souhaitent de remplir le formulaire mis à leur disposition afin de dresser « une liste de cas à Sciences Po, que ce soit en cours, avec d'autres étudiants ou avec l'administration, qui censurent ou nient les conditions de l'expérience palestinienne ».

Dans le Google Forms, accessible grâce au lien, il est également possible de dénoncer en tant que « témoin » « un professeur ou un camarade de cours ». Cette langue de bois incite, pour le dire clairement, les étudiants à la délation, en jetant des individus en pâture à la vindicte publique et donc à faire des listes de profs, de camarades, qu'ils trouveraient « problématiques » dans leur traitement de l'actualité au Proche-Orient. Car que veut dire « nier les conditions de l'expérience palestinienne » ? Ne pas qualifier le Hamas de « mouvement de résistance » ? Débattre de la question d'un « génocide » ?

Mais surtout : à quoi va servir cette liste ? Pour plus de vigilance, les créateurs du formulaire précisent que chaque témoignage doit être rédigé nommément afin de

1. « Poitiers : blocage filtrant à Sciences Po pour alerter sur la cause palestinienne », *La Nouvelle République*, 21 mars 2024.

garantir leur « crédibilité » et leur « capacité à vérifier », tout en assurant que les noms des délateurs ne seront pas communiqués « aux administrateurs de Sciences Po ». Lorsque je montre ces échanges à Solène[1], professeure depuis de nombreuses années au sein de l'IEP, celle-ci ne parvient pas à cacher sa tristesse ni sa résignation : « Résignation, car il faudra un moment pour que cette minorité omniprésente cesse d'agir de la sorte en tentant d'imposer sa loi. Ces étudiants ne sont même plus conscients de préparer leur propre oppression en muselant ainsi la liberté d'expression. »

Si elle constate la radicalité d'une minorité d'étudiants très militants et engagés à l'extrême gauche, Solène estime qu'il y a également de nombreux étudiants « intéressants et ouverts qui veulent toujours s'engager pour l'intérêt général, leur pays, ce qui est l'ADN originel de Sciences Po ». Sa consœur, Alice, enseignante à l'IEP de Sciences Po Paris depuis longtemps, assume ne plus souhaiter enseigner dorénavant dans l'IEP, alors qu'elle assure avoir alerté à de nombreuses reprises la direction sur la baisse de niveau et le comportement de certains de ses élèves. Éberluée par ce qui s'est passé le 12 mars 2024, Alice préfère tirer sa révérence et estime qu'une dégradation des acquis scolaires des élèves depuis le Covid-19 semble aller de pair avec une différence de mentalité qui l'inquiète : « J'ai signalé à plusieurs reprises que certains étudiants avaient un problème de comportement, voire faisaient preuve d'une certaine agressivité. Avec les incidents qui s'enchaînaient, on a senti que tout pouvait exploser à tout moment. Nous étions plusieurs professeurs à avoir le sentiment que l'IEP était en roue libre, qu'on ne maîtrisait plus rien. Aujourd'hui, les débats

1. Prénom modifié à sa demande, comme pour Alice.

avec les élèves ne sont plus possibles, et si l'on ose parler de laïcité, on est accusé d'islamophobie ou d'être d'extrême droite.»

Des propos que d'autres professeurs avec lesquels j'ai longuement échangé à cette période approuvent, et dont la voix est portée par Solène, elle-même anciennement diplômée de Sciences Po Paris. «Il y a une baisse de niveau drastique que nous sommes beaucoup à avoir dénoncée et qui va de pair avec une violence verbale qui ne cesse de grandir. Cela est accentué par un militantisme à outrance et intersectionnel, où une Mathilde Panot est perçue comme une idole», déplore Solène qui insiste sur le fait que tous les étudiants ne sont pas sur cette ligne extrémiste et que c'est pour les autres qu'elle continue à enseigner au sein de l'IEP. Le 7 octobre n'a fait qu'exacerber des tensions présentes sur lesquelles et Solène et Alice avaient déjà tenté d'alerter leur direction : «Il y avait déjà, bien avant le 7 octobre, de nombreuses attaques contre la laïcité. Nous avions senti monter l'influence de l'extrême gauche chez nos étudiants, laquelle ne tolérait aucune discussion. Tout étudiant qui avait exprimé des opinions contraires à celle-ci était immédiatement traité de tous les noms. Après le 7, j'avais vu des étudiantes arracher les affiches des otages israéliens, mais ce qui s'est passé le 12 mars constitue un vrai point de non-retour. La vie militante a pris une place trop conséquente, nous sommes même tombés sur des ateliers de confection de clitoris en pâte à sel dans le jardin de l'établissement…», soupire Solène avant d'ajouter «qu'Émile Boutmy se retournerait dans sa tombe». De son côté, Alice est très claire et me réitère sa décision sans détour : «Je n'enseignerai plus à Sciences Po. Non pas par peur, mais parce que je ne cautionne pas ce qui s'est passé. Nous ne sommes pas qu'enseignants, mais aussi des êtres humains, et il faudrait beaucoup trop de changements, cela prendrait des années. »

Après la venue de Rima Hassan, les doyens des différents campus ont rédigé un texte pour appeler à l'apaisement ainsi qu'à une minute de silence en hommage aux victimes du 7 octobre et à celles des bombardements israéliens sur Gaza. Dans le corps professoral et à la direction, tous ne semblent pas aussi pacifiques. C'est le cas de Dina Waked, professeure de droit, ex-étudiante de Harvard et également à la tête du conseil de l'Institut[1], qui a choisi de ne pas faire partie des signataires. Elle aurait même, selon ses collègues, soutenu la présence de Rima Hassan. À l'époque[2], elle n'a pas eu un seul mot pour les victimes du 7 octobre sur son compte X public à cette date et sur lequel elle semble pourtant très active, notamment lorsque, dix jours après le pogrom, elle relaie la *fake news* de l'hôpital Al-Ahli à Gaza colportée par le Hamas[3] en accompagnant son tweet de la mention tristement gênante « Self defense ??!! ».

Au conseil de l'Institut du 26 mars 2024, qui suit l'occupation violente de l'amphithéâtre Émile-Boutmy quatorze jours auparavant, sous la présidence de Dina

1. Le conseil de l'Institut est chargé d'élire avec la Fondation nationale des sciences politiques le prochain directeur grâce à un vote, après sélection de dossiers et entretiens. Dina Waked ne sera plus présidente à partir d'octobre 2024.

2. Cf. mon article « Keffieh au sommet », *Franc-Tireur*, 8 mai 2024.

3. « Ces informations concernaient un prétendu bombardement intentionnel par Israël de l'hôpital Al-Ahli à Gaza faisant près de 500 morts. On sait aujourd'hui qu'en réalité l'explosion était très probablement due à un défaut moteur d'un missile tiré depuis Gaza, que l'hôpital est toujours debout et que le nombre de victimes est infiniment moins élevé qu'annoncé », France Culture, 22 octobre 2023.

Waked, François Heilbronn ouvre la discussion et s'exprime longuement pour alerter ses collègues de la vague antisémite qui déferle sur Sciences Po et dont peu d'entre eux mesurent réellement l'ampleur et la nocivité pour les étudiants juifs. Nous reproduisons un large extrait de ses propos consignés dans le procès-verbal du conseil de l'Institut de Sciences Po : « Étant un militant juif visible et engagé comme vice-président du Mémorial de la Shoah et membre du comité directeur du CRIF, je reçois depuis dix ans de plus en plus de témoignages alarmants d'étudiantes et d'étudiants juifs de Sciences Po. Ils sont ostracisés. On leur demande de prendre position sur les conflits israélo-arabes. On les écarte. Ils ont du mal dans certaines conférences à trouver des binômes. Certains professeurs les ostracisent, oui, certains enseignants. Les étudiants juifs de Menton demandent assez rapidement leur mutation sur un autre campus comme le rapport de l'UEJF Sciences Po Menton de mars 2023 nous le montrait en énumérant les nombreuses agressions verbales contre les étudiants juifs dont ceux en échange de Columbia qui s'en sont plaints à leur université d'origine. Dans des conférences sur la Palestine on leur refuse le micro. J'en ai été témoin lors de la conférence de Rima Hassan, le 5 mars dans l'amphi Jean-Moulin. Rima Hassan qui se fit applaudir par deux cents élèves quand elle confirma qu'elle souhaitait, en libérant la Palestine du fleuve à la mer, la disparition de l'État d'Israël. En 2016, une de nos étudiantes, Amira Jumaa, qui souhaitait mettre "les juifs au four", a été, après un long combat, définitivement exclue de Sciences Po. Elle le fut, mais par un vote à une voix de majorité et tous les représentants étudiants présents votèrent contre cette exclusion. Elle fut ensuite condamnée au pénal pour "injure publique aggravée et injure raciale[1]". Mais depuis les massacres barbares antisémites commis par le Hamas le 7 octobre en Israël, la situation a de nouveau empiré pour nos étudiants juifs et encore plus pour celles et ceux engagés au sein de l'Union des étudiants juifs de France », regrette François Heilbronn, insistant sur l'état psychique des étudiants juifs de Sciences Po et rappelant à ses collègues que le sort des étudiants juifs dépendrait de chacune des personnes présentes. Ses propos seront corroborés ensuite par Kevin Cohen, étudiant élu au syndicat de l'UNEF qui témoigne qu'en six années à Sciences Po, jamais il n'aurait « pensé vivre ça ». D'après les témoignages recueillis par l'étudiant, les militants auraient forcé un de leurs camarades à « soutenir la Palestine » et à dire « vive la Palestine »[2].

À la suite de ces témoignages, le député socialiste Jérôme Guedj a voulu questionner Dina Waked sur son absence de signature du texte « d'apaisement ». Malgré

1. Par la dix-septième chambre correctionnelle du tribunal de grande instance de Paris.

2. Tous ces faits, après enquête judiciaire interne, furent confirmés par l'administrateur provisoire nommé par intérim, Jean Bassères : « Sur les incidents du 12 mars à Sciences Po, après les nombreux témoignages entendus, il y a une conviction : la phrase "Ne la laissez pas entrer, c'est une sioniste", a été prononcée – sous cette forme ou une autre. La cellule n'a pu identifier les auteurs pour les traduire devant la section disciplinaire. Ce que je regrette. Huit étudiants sont visés pour propos discriminatoires contre les étudiants juifs et le rapport les concernant est entre les mains de la section disciplinaire de l'école, qui est indépendante. Cela peut aller jusqu'à l'exclusion de l'enseignement supérieur durant cinq ans. Après 80 signalements de faits d'antisémitisme, 12 procédures pour des faits d'antisémitisme sont en cours, menées par la CEIP Sciences Po. » « Étudiante juive refoulée à Science Po : ce que révèle l'enquête », *Le Parisien*, 23 mai 2024.

l'insistance de ce dernier, surpris que ce communiqué ne lui ait pas convenu, celle-ci, visiblement embarrassée, a argué du fait que son refus de signer était à mettre en relation avec un emploi du temps chargé, l'empêchant de consacrer tout le soin nécessaire pour amender en toute sérénité la version qui lui avait été proposée[1].

Pourtant, le 2 mai 2024, s'organise dans l'amphi Émile-Boutmy un *town hall* afin de débattre des revendications militantes : parmi elles, l'habituelle demande d'arrêt de partenariats universitaires avec Israël. Étudiants, collectifs, professeurs et membres de la direction s'y rendent, pour la plupart, dans l'espoir de parvenir à pacifier une situation devenue intenable face aux nombreux blocages et autres actions radicales comme, en tête de liste, la glorification du terrorisme sous la forme de slogans louant « la lutte armée » du peuple palestinien ! Plusieurs témoins de l'événement me confirment l'influence exercée sur les étudiants par Students for Justice in Palestine. Alors que Salomé, présidente de l'UEJF à Sciences Po Paris, rappelle sur scène que quatre-vingts cas d'actes ou de paroles antisémites ont été recensés et relayés depuis le début de l'année, les représentants de Students For Justice in Palestine et de son pendant Comité Palestine Sciences Po sont ovationnés par les spectateurs qui renouvellent leur appel à la cessation des partenariats. Parmi les personnes applaudissant à tout rompre, plusieurs professeurs remarquent leur collègue, visiblement très enthousiaste, Dina Waked. Il n'est pas inutile de rappeler que les membres du Comité Palestine n'avaient

1. Celle-ci insiste notamment sur son impossibilité à pouvoir modifier ou commenter le texte reçu visiblement un dimanche, alors qu'elle avait, selon ses dires, ses enfants à charge en alternance.

pas hésité à remercier publiquement sur leurs réseaux sociaux fin avril ceux qui leur avaient apporté un soutien « sans relâche » dans leurs mobilisations, à savoir : Rima Hassan, Anasse Kazib, Tsedek ! ainsi que l'organisation Samidoun et son antenne parisienne.

Il faudra attendre le 1er octobre 2024 pour qu'un nouveau directeur soit finalement désigné par le conseil. Arrivé à point « nommé » quelques jours avant le triste anniversaire des pogroms, Luis Vassy a eu, comme de nombreux directeurs de Sciences Po, fort à faire. Car les différentes écoles de Sciences Po Paris, Lille, Menton et Lyon ont été marquées par des intifadas estudiantines durant la semaine du 7 octobre 2024. À Lyon et à Menton, des tags qui glorifient la « résistance » palestinienne ont recouvert les façades des deux établissements. Et à Lille, des étudiants m'ont donné accès à des boucles WhatsApp militantes où j'ai découvert des messages qui m'ont rappelé ma précédente immersion quant au degré d'intersectionnalité atteint : étaient proposées par exemple des réunions en « non-mixité juive, musulmane et arabe », mais aussi la possibilité de manquer certains jours de cours « sous condition d'envoyer un mail à votre responsable de scolarité pour dire que vous vous sentez concerné.es par la journée de mobilisation pour la Palestine et le Liban et que vous prendrez part aux activités proposées ». Activités qui consistaient aussi et surtout à batailler pour faire cesser le partenariat entre l'IEP de Lille et l'université de Tel-Aviv, dans le cadre d'un double diplôme. Ce qui témoigne d'une étonnante définition de l'inclusivité, vis-à-vis de tous ces étudiants franco-israéliens qui n'ont rien fait d'autre que d'être « nés quelque part »...

À peine installé, Luis Vassy a dû très rapidement dégainer l'article 40 du Code de procédure pénale suite aux manifestations de ses étudiants, et plus particulièrement aux appels à l'intifada, fomentés en grande partie par un ancien élève, devenu collaborateur parlementaire de Rima Hassan. L'usage de cet article, critiqué par certains étudiants, s'explique pourtant par un fait très simple : le système de discipline à Sciences Po ne serait pas « pensé » pour sanctionner un activisme politique radical, mais plutôt des cas de violences sexistes et sexuelles ou encore relatifs à des tricheries avérées. Difficile donc d'agir auprès des étudiants les plus radicaux… De son côté, Maxime Loth a été contraint de porter plainte suite à des menaces d'agressions proférées à son encontre sur des boucles de messages étudiantes portées à ma connaissance : « Alors qu'ils étaient une centaine en train de manifester sur le campus arborant des keffiehs, ils m'ont traité, avec véhémence, de sale raciste parce que je filmais la scène. J'ai alors pris en photo les dessins à caractère antisémite collés sur le mur derrière eux et c'est là qu'ils ont paniqué et retiré les affiches en disant qu'ils ne validaient pas ça ! » On peut y déceler en effet des tropes antisémites qui ne sont pas sans rappeler les pires heures de la collaboration où les murs de France étaient couverts de placards antijuifs et les journaux de caricatures antisémites. Sur l'une d'entre elles, on peut voir Emmanuel Macron, ficelles en main, animer un pantin à l'effigie de Luis Vassy – une parfaite imitation de la fresque antisémite, peinte par le graffeur Lekto à Avignon en 2022, représentant l'économiste Jacques Attali manipulant, telle une marionnette, le président de la République. « À l'endroit même où on avait accroché les photos des otages lors de l'hommage du 7 octobre, immédiatement recouvertes lors du blocage hebdomadaire du mercredi », précise Solène, l'enseignante avec laquelle je suis restée en contact.

Un mois et demi plus tard, une nouvelle conférence de Rima Hassan doit avoir lieu à Sciences Po Paris, de nouveau organisée par Students for Justice in Palestine, mais ayant cette fois pour thème la question des ventes d'armes à Israël. Elle est rapidement interdite par Luis Vassy pour « risque de troubles à l'ordre public », et un bras de fer s'engage entre le directeur et la députée européenne qui n'hésite pas à tweeter tantôt son mécontentement, tantôt sa jubilation. En effet, accusant la direction de Sciences Po d'entraver la liberté d'expression, Rima Hassan obtient gain de cause à la suite du référé qui s'est déroulé le jour où devait se tenir sa conférence. « IMMENSE VICTOIRE », se félicite-t-elle immédiatement sur son compte X suivi par des centaines de milliers de personnes. Et pourtant, la conférence de Rima Hassan méritait bien d'être annulée. Je ne dis pas cela de manière partisane, persuadée que je suis que museler une personne risque de produire l'effet inverse de celui escompté en donnant à cette dernière le statut de martyre. Si ce n'est que, dans ce cas précis, il ne s'agit pas de « liberté d'expression », mais bien de « risque de troubles à l'ordre public ». Rima Hassan a déjà pu s'exprimer au sein de l'établissement et, depuis sa venue, elle n'a eu de cesse sur ses réseaux sociaux de relayer et même d'encourager les émeutes estudiantines antisionistes. Ces soutiens répétés aux troubles lui seront finalement préjudiciables : le 29 novembre 2024, coup de théâtre, le Conseil d'État annule l'ordonnance du tribunal administratif et valide donc la décision de Luis Vassy.

Un répit de courte durée puisque, malgré la fermeté de la direction, les actions militantes ne vont pas aller en s'affaiblissant. Blocus, appels à l'intifada, mobilisations, les militants tentent même par le biais de mails de séduire les étudiants de première année pour qu'ils rejoignent leurs actions. Dans un message envoyé le 18 mars par le Comité Palestine Sciences Po, je découvre en effet, tout comme les premières années qui ont dû le recevoir, que « l'Occident colonial », alias la France, et plus particulièrement le directeur Luis Vassy, appliqueraient une « répression », et qu'il est donc impératif de se mobiliser contre des « partenariats complices de l'oppression du peuple palestinien » et d'exiger davantage de « contenu académique indépendant sur la Palestine ». Pourtant, il suffit de lire un commentaire posté le 21 mars sur Instagram par le responsable de l'engagement étudiant pour découvrir que la direction de la vie étudiante apporterait, d'après lui, « son soutien inconditionnel » à cette « cause capitale » qu'est la situation à Gaza.

Avec un tel feu vert, cela n'étonne donc personne que, lors du concert organisé par l'association des anciens élèves de Sciences Po pour fêter les cent cinquante ans de l'IEP, des étudiants militants masqués se soient organisés afin de perturber l'événement en empêchant le public, parfois très âgé, d'entrer. « Plusieurs ont fait état d'atteintes physiques de la part d'individus masqués qui cherchaient à entraver leur accès dans l'amphithéâtre » confirme, dans un communiqué, Luis Vassy. Ayant dû faire face à une forme de chantage – s'il accepte les exigences des manifestants, le concert aura lieu ! – Vassy, courageusement, refuse le marché de dupes.

Si les cours ont pu reprendre, le feu couve et est prêt à repartir à tous moments, à Sciences Po comme ailleurs, ce que je constaterai très vite. Là encore, l'épisode des « mains rouges » exhibées sans honte par les étudiants sciencespistes, pendant le cours de Fabrice Balanche, maître de conférences en géographie du Moyen-Orient à l'université Lyon-II, qui a été hué et intimidé par ses élèves lui hurlant « Racistes, sionistes, c'est vous les terroristes », illustre parfaitement les dérives militantes qui ne cessent de se multiplier. Le noyautage du vivre-ensemble à la française, du « faire nation » est en marche.

7

De l'école aux bancs de la fac

> «Pour moi, il est impossible de pratiquer la médecine avec un tel niveau de haine. Je me fais du souci pour les patients juifs, potentiellement pris en charge par ces personnes.»

Mais Sciences Po n'est pas le seul exemple, en France, de la mainmise de l'ultragauche antisémite sur les lieux d'éducation. Loin de là. L'explosion du militantisme «antisioniste» sur de nombreux campus a impacté dans tout le pays des milliers d'étudiants juifs, mais aussi non juifs. Je n'ai pu aller enquêter dans tous les établissements, mais il m'a été possible d'échanger avec beaucoup d'étudiants dispersés dans l'Hexagone afin de recueillir leur parole et de tenter de comprendre leur situation.

C'est à la faculté de médecine que j'ai lu la phrase qui m'a, je crois, le plus bouleversée. Elle est extraite d'un mail de détresse envoyé par un étudiant juif au doyen de son université[1].

Dans un long texte rédigé alors qu'il se trouve dans la bibliothèque universitaire, le jeune homme revient sur les tags de croix gammées, mais aussi sur les tweets de certains de ses «collègues». Il commence ainsi: «J'ai mis "collègue" entre guillemets, car pour moi il est impossible de pratiquer la médecine avec un tel niveau de haine.

1. Ce mail m'a été transmis avec l'accord de l'étudiant par mon confrère, le journaliste Ben Sebban.

Je me fais du souci pour les patients juifs, potentiellement pris en charge par ces personnes. » Profondément affecté, l'étudiant s'exprime à cœur ouvert et fait état de son malaise au sein de sa faculté depuis le 7 octobre : « J'ai l'impression de voir deux clans se former. Le premier qui n'hésite pas à taguer des messages infâmes, des messages antisémites, et des apologies du nazisme et du terrorisme. Le deuxième qui ne fait pas de vagues, pas de bruit, qui ne tague pas, qui n'est pas islamophobe ou raciste et qui ne vient pas à la faculté avec des tee-shirts "Vive Israël" ou je ne sais quel autre message. »

Je parcours ces lignes, ou plutôt ce qu'il appelle « cri du cœur », les larmes aux yeux. En parallèle, j'ai remarqué les tags « Décolonisons la médecine » devant l'université, mais aussi une photo où l'on peut voir une large croix gammée dessinée au feutre noir sur un mur de l'hôpital Bichat, à Paris[1]. « J'espère voir le bout de ce tunnel infernal un jour. Peut-être allez-vous me trouver excessif, mais ce sentiment, je ne suis pas le seul à le partager [...] j'espère ne pas avoir pris trop de votre temps avec ce (long) message et surtout j'espère qu'il y a des actions qui peuvent être menées. Merci d'avance pour votre réponse », conclut l'étudiant dans ce mail, adressé à son doyen, et qui restera évidemment sans réponse.

Pourtant, la gravité du contexte dans lequel il a été envoyé appelait, me semble-t-il, à une réaction ou pour le moins à une réponse qui aurait pu apaiser ces étudiants inquiets. Sur les groupes WhatsApp étudiants de l'université formant les médecins de demain, mais aussi sur X,

1. Cette photo est une story réalisée par un étudiant le 7 octobre 2023. La géolocalisation activée mentionne : « Hôpital Bichat-Claude-Bernard ». Ces témoignages m'ont été remis par mon confrère Ben Sebban.

les appels à vendre des tee-shirts « Enfants de Palestine » ou à partager sur leurs réseaux sociaux des visuels en soutien à Gaza ou à Rafah sont échangés presque quotidiennement par les plus militants. « C'est à la limite du supportable, un étudiant a même tweeté qu'il souhaitait voir "ces sales chiens de sionistes de merde" brûler en enfer », se souvient, amer, l'un d'entre eux.

Lorsque je me rends à Bordeaux, peu après la manifestation féministe du 25 novembre 2024, je pénètre sur le campus de l'université, accompagnée par un enseignant, venu jouer les guides touristiques. Dès mon arrivée à la gare, je suis accueillie, comme de coutume, par des stickers appelant à se mobiliser pour la Palestine. Alors que le professeur me conduit de bâtiment en bâtiment, je note l'omniprésence de tags sur Gaza, mais aussi d'affiches appelant à la mobilisation pour la Palestine. Toutefois, la direction bordelaise semble s'efforcer d'endiguer le phénomène, en attestent la peinture fraîche et les lambeaux d'affiches arrachées avec difficulté. « Antifa », « Révolution permanente », « Le Poing levé », « Du Pain et des Roses », « Palestine vaincra », les slogans, la prise de leadership de collectifs et les messages radicaux me désespèrent en cherchant à me convaincre que la partie est perdue d'avance, que la subversion est en marche.

À Paris-VIII, par exemple, où je m'étais introduite pour les besoins de mon précédent livre, j'ai consulté les résultats des élections des représentants pour 2025. En lisant les noms des trois collectifs étudiants vainqueurs, j'ai peiné à différencier la pluralité de messages et d'engagements portés par chacun. Sur le haut du podium, on trouve nos amis du Poing levé dont la liste « des étudiant.es anticapitalistes, contre l'extrême droite, le génocide à Gaza et la précarité » remporte à elle seule la moitié des suffrages.

Elle est suivie par l'« UEAF, UNEF, UE et associations : pour une fac féministe et ouverte, contre la précarité et l'extrême droite ». Arrive en troisième position, « Fac pour tous et toutes : anti-impérialiste, antiraciste, féministe et antivalidiste », liste présentée par FSE St-Denis. Grande perdante : la liste « SOCIALISME OU BARBARIE : la liste révolutionnaire et internationaliste » qui n'a obtenu aucun siège.

À la fac de droit Bordeaux (campus Montesquieu), le conflit s'invite jusque dans les latrines, où les débats sur les portes des toilettes des filles font rage. Je découvre des « *Bring them home* » en hommage aux otages détenus par le Hamas qui affrontent à grands coups de Tipp-Ex et de marqueurs des « *Free Palestine* », et des bonshommes en forme de croix gammées, qui leur font face. Une étudiante, que je nommerai Eva afin de préserver son anonymat, accepte que nous échangions quelques mots à l'abri des regards. Apeurée, elle m'explique ne pas vouloir être reconnaissable après ce qui est arrivé à l'une de ses amies. « C'était juste après le 7 octobre, il n'y avait pas encore eu de riposte israélienne, on était le lendemain, un dimanche. Mon amie juive avait juste posté dans sa story Instagram "*Stand with Israël*", sans penser au fait que beaucoup de gens de sa promo de première année la suivaient. Elle a reçu des tonnes de messages et d'appels ; tous hostiles, pleins de haine. "Ton gros pays qui n'existe pas", "On va bien discuter lundi toi et moi" », me raconte Eva, la voix tremblante, tout en me montrant les captures d'écran des messages reçus par son amie, encore une fois sur une boucle étudiante WhatsApp : « Elle soutient un état colonisateur », « Elle connaît pas l'histoire de son pays et elle ouvre sa gorge », « Pourquoi les juifs vous êtes sur le territoire ? » Les notifications s'enchaînent, mêlant moqueries, menaces, railleries sans que la jeune fille puisse vraiment répondre. Elle s'évertue à rappeler à plusieurs reprises qu'elle ne souhaite pas débattre, en vain. « Dire qu'en plus elle envoyait son cours sur le groupe pour ceux qui n'avaient pas pu venir en classe... Quelqu'un a même écrit "gros tahajjud[1] pour qu'elle loupe son année" ! On l'a menacée, on lui a dit qu'elle tirait sur des enfants et des estropiés... Le lundi, des élèves sont allés la trouver comme promis en plein amphi, lui hurlant dessus jusqu'à ce qu'elle quitte le cours, en larmes », poursuit Eva, tout en faisant défiler inlassablement les messages sur son téléphone.

La venue de Jean-Luc Mélenchon au sein de la faculté, dans le cadre de la promotion de son livre[2], est finalement annulée pour « risque de troubles à l'ordre public ». Sur la boucle WhatsApp étudiante, certains déplorent cette nouvelle, jusqu'à ce qu'Eva, outrée par ce qui était arrivé à sa camarade, finisse par réagir : « Bah à ton avis, pourquoi c'est annulé ? Allez lire les journaux. » « J'ai reçu des messages horribles alors que je ne m'étais même pas placée comme "sioniste", j'avais juste dit que je trouvais normal qu'un intervenant aussi polémique ne vienne pas dans ce contexte, ça a suffi à ce que l'on s'acharne contre moi... Mes parents m'ont conseillé de ne plus mettre de messages sur les boucles WhatsApp ou Snapchat. »

David[3], lui aussi étudiant mais en communication à Bordeaux, évolue au sein d'une petite promo de deux

1. *Tahajjud* est une « prière nocturne » musulmane. Un moment privilégié où l'on se lève pendant la nuit pour prier, mais aussi pour réfléchir et penser.

2. Jean-Luc Mélenchon, *Faites mieux ! Vers la Révolution citoyenne*, Robert Laffont, 2023.

3. Le jeune étudiant bordelais m'a demandé de garantir son anonymat, David est un pseudonyme.

cents jeunes. « Le 9 octobre 2023, Révolution permanente a sorti un drapeau palestinien », dit-il en me montrant une photo sur Snapchat. « Le CRIF a réagi donc ils ont été forcés d'enlever leur hommage, mais du coup ils sont passés pour des martyrs... »

Le jeune homme semble réellement désespéré. Il me raconte ses années de lycée, marquées par l'antisémitisme d'une extrême droite bordelaise où saluts nazis et croix gammées côtoyaient le racisme qui pèse sur des personnes comme lui, à l'héritage multiculturel. « J'esquive un peu l'antisémitisme avec ma tête, mais du coup je me prends du racisme. Quand ça s'est su que j'étais juif dans ma promo, des étudiants sont venus me rappeler qu'Israël tue des enfants, simplement à cause de ma religion... Ça m'énerve encore plus quand les profs se fichent de leur devoir de réserve et s'acharnent en cours à parler de "pays génocidaire" alors qu'on galère déjà tous à parler d'autre chose que du conflit. J'ai déjà réagi par le passé et ça n'a rien changé, je perds juste de l'énergie... »

Tout en prenant le soleil, David me montre son profil sur son application Uber, où il s'est renommé par sécurité « Salah ». « La France c'est pas un pays sûr pour les juifs, m'dame », conclut-il en finissant son chocolat chaud.

Ma tournée des universités, et surtout des rencontres avec des étudiants, continue. À Toulouse, je passe du temps avec des jeunes de confession juive, qui acceptent (non sans appréhension) de me confier ce qu'ils vivent depuis le 7 octobre. La Ville rose est marquée par l'une des pires tueries islamistes du XXIe siècle : celle du double attentat de mars 2012, qui endeuilla Toulouse et Montauban. Sept personnes y perdirent la vie, trois militaires, dont deux de confession musulmane et quatre civils, dont un rabbin et trois enfants juifs du collège-lycée Ozar-Hatorah.

Ce qui n'empêche pas la ville de Toulouse, dix ans plus tard, de voir fleurir un collectif à la radicalité si visible que sa dissolution s'est avérée inévitable : le Collectif Palestine vaincra[1]. Celui-ci fut en effet épinglé par Gérald Darmanin le 9 mars 2022, estimant que ses militants « provoquent ou contribuent par leurs agissements à la discrimination, à la haine ou à la violence envers une personne ou un groupe de personnes en raison de leur origine [...] ou de leur appartenance ou de leur non-appartenance, vraie ou supposée, à une ethnie, une nation, une prétendue race ou une religion déterminée [...] ».

Persuadés d'avoir gain de cause, le Collectif Palestine vaincra et ses affidés demandent immédiatement au Conseil d'État d'annuler cette dissolution. En 2025, celle-ci est finalement confirmée par la fameuse institution publique française énonçant que les nombreux messages et vidéos publiés sur les réseaux sociaux par le collectif « suscitent des commentaires particulièrement agressifs et haineux ayant pour cible – sous couvert de viser les "sionistes" – l'ensemble des citoyens israéliens de confession juive, voire sont parfois à connotation explicitement antisémite ».

Affaire classée ? Point du tout ! Lorsque l'on coupe une des tentacules de la pieuvre, elle repousse immédiatement : Palestine vaincra avait déjà pris ses précautions ; et d'autres collectifs, tel Toulouse Palestine, à l'initiative du slogan « Libérez la Palestine de la Garonne au Jourdain », reprennent le flambeau de la lutte, et revendiquent sur leurs réseaux sociaux et dans leurs manifestations « la

1. Revendiquant ses liens et son soutien à Samidoun, Palestine vaincra a organisé de nombreuses manifestations et événements antisionistes radicaux.

solidarité avec la Palestine » qui ne doit pas « se dissoudre, mais se propager ».

« Dès le 7 octobre, l'université Toulouse Jean-Jaurès, surnommée le Mirail est devenue atroce pour les étudiants juifs… Les slogans "sionistes hors de nos facs" sont partout, comme les encouragements à participer aux manifs, notamment devant l'Optical Center de Toulouse car l'enseigne serait liée à Israël », me racontent deux étudiants, membres de l'UEJF de Toulouse. Ce sont eux qui sont parvenus à enregistrer le professeur contractuel de la Toulouse School of Economics après que celui-ci a tenu des propos ahurissants lors de son cours du 3 septembre 2024. « Il avait évoqué un rapport erroné faisant état de 200 000 morts à Gaza et ça devant deux cents étudiants d'amphi ! » L'enseignant avait également parlé des jeux Olympiques en critiquant la participation d'athlètes israéliens « alors qu'on l'a interdite aux Russes ». « C'est une situation intenable, malheureusement cela n'a pas commencé le 7 octobre […]. C'est totalement malhonnête de dire que le responsable de ce qui se passe actuellement, c'est le Hamas. Je ne veux pas parler de ce qu'il s'est passé le 7 octobre, mais c'est indiscutable que rien ne justifie de massacrer une population civile comme c'est en train de se passer », avait affirmé l'enseignant, avant d'être mis à pied officiellement par le directeur de l'établissement, en accord avec la ministre de l'Enseignement supérieur et de la Recherche de l'époque, Sylvie Retailleau.

Mes deux jeunes interlocuteurs haussent les épaules et semblent avoir baissé les bras face à la recrudescence de cas. « Dans le bus pour aller en week-end d'intégration, un étudiant a proposé à ses camarades de deviner la vraie et la fausse information parmi ses deux propositions : la première c'était "J'ai révisé mes partiels" et l'autre "Je suis antisémite" »…

Une autre élève, en première année, avait trouvé des croix gammées et une inscription « sale juive crève » sur sa copie alors qu'elle revenait des toilettes. L'avenir est très compliqué, on ne compte plus les départs d'étudiants juifs qui font leur *alyah*[1] ou même qui vont étudier à Porto ou à Madrid. À Toulouse, il resterait à peine deux cents étudiants juifs, selon l'UEJF locale. Le projet c'est de partir pour fuir un environnement nocif.

En termes de nocivité, l'UEJF de Toulouse sait de quoi elle parle : lors de la convention nationale des quatre-vingts ans de l'association en novembre 2024, les camarades militants antisionistes ont collé des affiches et se sont mobilisés sur les campus et dans la ville au motif que l'union étudiante serait composée de « génocidaires et racistes », tout en arrachant leurs tracts et en les insultant lorsqu'ils les reconnaissaient dans la rue.

De son côté, Rima Hassan préfère l'expression « gauche coloniale ». C'est ainsi qu'elle qualifie bon nombre des figures de gauche, à commencer par Carole Delga[2], présidente de la région Occitanie. Sentencieuse, elle assure avec grandiloquence préférer « combattre un adversaire qui s'assume que marcher avec un traître qui se dissimule ». Carole Delga a rapidement sombré sous le poids de la horde déchaînée par ce tweet, vu plus de 800 000 fois et parfaitement calibré, à l'heure où les manifs étudiantes propalestiniennes divisaient l'opinion publique, particulièrement à Toulouse. En réalité, cette

1. Pour les juifs, il s'agit de l'acte d'immigration en Israël.

2. Le 8 mai 2024, Rima Hassan a diffusé sur X un montage de Carole Delga à un meeting de Raphaël Glucksmann à Toulouse où l'on pouvait entendre une ancienne citation de la socialiste, devenue virale dans ce contexte hautement inflammable : « Oui, il faut interdire les manifs propalestiniennes en France. »

citation n'était rien d'autre qu'une *fake news* extraite d'une prise de parole de Carole Delga au micro de Sud Radio le 12 octobre 2023, quelques jours après le pogrom, et sortie du contexte dans lequel elle avait été prononcée. La membre du Parti socialiste ne faisait rien d'autre que de s'alarmer à l'époque des risques d'oppositions violentes entre musulmans et juifs dans une France qui ne demandait qu'à s'embraser.

À l'instar de Raphaël Glucksmann, déjà la cible de LFI, la défense pourtant argumentée de Carole Delga ne reçoit pour seule réponse qu'une déclaration d'Antoine Léaument, dont chacun appréciera la bonne foi. Ce dernier l'accusant d'avoir fait « perdre des candidats NUPES » aux législatives de 2022 et « élire des candidats RN ». Léaument, toute honte bue, lui a même intimé l'ordre de ne pas « donner des leçons à la gauche ». Pourtant la région Occitanie a fait un don de 100 000 euros aux actions humanitaires en Palestine, et Carole Delga répète à l'envi son souhait d'un cessez-le-feu à Gaza, tout comme la libération des otages ; y a-t-il un lien avec l'ire de Rima Hassan ? A contrario, toujours à Toulouse, et malgré les nombreuses alertes et interpellations de citoyens, François Piquemal, qui appartient à La France insoumise, n'a pas hésité à défiler à plusieurs reprises aux côtés du Collectif Palestine vaincra.

Léo Bilfeld, ancien président de l'UEJF Toulouse, avait décidé bien avant le 7 octobre, et a fortiori après, de dédier tout son temps libre de jeune étudiant de vingt ans à lutter contre l'antisémitisme dans la Ville rose. Il n'hésite pas à louer la réactivité et l'intransigeance de certains doyens face à des actes antisémites, comme celui visant la copie d'une jeune étudiante au sein de la faculté de médecine. « La doyenne avait proposé un rendez-vous téléphonique, puis un suivi psychologique pour l'étudiante qui avait retrouvé un message antisémite griffonné sur sa copie de partiel. Après avoir constaté qu'aucune caméra n'était présente dans l'amphi, la doyenne a fait une grosse campagne de communication avec la lecture d'un texte par les profs en début de cours, en parallèle d'un mail diffusant un message clair contre l'antisémitisme. Ça n'a pas empêché l'étudiante d'arrêter l'université… », se souvient Léo. Celui qui pensait que la tâche de président de l'UEJF consiste à organiser des événements et à profiter de la vie associative ne s'attendait pas à ce que le 7 octobre le transforme en avocat, voire en tribun, au courage infatigable : « J'ai constaté en tentant de rencontrer chaque doyen que beaucoup avaient mis en place de nombreuses procédures et communications contre le racisme, mais rien contre l'antisémitisme. J'ai essayé chaque fois de leur rappeler que Toulouse n'était pas n'importe quelle ville et qu'ici avait coulé le sang d'enfants juifs, mais dans le cas de l'université du Mirail, cela a été peine perdue. »

Deux jours après le 7 octobre, des tags « Soutien à la résistance » inondent les murs. L'étudiant écrit à la doyenne et l'alerte sur le concept d'apologie du terrorisme. Ses messages restent lettre morte. Dès le 20 octobre, une première manifestation se tient sur le campus du Mirail, où l'on peut reconnaître le terroriste Salah Hamouri, mais également le Collectif Palestine vaincra, organisateurs de l'événement aux visuels nombreux et très antisionistes. Léo questionne : « Comment un collectif extérieur, problématique, qui a déjà fait l'objet d'une procédure de dissolution peut venir sur le campus alors que ce ne sont pas des étudiants ? Très vite, le collectif s'installe et vient toutes les deux semaines avec des stands, des tables et des drapeaux au milieu de l'université, sans que la présidente ne réagisse ! »

Celui-ci m'apprend qu'il resterait seulement deux ou trois étudiants juifs au Mirail : ceux qui avaient les moyens se sont inscrits à l'Institut catholique et les autres ont changé de filières. Désormais, en France, la judéité définirait donc l'orientation professionnelle ?

Malgré un courrier cinglant envoyé par le maire de Toulouse à la présidente de l'université, auquel j'ai eu accès, et l'engagement du recteur, rien ne semble bouger. Les collectifs d'ultragauche sont très virulents, particulièrement l'organisation Le Poing levé et leur idéologie prospère, faute de frein. Léo me transmet des informations cruciales pour la compréhension de mon sujet : « Je réalise un rapport de quinze pages, composé de nombreuses preuves qui attestent que l'ultragauche étudiante fait entrer les collectifs Palestine vaincra et Samidoun qui affichent d'ailleurs la même charte. Quand je recoupe les noms de certains membres de Palestine vaincra, ils "matchent" avec ceux des étudiants du Poing levé. La porosité entre les groupes est latente. Ils avancent tous ensemble, sans être forcément nombreux mais en capitalisant. »

D'octobre à décembre 2023, Léo a régulièrement le recteur au téléphone, sans parvenir à rencontrer la présidente de l'université, fermée au dialogue[1]. Dans un article

---

1. De son côté, Emmanuelle Garnier, présidente de l'université de Toulouse, estime que dans un premier temps, compte tenu de la tonalité des demandes de rencontre du représentant local de l'UEJF et des accusations proférées par voie de presse à l'endroit de l'établissement, il lui a semblé préférable de surseoir aux échanges. Elle a toutefois été à l'initiative de contacts avec le président national de l'UEJF, et ce dès le 12 octobre, pour témoigner de son soutien et de celui de la communauté de l'université Toulouse II-Jean-Jaurès. Une rencontre avec le président national de l'UEJF a ensuite eu lieu le 18 janvier 2024.

de Sébastien Girardel dans *La Dépêche*[1] du 11 décembre 2023, la présidente, interrogée, ne pense pas que la profusion d'affiches et de manifestations hostiles à Israël au sein du campus puisse générer une confusion chez certains étudiants entre antisionisme et antisémitisme. « Ce risque n'est pas plus présent à l'université que dans le reste de la société », estimait même Emmanuelle Garnier, présidente de l'université Toulouse Jean-Jaurès. Le 29 novembre 2023, des étudiants se revendiquant du Comité de soutien à la Palestine 31 et du Poing levé ont tagué en lettres rouge sang les murs de l'université. Dans les stories que j'ai consultées, réalisées par captures d'écran, on peut voir des mains rouges apposées sur les vitres, mais aussi des messages d'insultes « Fuck sionisme » et une inscription « Qui sont les terroristes ? ». Trois mois plus tard, le 8 février, Urgence Palestine et le Comité de soutien à la Palestine 31 ont invité Ramy Shaath, qu'on ne présente plus, comme « une véritable star dans un amphithéâtre du Mirail avec des étudiants du Poing levé » – termes employés par certains étudiants[2]. Les affiches de sa venue faisaient mention « d'un ancien prisonnier politique palestinien » et les nombreuses photos de la soirée le montrent paradant dans l'amphithéâtre et exhibant

---

1. « Comment le conflit entre Israël et le Hamas pollue le quotidien des étudiants juifs de la fac du Mirail à Toulouse », *La Dépêche*, 11 décembre 2023.

2. Emmanuelle Garnier expliquera : « La présence de M. Ramy Shaath n'a jamais été constatée par la présidence ou la direction de l'université. En tout état de cause, aucune invitation ou autorisation d'occupation d'espaces d'aucune sorte n'a été accordée par la présidence ou la direction de l'établissement à M. Ramy Shaath. Après vérification par les services de l'établissement, il est constaté que le nom de M. Ramy Shaath n'apparaît pas non plus comme invité sur les formulaires de demande d'occupation. »

une affiche de George Ibrahim Abdallah, militant communiste libanais condamné pour terrorisme.

Le 19 mars 2024, la présidente de l'université accepte finalement un rendez-vous, le jour de la commémoration des attentats. Léo vient, accompagné d'un étudiant de l'UEJF et du vice-président du CRIF afin de remettre son rapport à la présidente. « Son directeur de cabinet m'a demandé de faire la nuance entre l'antisémitisme et l'antisionisme et m'a expliqué que le Collectif Palestine vaincra n'était pas encore dissous par le Conseil d'État donc que leur présence était autorisée. J'ai tenté de lui rappeler que l'antisionisme n'était que le faux nez de l'antisémitisme, et qu'il y a douze ans, jour pour jour, le terroriste Mohamed Merah avait justifié son crime au nom de la vengeance des enfants palestiniens. Mais celui-ci ne semble pas comprendre la gravité de la situation, m'accusant d'outrance et de nuire à l'image de son université par mes prises de paroles qu'il juge intempestives. »

Après des mois de silence, la frustration est terrible pour Léo à qui la présidente de l'université reproche de faire « du mal à sa cause ». « Quand ces mots furent prononcés, je l'ai interrompue, et je l'ai sommée de retirer ses propos, lui affirmant que son inaction dans la lutte contre l'antisémitisme lui ôtait toute légitimité à me dire comment, moi, représentant des étudiants juifs toulousains, je devrais mener ce combat. » Et lorsque l'étudiant insiste, lui demande de ne pas interdire les manifestations, mais uniquement la présence des collectifs radicaux Palestine vaincra et Samidoun, la doyenne de l'université objecte que cela est trop compliqué, et que si elle réagissait, elle donnerait l'impression de lui obéir… « On lui a assuré qu'on ne communiquerait pas, que la priorité était une action concrète et urgente, mais elle a continué à dire que c'était trop complexe, avant de me demander si l'UEJF était une association cultuelle ! » Quand Léo rétorque que lui et ses amis luttent contre l'antisémitisme et que si elle souhaitait s'engager dans cette bataille, ce qu'il considérait comme son devoir, ils seraient à ses côtés pour faire front, il n'obtient pour toute réponse qu'une fin de non-recevoir. De son côté, Emmanuelle Garnier, dont je respecte le contradictoire, estime que les propos de Léo Bilfeld sont sortis de leur contexte. « Considérant que la cause commune qui doit être défendue est celle d'un apaisement des tensions et d'une sérénité sur le campus pour tous les étudiants, j'ai souhaité attirer l'attention du représentant de l'UEJF sur le fait que les propos tenus publiquement à l'encontre de l'université introduisaient un biais de représentation dans la mesure où ils faisaient fi de la position institutionnelle prise par l'université, à travers des messages que j'avais adressés à toute la communauté universitaire. » Elle me fait suivre plusieurs messages envoyés dès le 12 octobre à la communauté universitaire, alertant sur une vigilance renforcée depuis le 7 octobre, et soulignant que le fait d'apporter son soutien et de témoigner sa solidarité aux civils israéliens et palestiniens ne serait « pas coupable ». « En revanche, il faut rappeler avec fermeté que nul·le n'est en droit de se livrer à des propos relevant de l'apologie du terrorisme, de l'antisémitisme, du racisme ou encore de l'incitation à la haine. » Selon Emmanuelle Garnier, sa position « claire et ferme » vient réfuter les accusations « mal fondées », « mal dirigées » et de nature à nourrir « indûment les inquiétudes des étudiants » qui lui ont été faites. Des signalements ont été adressés au procureur d'après la présidente de l'université chaque fois que cela lui semblait nécessaire. Elle me confirme par ailleurs que le dispositif chargé de recueillir au sein de l'établissement toutes les formes de violence n'a fait mention d'aucun signalement à caractère antisémite depuis le 1er janvier 2024.

Quelques mois plus tard, Léo constate que la situation est de plus en plus invivable – symptôme d'un système universitaire rongé par l'autonomie, où chaque établissement devient une forteresse souveraine, sourde aux alertes et aveugle aux injustices. En revanche, il affirme que, comme tous les autres étudiants juifs toulousains, il continuera de lutter contre l'antisémitisme y compris au Mirail – porté qu'il est par une résilience communautaire propre à Toulouse, car nourrie par le traumatisme qu'elle a dû traverser.

Poursuivons notre tour de France... À l'université Paris-Dauphine, le 7 octobre, des étudiants ont piraté les photos de profils d'élèves juifs sur l'ENT de la faculté afin de remplacer leurs visages par des drapeaux palestiniens. Il faudra quelques mois pour que l'auteur des faits soit identifié par les services de police : il étudiait en master d'informatique dans cette faculté et sera exclu en attendant que la commission disciplinaire se réunisse. Son procès aura lieu à l'été 2025. Quant à l'UEJF et aux victimes, ils se sont constitués parties civiles. Malgré cet épisode, les étudiants réclament comme toujours le boycott des partenariats avec les universités israéliennes ! L'une d'entre eux, membre de l'UNEF[1], finira d'ailleurs par être exclue du conseil d'administration pour ses nombreux tweets sur le Hamas, et sur les « feujs de Dauphine » dont elle assure « en avoir marre ». Celle-ci avait d'ailleurs estimé, lors d'un conseil, qu'il y avait au sein de l'université un « deux poids deux mesures » entre la lutte contre

1. J'ai contacté par mail l'UNEF afin d'avoir son point de vue sur cette étudiante. Aucun représentant ne m'a jamais répondu.

le racisme et l'antisémitisme, ajoutant d'ailleurs que « si on avait été des juifs on aurait peut-être été reçus plus tôt ». Sans commentaire…

À Paris, face à l'ampleur des actions, je choisis de m'intéresser plus particulièrement à Paris I-Panthéon-Sorbonne. Je tiens à préciser que les deux étudiantes dont je retiens ici les témoignages ne se connaissent pas. Leurs versions des faits et les dizaines de captures d'écran qu'elles m'envoient me laissent pantoise face à ce qui se passe notamment sur le campus surnommé « Tolbiac », le centre universitaire Pierre-Mendès-France. Durant de nombreuses semaines, les cours ont été bloqués par des étudiants militants, dans le but d'obtenir l'arrêt des partenariats avec les universités israéliennes. Le problème spécifique à Tolbiac, c'est son agencement en hauteur… Dans cet ensemble de tours de vingt-deux étages, de 70 mètres de hauteur, construit en 1973 par les architectes Michel Andrault et Pierre Parat, la circulation est assurée par des ascenseurs situés « dans le noyau » : qui immobilise les ascenseurs paralyse tout le bâtiment ! « Les militants bloquaient l'accès aux ascenseurs, une cinquantaine de militants en rangs serrés et qui n'hésitaient pas à utiliser des tables et des chaises devant les entrées pour nous interdire l'accès aux étages… La sécurité, qui de toute façon n'est pas assez nombreuse, était complètement dépassée, et les agents ne pouvaient absolument rien faire », décrit Lison, dont je modifie le prénom, tout comme celui de sa camarade, Célia, qui me confirme pour l'anecdote qu'il était possible de prendre parfois l'ascenseur en contrepartie de l'acquisition de « brownies achetés en grande surface », euros qui seraient reversés évidemment à la Palestine ! Une forme de capitalisme sauvage, en quelque sorte…

Lors d'un cours magistral qui s'est déroulé le 7 octobre 2024, Célia dit avoir atteint un point de bascule. Tout commence par une question posée par un élève à l'enseignant : « Est-ce qu'on peut parler de Gaza aujourd'hui, monsieur ? » Immédiatement, le cœur de Célia se serre et l'angoisse monte. « Sur les trois heures de cours, le prof en a utilisé la moitié pour évoquer le conflit. À aucun moment, il n'a parlé du 7 octobre 2023 en tant que tel ni évoqué les victimes assassinées dans les circonstances atroces que tous connaissaient. J'avais les larmes aux yeux. L'assemblée était terriblement agressive. Il ne faut pas oublier qu'on est dans une fac militante où les blocus avaient déjà commencé. » Après avoir repris son souffle, Célia poursuit son récit : « Je comprends mieux maintenant pourquoi il nous a dit de ne pas enregistrer… Ça m'a bouleversée. À aucun moment il n'a parlé de la politique du gouvernement de Netanyahou, il ne faisait que dire “Israël” ! On était dans un amphi de deux cent cinquante personnes, avec des étudiants chauffés à blanc et sans qu'aucun message de paix soit délivré. » Fait cocasse : les étudiants parviennent malgré tout à reprocher à l'enseignant son absence lors des manifestations propalestiniennes ! Selon ces derniers, il ne se « mouillerait pas assez », alors qu'eux, courageux élèves, ils endurent au quotidien les « répercussions » du conflit !

La réponse du professeur qui tente de se dédouaner est lunaire, expliquant que si la plupart de ses collègues et lui-même n'allaient pas manifester, c'est parce qu'ils avaient « beaucoup d'amis juifs qui vivent en France ». Entourée de « macs » criblés de stickers “Palestine vaincra” et coiffés de keffiehs colorés », l'étudiante n'ose pas intervenir lorsque le professeur propose malgré tout à l'assemblée de prendre la parole : « J'avais peur de finir la tête dans la cuvette », me glisse Célia en buvant son café brûlant.

La jeune fille, petite, menue, aux longs cheveux bruns, m'apparaît soudainement puissante lorsqu'elle redresse la tête et me regarde, une étincelle dans les yeux : « On leur demande pas grand-chose, juste de faire leur rôle de prof ! Il y en a un par exemple qui a fait un hommage aux victimes du 7 octobre, tout en parlant des civils à Gaza, il a expliqué les choses factuellement, de manière pédagogique, et tenu bon avec un message de paix malgré la pression du Comité Palestine ! »

Mathys Dupuis, élu étudiant à la Sorbonne, ne semble pas surpris lorsqu'il découvre ces témoignages. Depuis le 7 octobre, lui et ses camarades ont fait remonter à l'administration plusieurs centaines de messages à caractère antisémite ou faisant l'apologie du terrorisme, publiés sur les groupes de communication de l'université et destinés aux étudiants. Si la direction les a assurés de sa vigilance dans le suivi des signalements, rien ne semble fait. « Des étudiants ont proposé de faire des listes de juifs et de non-juifs. L'un d'eux a même obtenu son diplôme et a été accepté dans un master prisé et sélectif alors que l'un de ses messages où il affirmait soutenir le Hamas avait été signalé. Il n'y a jamais eu de sanction pour aucun d'entre eux », m'assure Mathys Dupuis. Lui-même, pourtant non juif, a été agressé sur le campus de Clignancourt par un de ses camarades lors des blocus étudiants pour la Palestine. Dans la plainte que j'ai consultée, il est spécifié que Mathys, étudiant en situation de handicap, s'est vu alpaguer et arracher son téléphone puis traiter de « sale sioniste » et de « connard » : « J'ai essayé de me débattre surtout que je marche avec une canne car je suis malvoyant, il m'a dit : "Tu n'as pas aimé ? C'est ce que subissent les Palestiniens quand ils tombent entre les mains des sionistes." On est nombreux à subir du cyberharcèlement, à être accusés d'être sionistes, et on ne bénéficie d'aucune protection. Beaucoup d'étudiants que je connais ne veulent plus aller à la fac, certains ne se sont pas réinscrits. » Daphné Hubelé est étudiante à Paris-I et présidente de l'UEJF à Panthéon-Sorbonne. Effarée par les témoignages d'antisémitisme qu'elle pouvait recueillir de la part de ses camarades depuis le 7 octobre, elle a entrepris de réaliser un sondage en ligne dédié aux étudiants juifs des campus de la Sorbonne. Quarante-deux étudiants juifs ont répondu, et les chiffres sont alarmants. Parmi eux, 31 % ont été victimes d'antisémitisme depuis le 7 octobre. « Un des témoignages m'a particulièrement choquée, c'était celui d'une personne qui mangeait un pain azyme que l'on mange pendant Pessah et qui est assez reconnaissable. Un autre étudiant est venu la voir et lui a dit qu'elle mangeait du pain israélien… Elle a eu beau lui dire que non, qu'il s'agissait d'un pain juif, il s'est tellement énervé qu'il a voulu la frapper, heureusement une prof s'est interposée ! » D'autres témoignages de remarques antisémites sont livrés par les étudiants : on fait ainsi remarquer à une élève dans un couloir qu'elle a « la tête d'une feuj, le nez d'une feuj, les ongles d'une feuj » ou encore affluent les sempiternelles « sionistes, fascistes » et croix gammées. Plus de la moitié (57,1 %) des étudiants juifs de Paris confessent que leur entourage a changé depuis le 7 octobre… Un chiffre similaire à celui des élèves qui ont arrêté d'aller en présentiel à certains cours, car les étudiants ne se sentent plus à l'aise. Sondage à l'appui, Daphné précise que « 85 % des étudiants trouvent que l'administration ne fait rien pour nous, et 60 % préfèrent cacher leur judéité pour leur bien ! Lorsque nous avons tracté lors des élections étudiantes pour notre collectif UEPR[1], deux étudiants juifs de l'UEJF ont été reconnus le 26 mars 2025. Les autres étudiants les ont encerclés, leur ont craché dessus et ont déchiré leurs tracts en criant "Vive la lutte armée du peuple palestinien !" Quand on a fait un signalement à l'administration, elle a estimé qu'il s'agissait de "liberté d'expression" et n'a pas ouvert d'enquête, car il n'y avait aucun membre de la sécurité présent pour confirmer », déplore Daphné. Celle-ci n'est guère étonnée quand je lui rapporte le récit d'une étudiante sur les propos de son professeur : « J'ai beaucoup de témoignages d'étudiants qui me racontent que leurs enseignants emploient le terme "génocide" et reprennent sans problème les chiffres du Hamas. » C'est d'ailleurs à Paris-I, sur le campus de Tolbiac, que la Sorbonne a connu un « Sciences Po bis ». En 2025, un étudiant (qui tient à son anonymat, mais dont le témoignage m'a été transmis par Daphné) a été exclu d'une des assemblées générales après avoir simplement voté contre les coupes budgétaires. Il a été reconnu immédiatement par les autres et identifié comme « juif » avant d'être expulsé manu militari de l'assemblée étudiante aux cris de « sale sioniste ».

Si j'ai été forcément émue par tous ces récits recueillis dans des lieux où se poursuivent des études supérieures, je savais que je serais bien plus touchée en échangeant avec des collégiens et des lycéens, voire de plus jeunes enfants. J'avais repoussé ce moment durant plusieurs mois, car l'ancienne surveillante ou pionne que j'ai été

1. Union des étudiants pour le progrès et la République, nouveau collectif qui réunit plusieurs associations et qui a remporté 600 voix et donc deux sièges au conseil d'administration, bravo !

il y a plusieurs années appréhendait de découvrir à quel point ces jeunes qui furent mes élèves avaient pu changer.

L'été 2024 s'est ouvert et s'est clos sur des actes antisémites. Le 15 juin, une enfant juive de douze ans a été enlevée et violée à Courbevoie par ses camarades. Le 24 août, la synagogue de La Grande-Motte a échappé miraculeusement à une tentative d'attentat. La veille, en Allemagne à Solingen, l'État islamique revendiquait une attaque au couteau qui a fait trois morts et plusieurs blessés. Chacun de ces actes barbares poursuivait les mêmes buts : l'importation du conflit israélo-palestinien et une volonté des assaillants de « venger les Gazaouis ».

Au Royaume-Uni, les émeutes ont déchiré une partie du pays, plaçant les juifs dans une tenaille identitaire entre l'extrême droite antisémite et l'ultragauche qui l'est tout autant. Sur les réseaux sociaux, l'un des fondateurs du mouvement aujourd'hui dissous, English Defence League, Tommy Robinson, suivi par 100 000 personnes, et le compte d'ultradroite britannique @activepatriot sont à l'origine des émeutes racistes qui ont entraîné le chaos à la suite d'une intox sur le profil de l'assassin de deux fillettes dans la ville de Southport en Angleterre, information fallacieuse qu'ils ont tous deux relayée. Ces secousses, qui ont entraîné des affrontements entre les milieux antifascistes (la London Anti-Fascist Assembly) et ceux d'ultradroite, ont résonné jusqu'en France par l'intermédiaire du collectif violent de la Jeune Garde et de son leader Raphaël Arnault, fraîchement élu député LFI et qui a malgré tout choisi de rejoindre la mêlée outre-Manche. L'ultragauche anglaise, soutenue par l'association Palestine Solidarity Campaign, très puissante sur Instagram et ouvertement pro-Hamas, a alors affronté dans la rue les militants d'ultradroite, tout aussi marqués par l'antisémitisme, plaçant la communauté juive britannique dans un véritable étau.

Pour *Franc-Tireur*, il m'était impossible d'esquiver[1], j'ai enquêté sur la manière dont l'antisémitisme infuse la société française par le biais le plus dangereux : celui de la jeunesse. J'avais, peu après le 7 octobre, fait la connaissance d'Inès[2]. C'est Maxime Loth, accompagné de Marika Bret, présidente du Printemps républicain, qui avait souhaité me présenter cette adolescente traumatisée par les attentats perpétrés par le Hamas.

« C'est après le 7 octobre que tout est parti en vrille, j'ai découvert des tags antisémites sur ma table, en classe, ainsi qu'une croix gammée. J'ai été supprimée des conversations de groupe de classe, on me traitait de "sale juive" et ça a pris de grosses proportions, j'étais terrorisée », me raconte du haut de ses dix-sept ans cette lycéenne en région parisienne victime d'un harcèlement antisémite d'une telle ampleur qu'elle a été contrainte de changer en urgence d'établissement en cours d'année scolaire.

En septembre 2023, Inès n'a que seize ans quand elle commence l'année de terminale dans son lycée de région parisienne, non loin de chez elle. Si la rentrée se passe sans encombre, le 14 septembre, après avoir posté sur son compte TikTok une vidéo abordant l'antisémitisme en France, la lycéenne découvre alors dans les commentaires de sa publication des messages antisémites. « Ça gaze pas trop on dirait », « J'arrive comme Adolf dans les années 30 », « tous les jours RAF [rien à foutre] de la Shoah », ainsi que des smileys drapeau palestinien et

1. « 7 octobre : la peur doit changer de camp », *Franc-Tireur*, n° 151, 2 octobre 2024.

2. J'ai modifié son prénom afin de préserver, à la demande de ses parents, son anonymat, car elle est mineure.

même une croix gammée. Je consulte le gros dossier de l'adolescente, fourni par ses parents, et constitué de captures d'écran nombreuses, toutes plus abjectes les unes que les autres. Parmi ses détracteurs, un élève de sa classe décide de continuer le harcèlement en plein cours, insultant la religion d'Inès, sans que les professeurs semblent réagir. « Les profs ne voyaient pas, mais ça prenait de grosses proportions, il me menaçait de m'agresser, j'étais devenue son obsession », me détaille de sa petite voix devenue grave Inès, encore abasourdie par la situation.

Le 3 octobre, elle porte plainte au commissariat de sa ville pour harcèlement sur les réseaux sociaux et dans son établissement. « Je le dis et le redis haut et fort, je baise Israël, on pisse sur Israël », peut-on lire parmi les commentaires recensés dans la plainte que je découvre, au milieu d'une montagne de preuves. Sa mère, pourtant inquiète dès le départ, avait tenté de la rassurer, avant de constater un « point de non-retour » lors du 7 octobre 2023 : « Après le 7 c'était fini. Très rapidement et face aux menaces de mort et insultes que recevait ma fille, on a dû mettre en place une organisation afin qu'elle soit amenée au lycée et raccompagnée le soir. Elle ne pouvait plus rester dans la cour de récréation en même temps que les autres pour sa protection », me raconte cette maman, profondément marquée, avec laquelle j'échange longuement.

Face au harcèlement que subit la lycéenne, le proviseur, dont la famille d'Inès me loue l'exemplarité, exclut définitivement l'élève fautif, lors d'un conseil de discipline, peu après les événements du 7 octobre. Interrogé par les membres du conseil de discipline, l'élève reconnaît l'entièreté des faits et des accusations. Mais le soulagement est de courte durée. Cette exclusion, pourtant approuvée unanimement par le conseil et les délégués des parents d'élèves, vaut à Inès un harcèlement massif de la part des autres lycéens, qui voient en l'élève exclu une «victime» défendant simplement la cause palestinienne. «Le 12 octobre, il y avait les élections du CVL [conseil de vie lycéenne], avec des élèves de tous les niveaux. J'ai voulu me présenter, mais, sur les bulletins où on pouvait lire mon nom, il y avait une croix gammée dessinée avec les messages "*Free Palestine*" accompagnés du nom de l'élève exclu.» Le proviseur, peu après l'exclusion de l'élève, a la mauvaise surprise de voir des tags recouvrir les murs de son domicile. Leur message est on ne peut plus clair. «Nique» suivi du nom de famille du proviseur, accompagné de la mention «*Free Palestine*». «La hiérarchie du proviseur a été immédiatement prévenue ainsi que l'inspection académique», m'explique la mère d'Inès, effarée face à son incapacité d'endiguer l'horreur que vivait sa fille.

Les vacances de la Toussaint tant attendues n'apaisent pas la situation : l'adolescente ne parvient plus à dormir seule, elle est exclue des groupes Snapchat de sa classe, traitée de «balance» et s'enfonce peu à peu dans l'angoisse. Dans le compte rendu médical que me remet la maman d'Inès, le médecin qui a ausculté l'adolescente pose même le diagnostic d'un syndrome anxieux généralisé. À la suite d'une énième crise d'angoisse due à des messages haineux, les parents d'Inès et le proviseur décident conjointement de la changer d'établissement pour la rentrée. «À la rentrée, sur les réseaux sociaux, mes anciens camarades cherchaient à tout prix à savoir où j'étais. Des élèves de mon établissement actuel ont pris une vidéo de moi pour faire fuiter l'adresse de mon nouveau lycée! Pour eux, j'étais la balance qui avait fait virer un élève soutenant la Palestine. Mes camarades m'ont directement demandé ma religion, j'avais peur de la dire, et ils m'ont dit : "Tu es juive pour pas le dire ? T'as intérêt à courir vite, il y a un Allemand dans la classe." »

Le 23 novembre 2024, après que l'élève à l'origine de son harcèlement est venu l'attendre devant son ancien établissement et a tenté de retrouver sa trace, la mère d'Inès décide de porter plainte, inquiète face aux réactions des nouveaux camarades de classe de sa fille, qui commençaient pour certains à la harceler de nouveau. Je suis restée en contact avec Inès et sa maman qui attendent à l'heure où j'écris ces lignes le délibéré de l'audience. Une peine de quatre mois de prison avec sursis, une procédure d'éloignement, le remboursement des frais d'avocat et un stage de citoyenneté sont requis contre son harceleur.

Enfants de collègues, messages spontanés d'ados sur Instagram, les témoignages de mineurs affluent rapidement sur ma messagerie qui déborde de récits terribles que je découvre chaque matin. « Normalement tout va bien dans mon lycée, mais juste après le 7 octobre, il s'est passé plein de choses », relate par exemple Aaron, dix-sept ans, scolarisé dans un lycée privé en région parisienne. L'adolescent se souvient que juste après le pogrom, un de ses camarades a dessiné une croix gammée au Tipp-Ex sur sa tablette scolaire. Il n'écopera que d'une simple heure de colle. « J'ai très vite reçu des messages d'autres élèves qui me prenaient pour Israël. Je suis même pas israélien moi, juste juif. Et ils ne venaient jamais me le dire en face au lycée, c'était toujours sur les réseaux », soupire l'adolescent qui ajoute ne même pas leur en vouloir. « Ils sont mal informés, c'est tout. » Yonathan Arfi, président du CRIF, me rapporte lui aussi le témoignage d'une écolière, victime d'insultes antisémites en classe de CE1 !

Les croix gammées dessinées, Noa, dix-sept ans et scolarisée en région parisienne, les a elles aussi connues.

Si elle est persuadée que son camarade n'a voulu faire qu'une mauvaise blague, la lycéenne reste stupéfaite par les attitudes antisémites que sa punition a engendrées. « Il a reçu une demi-journée d'exclusion, et les réactions des autres élèves ont été ahurissantes ! Comme ce sont les deux élèves juifs qui se sont plaints, ils ont été accusés d'être des balances, et ça a été la porte ouverte à tout un tas de récriminations, à commencer par celle que nous profitions de ce que l'antisémitisme était au programme de cette année de terminale pour ne cesser d'en parler ! » se désole la lycéenne.

Observatrice, Noa a rapidement compris qu'évoquer la Palestine permettait à certains de ses camarades, soudainement très engagés, de revendiquer un antisémitisme décomplexé. Deux semaines après le 7 octobre, un de ses camarades écrit sans se cacher sur sa tablette personnelle qu'il soutient le Hamas. Les autres élèves prennent sa défense et empêchent Noa de le dénoncer. « J'avais peur qu'on me colle l'étiquette de la juive en insistant sur la gravité de ce qu'il avait écrit… Et comme il y a eu beaucoup de faits isolés, mes amis disaient que j'étais parano. Mais entre un élève qui arrache les affiches des otages et d'autres qui se sont plaints que le concours de l'Eurovision avait exclu la Russie mais laissé Israël, ça a commencé à faire trop. J'avais peur qu'au programme d'HGGSP[1] on aborde Israël en cours et que ça dégénère. »

Âgée de onze ans, une enfant, accompagnée de ses parents, me raconte les changements effectués dans son école publique après le 7 octobre. À travers des jeux lambda qui se tiennent dans la cour de récré, la fillette s'est retrouvée être la cible de certains élèves. « Deux de

1. Histoire-géographie, géopolitique et sciences politiques : spécialité du baccalauréat général.

ses camarades ont proposé de faire des clans qui s'affrontent. Le clan Gaza, surnommé "Hamas" et le clan Israël, accompagné du narratif de "tueurs" : ma fille s'est retrouvée seule dans le clan Israël ! Sa meilleure amie, franco-malienne, s'est vu reprocher son amitié avec ma fille sous prétexte que cela l'empêchait d'être une "bonne musulmane" », déplore le père de Lou, qui souligne malgré tout le soutien du corps professoral. Quoi qu'on en pense, à l'instar des écoles publiques, les écoles juives ne sont pas non plus des remparts face à l'antisémitisme en expansion. David[1], parti avec son école en classe verte pour sa fin d'année de CM2 et dont la thématique est la Seconde Guerre mondiale, en lien avec le programme scolaire, va malheureusement le découvrir. « Durant ces quatre jours, ils partageaient les infrastructures avec les élèves d'une école publique d'une autre région. Lors d'un temps de jeu, les garçons des deux écoles décident de faire un foot tous ensemble, les nôtres avec leurs kippas sur la tête dont l'une tombe durant le match… », me précise par téléphone la maman de David qui se trouve à ses côtés. Immédiatement, l'un des enfants de l'école publique s'est emparé de la kippa pour la piétiner, avant de lancer : « Même pas en rêve on joue avec toi, tu es un sale juif. » « Mon fils m'a raconté ça avec beaucoup de recul, d'ailleurs ses camarades ont réagi en traitant le garçon de raciste. Il leur a répondu : "Vivement qu'Hitler revienne et vous extermine tous" ! Heureusement, les maîtresses des deux écoles ont pris tout ça très au sérieux. » En effet, après avoir puni les élèves incriminés, une procédure a été lancée début juillet 2024 par les deux établissements, le déroulé de l'incident ayant été transmis au rectorat. Car, lorsqu'elles sont

1. Prénom modifié à la demande de ses parents.

prévenues correctement, les instances de l'Éducation nationale peuvent être réactives et efficaces. Ce n'est pas toujours le cas lorsqu'il s'agit de certains enseignants… Elie, dix-sept ans, a été confronté durant l'année au militantisme de l'un de ses professeurs d'histoire, chargé de remplacer le professeur titulaire. « Notre prof était très cool, militant anarchiste, mais il a tenu des propos très graves, comparant Emmanuel Macron à Adolf Hitler et légitimant le Hamas. » Heureusement pour Elie, sa classe a décidé unanimement de consigner les propos de l'enseignant et de les transmettre au professeur principal. « Il a reconnu qu'il n'aurait pas dû étaler ses opinions politiques, mais puisqu'on était en terminale, on saurait faire la part des choses… Le prof n'a pas été sanctionné, mais on a surtout peur qu'il mette des idées dans la tête d'élèves plus jeunes puisqu'il effectue des remplacements dans différents établissements », me confie avec appréhension l'adolescent.

Certains lycéens comme Liam, dix-sept ans, ont décidé de rendre à nouveau active l'Union des lycéens juifs de France (ULJF), mobilisée dans les années 2000 durant la seconde intifada. « Il y a eu des blocus de nos lycées qui se revendiquaient propalestiniens, mais s'avéraient surtout être anti-israéliens. On a dû faire face à un retour des croix gammées et on voyait beaucoup de *fake news* se diffuser dans les boucles WhatsApp. Certains nous demandaient sans cesse de prendre parti sur le conflit, comme si on pouvait le régler », rapporte Liam.

Déterminé à agir, le lycéen s'est alors armé de patience et a opté pour le dialogue sans relâche. « J'ai réussi à convaincre mes camarades de venir aux blocus rendant hommage aux otages détenus par le Hamas. Puis je leur ai demandé le retrait des slogans antisémites en leur expliquant qu'il ne fallait pas confondre les Israéliens et le gouvernement ! Ça a fini par passer, même si ça a été plus compliqué pour leur faire enlever le mot “génocide”... », se souvient Liam qui aurait malgré tout souhaité que des associations (dont on connaît pourtant la promptitude sur certains sujets) viennent faire ce travail de sensibilisation auprès de ses camarades. Et c’est précisément sur ce point que l’ancienne pionne que je suis ne peut s’empêcher de revenir. Pourquoi ne forme-t-on pas davantage les écoliers, collégiens, lycéens aux radicalités militantes ? Si les réactions des différentes directions sont très souvent immédiates, particulièrement dans le secondaire, cela survient toujours de manière curative, et non préventive. Depuis le 7 octobre, la désinformation est massive sur les réseaux sociaux, et la génération Z est touchée de plein fouet. Pourquoi le confusionnisme, l’antisionisme et de facto l’antisémitisme n’ont pas fait immédiatement l’objet de créations d’ateliers ou de formations pour les adultes au contact des élèves ? Là encore, il n’est en rien question de refuser aux membres du personnel éducatif et pédagogique d’avoir leur propre opinion, mais plutôt d’être capables d’adopter une posture adéquate en cas de conflit et de savoir en déceler les prémices. En assistant le 13 février 2025 aux très importantes et émouvantes Assises de la lutte contre l’antisémitisme, organisées par la ministre chargée de l’Égalité entre les femmes et les hommes et de la Lutte contre les discriminations Aurore Bergé, j’ai pu revoir sur scène Liam, mais aussi d’autres jeunes dont j’avais recueilli les témoignages. Leur force, leur courage, mais aussi leur optimisme m’ont permis d’appréhender la suite de mes immersions, à Strasbourg et en Belgique, aux radicalités bien plus drastiques.

8

De Strasbourg à Bruxelles, l'islamisme au grand jour

« Vous mangez la chair des enfants palestiniens ! »

J'arrive à Strasbourg un samedi, bien décidée à enchaîner en un temps record plusieurs rencontres avec des élus, professeurs et étudiants. Errant dans les rues de l'antique Argentorate, je tombe sur un visage que je connais, photographié sur une affiche. Il s'agit de Saïd Bouamama, invité très prochainement[1] avenue Tolstoï pour parler de perspectives de paix au Moyen-Orient et en Palestine… En voyant le mot « paix » et le sociologue figurés sur la même affiche, je ne peux m'empêcher de sourire. Auteur notamment du livre-album *Nique la France, devoir d'insolence*[2] et de l'ouvrage *« Planter du blanc », chroniques du (néo-)colonialisme français*[3], Saïd Bouamama est l'un des fondateurs avec Houria Bouteldja du parti des Indigènes de la République. Estimant que les lois françaises de 2004 et 2010 sur le port du voile islamique à l'école, du niqab et de la burqa dans l'espace public sont « islamophobes »,

1. Saïd Bouamama a été reçu par la Jeune Garde de Strasbourg et l'URC (Union pour la reconstruction communiste) le 25 février 2025.

2. Éditions Darna, 2010.

3. Éditions Syllepse, 2019.

Saïd Bouamama[1] s'est également fait remarquer pour avoir refusé de soutenir *Charlie Hebdo*, lors du premier attentat visant la rédaction en novembre 2011, puis en publiant, quatre jours après l'attentat meurtrier de 2015, un article expliquant que « les prises de position écrites ou dessinées » du journal étaient responsables « de multiples agressions de femmes voilées et de nombreux actes contre les lieux de cultes musulmans » ! Dans un autre de ses articles, il soutenait aussi que « si l'attentat contre *Charlie Hebdo* est condamnable, il est hors de question, cependant, d'oublier le rôle qu'a joué cet hebdomadaire dans la constitution du climat islamophobe d'aujourd'hui ». Coauteur, avec Michel Collon, d'un ouvrage intitulé *La Gauche et la Guerre, Analyse d'une capitulation idéologique*[2], Saïd Bouamama a qualifié dans ses chroniques pour *Investig'Action*, le « média » de Michel Collon, les actions du Hamas d'« actes de résistance » commis par des « mouvements de résistance palestiniens ». On ne pouvait rêver meilleur accueil pour mon arrivée strasbourgeoise.

Mais pourquoi aurais-je été surprise ? La ville, pourtant de tradition humaniste avec une volonté historique de dialogue interreligieux, a, depuis le 7 octobre et sous l'égide de la maire écologiste Jeanne Barseghian, beaucoup changé d'après les dires des habitants avec lesquels je converse en attendant mon premier rendez-vous. « Lors du 7 octobre, la maire accepte de mettre le drapeau israélien sur la mairie après une demande des trois groupes d'opposition, mais il n'a tenu que quarante-huit heures

1. Les termes employés par Saïd Bouamama sont récurrents et ponctuent des chroniques, consultables par tout un chacun, dans le média de Michel Collon.

2. Investig'Action, 2019.

avant d'être enlevé… C'est l'une des seules maires à ne pas avoir affiché les photos des otages, alors même que la région l'a fait», me raconte Pernelle Richardot. Élue socialiste de la ville de Strasbourg, cette universaliste engagée se bat désespérément pour promouvoir les valeurs démocratiques. Affrontant régulièrement la maire Jeanne Barseghian, Pernelle Richardot ne recule devant rien : que ce soit au sujet de l'écrivain Boualem Sansal (pourtant traité de «fasciste d'extrême droite» par l'une des adjointes) pour lequel la socialiste réclame qu'il soit, à titre symbolique, invité d'honneur de la cérémonie de clôture de «Strasbourg Capitale mondiale du livre UNESCO 2024»; ou qu'il s'agisse de dédier un lieu en hommage à Samuel Paty et à Dominique Bernard; ou encore qu'il faille dénoncer le peu de réactivité de la maire sur les accusations d'agressions sexuelles qui visent l'un de ses adjoints, Hervé Polesi.

«On trouve à la mairie des adjointes qui se revendiquent féministes comme la maire, avec des boucles d'oreilles en forme de clitoris, mais qui n'ont pas eu une seule phrase pour les femmes violées le 7 octobre», constate Pernelle Richardot. Pour elle, tout commence lors de la grande manifestation contre l'antisémitisme à Strasbourg où la maire décline la proposition qui lui est faite par le président de l'université de Strasbourg Michel Deneken de prendre la parole. Mais c'est surtout lorsqu'un bras de fer opposera celui-ci et Rima Hassan quant à la venue de cette dernière lors d'une conférence sur le campus que Pernelle Richardot va être l'une des rares à apporter son soutien au président de l'université. «Strasbourg a de tout temps entretenu des relations avec des villes et des universités israéliennes, ça s'est toujours bien passé, même durant les précédentes intifadas. Car il y avait un vrai dialogue religieux et une parole politique !

Ainsi, le club de football compte dans ses rangs des jeunes de toutes les religions et est soutenu par tous les édiles strasbourgeois. »

La confrontation entre Michel Deneken et Rima Hassan qui voulait maintenir sa venue, orchestrée par les collectifs palestiniens locaux dans un contexte particulièrement abrasif où les étudiants, soutenus par certains professeurs, bloquaient l'université, a fait beaucoup de dégâts collatéraux. « C'est quand j'ai décidé d'apporter mon soutien au président, avec lequel j'ai été pourtant souvent par le passé en désaccord, que Rima Hassan a décidé de me cibler publiquement sur son compte X. Les allégations étaient telles, les insultes et menaces si fortes que, la mort dans l'âme, j'ai rapidement décidé de demander la protection fonctionnelle et de porter plainte », détaille Pernelle Richardot. Sa plainte reposait sur un tweet de Rima Hassan posté le 26 novembre 2024 où l'élue était qualifiée « d'islamophobe assumée du PS », assimilée à la fameuse « gauche coloniale », et concluant sur une menace à peine déguisée : « Personne n'oubliera[1]. » De son côté, la mairie écologiste de Strasbourg avait fini par accuser réception de la demande de protection fonctionnelle de Pernelle Richardot, mais semblait avoir choisi son camp : en effet, en plein chaos après la venue de Rima Hassan, la présence d'Abdelkarim Ramdane, adjoint au maire, vêtu du keffieh sous son écharpe tricolore et paradant aux côtés de plusieurs de ses collègues lors de la manifestation devant le Parlement européen en soutien à la Palestine, n'était pas passée inaperçue. Une drôle de manière de pacifier la ville…

1. À l'instar de Pernelle Richardot, François-Xavier Bellamy, député européen, a lui aussi porté plainte en 2024 pour menaces après plusieurs tweets menaçants de Rima Hassan.

Le 26 novembre 2024, Rima Hassan fut auditionnée par le tribunal administratif après avoir tenté un recours suite à l'interdiction de sa conférence. « Avec quelques amis, on s'était dit qu'on irait l'attendre de manière pacifique devant le tribunal avec des drapeaux israéliens, car il se trouve juste en face de notre synagogue », me racontent deux jeunes, dont l'un est étudiant. Chacun d'eux se rappelle : à peine arrivée, Rima Hassan a pris son téléphone en main et est descendue de la voiture en filmant. « On l'a laissée faire, car on ne faisait rien de mal, il y a bien constamment des drapeaux palestiniens lors des rassemblements, et surtout on sait qu'elle est juriste donc elle ne risquait pas de publier nos visages en ligne. On portait nos kippas, on devait être quatre ou cinq et on a rangé le tout pour venir assister à l'audience. À la sortie, on nous a prévenus qu'elle avait mis la vidéo sans rien flouter sur son compte Instagram. » Les vidéos atteignirent rapidement le million de vues, et les deux jeunes hommes qui souhaitaient rester anonymes me montrent les commentaires qui se sont alors succédé par milliers. Les premiers permettent de les reconnaître : « Il est à la fac de droit », « ce matin il était à l'amphi X ». Les seconds véhiculent avant tout des propos antisémites, dont l'un est ignoble et traumatisant : « Auschwitz est à une heure d'ici. » « Récemment encore un étudiant particulièrement agressif m'a reconnu à la bibli universitaire, et m'a demandé : “Alors, tu fais des vidéos avec Rima ?” Quand la vidéo est sortie, c'était tellement l'enfer que le doyen m'a accordé une protection… Je n'arrivais plus à aller en cours. »

Tous deux sont venus, apportant un dossier qu'ils me tendent, l'air grave. Pour la deuxième fois de la journée, je constate qu'il s'agit de plaintes à l'encontre de Rima Hassan : cette fois-ci pour « divulgation d'information personnelle permettant d'identifier et localiser une personne et exposant à un risque direct d'atteinte à la personne ou aux biens», une infraction pénale, créée après le sordide assassinat de Samuel Paty. Recevant dorénavant des plaintes pour menaces contre X, le pôle national de lutte contre la haine en ligne va devoir identifier les gens sous pseudo. Cela n'a pas empêché, comme le glisse amèrement l'un des deux étudiants, le collectif étudiant propalestinien Palestine Unistras de repartager la vidéo postée par Rima Hassan et de l'inviter à nouveau en 2025.

Sur le campus strasbourgeois, les blocus se sont intensifiés durant toute l'année scolaire. En cause, le maintien des partenariats entre l'université alsacienne et celle du campus israélien Reichman, vécu comme un affront par les étudiants déterminés à bloquer les accès jusqu'à ce que la pression fasse céder le doyen.

Étudiante, Elina[1], tendue mais très souriante, reconnaît avoir eu une période «très dure» après le 7 octobre où elle ne voulait pas revenir à la fac : «Je ne cachais pas ma judéité, mais les retours que je pouvais lire sur le pogrom m'atteignaient trop… J'ai pris rendez-vous avec ma directrice de scolarité, lui ai expliqué la situation qu'elle a très bien comprise, ce qui m'a quelque peu apaisée…» Mais ce calme relatif n'allait pas durer longtemps !

Elina me montre, comme beaucoup d'autres avant elle, une boucle WhatsApp estudiantine où il était question de créer un comité Palestine dans l'IEP de Strasbourg. «Je leur ai dit que c'était super, mais qu'il fallait aussi penser aux otages. Une militante liée à Extinction Rebellion[2] s'est acharnée sur moi, ne cessant de m'humilier lors des conversations écrites suscitées par le groupe.» Elina

1. Par prudence, j'ai modifié le prénom de l'étudiante.
2. Mouvement écologique radical de désobéissance civile.

semble surtout marquée par les discours de certains enseignants qui utilisent notamment l'histoire de l'Algérie et les mouvements de résistance algériens perçus à l'époque comme « terroristes » en les comparant avec le Hamas ou le Front populaire de libération de la Palestine. « J'ai réagi, chaque fois que je le pouvais, en contredisant mes professeurs ou mes camarades qui niaient systématiquement l'explosion des actes antisémites. Évidemment, j'ai eu une mauvaise note, je ne sais pas si c'était dû à tout ça ou à un mauvais travail, toujours est-il que l'enseignant m'a recommandé de "prendre du recul sur la situation"... »

Pour Elina et nombre de ses amies, les professeurs sont persuadés que l'ensemble des étudiants sont de facto antisionistes, et sont désarçonnés particulièrement quand quelqu'un émet un avis contraire. L'un d'entre eux est même venu se joindre à elles lors d'une pause déjeuner après les avoir entendues parler ensemble du conflit. « Il nous a dit qu'il comprenait pourquoi cette cause nous embrasait tous autant et que lorsqu'il était plus jeune, dès qu'il tentait d'émettre de l'empathie pour la Palestine, on lui disait de se taire car un juif pourrait l'entendre ! Il ne se doutait pas du tout que nous n'étions pas antisionistes et a même osé nous dire, en prenant un air de conspirateur : "Ça va peut-être vous choquer, mais je ne suis pas contre l'existence d'Israël." Quand on a fini par lui dire qu'il se trompait, il est devenu livide... J'ai compris la lâcheté de profs qui se cachent derrière les élèves et les utilisent pour faire avancer leurs positions tout en jouant la prudence et la délicatesse quand ils parlent à des juifs. »

Parmi les enseignants, Vincent Dubois, professeur de sociologie à Strasbourg, assume parfaitement ses positions : après avoir signé un communiqué appelant à la fin des partenariats avec l'université israélienne Reichman, celui-ci n'a pas hésité à se plaindre en janvier 2025, dans un article rédigé par le collectif d'ultragauche Le Poing levé, de la réhabilitation du partenariat. Accompagné de quatre autres collègues, il en a profité pour annoncer sa démission du conseil d'administration en expliquant qu'il refusait d'être le complice « d'une université qui soutient le massacre de civils ».

« On voyait les professeurs se diviser et se répondre par communiqués interposés… Quand un groupe d'étudiants masqués a débarqué lors de la réunion du conseil d'administration où il était question de débattre du budget, mais aussi des blocus, on s'est tous demandé comment ils avaient eu connaissance du lieu et de la date », se demande Elina. Celle-ci me recommande de prendre contact avec l'une de ses enseignantes, franco-allemande et très engagée pour pacifier au maximum les rapports entre les étudiants et instaurer un dialogue de paix : Birte Wassenberg. Cette professeure d'histoire contemporaine me confirme qu'une trentaine d'étudiants ont fait irruption lors du conseil d'administration où elle siégeait avec ses collègues, les encerclant dans un silence pesant : « Le président du conseil leur a demandé de quitter la salle, car nous étions en train de parler du budget et qu'on ne pourrait le voter s'ils restaient, mais ils ont refusé. Nous avons fini par partir, car cela ne servait à rien de rester. »

En tant qu'Allemande, Birte Wassenberg, que ses élèves surnomment « la prof pour la paix », avait déclaré aux élèves militants son refus personnel, « avec le poids historique de l'Allemagne », d'intenter quoi que ce soit contre Israël.

Alors qu'il approchait de la fin de son mandat, Michel Deneken a accepté de me parler après que je lui ai fait part de mes rencontres avec des professeurs et des étudiants. Pendant près de neuf ans, ce prêtre catholique et théologien a été le président de l'université de Strasbourg. Transparent, Michel Deneken me confirme que des députés, majoritairement de La France insoumise, viennent sur le terrain durant les manifs attiser le feu de la rébellion étudiante : « Dans la communauté juive alsacienne, la fixation sur l'université Reichman étonne et inquiète… De mon côté, je suis très surpris que des enseignants-chercheurs pensent que la démocratie consiste à bloquer son université. » S'il certifie certaines fuites, notamment des verbatim tenus lors des réunions du conseil d'administration qui se seraient étrangement retrouvés sur les réseaux sociaux, Michel Deneken me paraît serein et ne semble pas regretter d'avoir tenu bon face à la venue de Rima Hassan dans son université.

À Strasbourg, près de 20 000 habitants sont de confession juive, ce qui constitue l'une des plus grosses communautés juives en France[1]. En 2023, un homme a tenté de poignarder des passants aux cris d'« *Allahu akbar* », avant de préciser aux policiers lors de son arrestation : « Vous irez tous en enfer à cause de ce que vous faites en Palestine. » Deux ans plus tard, en 2025, et grâce à une alerte du collectif juif de gauche Golem, le syndicat étudiant très droitier UNI de Strasbourg est épinglé pour avoir utilisé un jeu de cartes à caractère antisémite et raciste qui circule sur les réseaux sociaux : il représente le président de l'UNI Strasbourg avec une kippa et la mention « les autres joueurs perdent 20 euros, leur bijou le plus précieux et leur facture augmente de 300 % », ainsi qu'un rabbin accompagné de la légende « dérobe les gains du joueurs [*sic*] précédent et

1. Voir le reportage : « J'ai mal à ma France : à Strasbourg, le désarroi des Français juifs », *Courrier international*, 9 octobre 2024.

y ajoute 10%». D'autres cartes montrent des images à connotation antimusulmane. Un autre militant de l'UNI s'est également filmé en faisant un salut nazi[1].

La communauté juive strasbourgeoise serait, d'après plusieurs jeunes de confession juive que j'interroge, particulièrement inquiète et effrayée, au point que certains envisagent de faire leur *alyah.* Une information que corroborent les deux jeunes hommes qui ont porté plainte. L'un d'entre eux témoigne que, suite à cet épisode, alors qu'il rentrait chez lui avec sa kippa, des manifestants l'ont abordé : «Vous soutenez la Palestine?» lui ont-ils demandé en voyant sa kippa, tandis qu'une cinquantaine de personnes l'ont alors encerclé en lui hurlant au visage : «Palestine vivra, Palestine vaincra», tout en filmant la scène. «J'ai appelé la police, c'est ce qui les a fait détaler, je suis allé déposer une main courante, mais je ne suis pas sûr que ça serve à grand-chose...» À mon tour, je décide d'expérimenter à nouveau la participation sous couverture à la désormais récurrente manif propalestinienne et antisémite du samedi, sans soupçonner un seul instant la terrible radicalité de laquelle je vais être témoin.

Alors que je marche dans la ville afin de rejoindre le rassemblement, j'observe les manèges pour enfants en cherchant le point de rendez-vous. C'est à l'aide des cris «PALESTINE HOURRA HOURRA ISRAËL BARRA BARRA» que je me repère avant de tomber nez à nez avec un camion blanc orné de drapeaux palestiniens et floqué

1. La direction nationale de l'UNI a suspendu ses militants strasbourgeois en attendant les résultats de l'enquête. Le président, Michel Deneken, a également lancé une enquête administrative et fait deux signalements au titre 40 du Code pénal.

« en soutien à la résistance du peuple palestinien », sur lequel est juchée une femme, enroulée dans son keffieh et qui hurle dans un micro des messages aux manifestants. « TOUT LE MONDE DÉTESTE LES SIONISTES », fait-elle scander à la foule. L'animatrice décide alors d'interpeller la maire écologiste, pourtant très laxiste à l'égard de toutes ces manifestations : « Nous souhaitons vous alerter sur une situation qui fait HONTE à notre ville : le jumelage entre la ville de Strasbourg et la ville de Ramat Gan en Palestine occupée [nombreuses huées la forçant à s'interrompre !]. C'est pour cela que nous exigeons la fin immédiate du jumelage de la honte. Ramat Gan n'est pas une simple ville israélienne, comme ils le disent, c'était une ville palestinienne avant d'être colonisée comme des centaines d'autres localités effacées par l'entreprise sioniste. En maintenant ce jumelage, la ville de Strasbourg cautionne indirectement les crimes de l'entité sioniste ! » avant de lâcher en assumant pleinement ses propos : « Notre ville ne peut être jumelée avec une ville israélienne. » Et la militante de conclure en hurlant, au rythme de tambours qui accompagnent le début de la procession : « PALESTINE VIVRA, RÉSISTANCE VAINCRA. »

Je sens que cette manifestation va m'être, en tant qu'infiltrée, difficile à supporter, car nous sommes le 22 février 2025 et quelques jours auparavant, les cadavres des enfants Bibas et de leur mère étaient restitués à leur père sous la forme d'une cérémonie morbide où l'on pouvait découvrir à nouveau la jouissance du Hamas et du FPLP en direct sur nos smartphones.

Le rassemblement[1] s'élance dans les rues de Strasbourg au rythme d'un hymne scandé en chœur, « Et vive la

1. Les militants antisionistes auront finalement gain de cause : Jeanne Barseghian a annoncé le « gel » du jumelage le 22 mai 2025,

résistance du peuple palestinien », une apologie du terrorisme proférée sans aucune appréhension par les manifestants. « RÉSISTANCE VIVRA, RÉSISTANCE VAINCRA. » J'avance, mal à l'aise, la tête basse, au milieu du cortège, lorsque celui-ci s'arrête soudain devant le McDonald's de la ville où sont attablées des familles occupées à dévorer leurs menus Maxi Best Of. Un affront pour les militants qui se mettent à vociférer sous le nez des forces de l'ordre venues faire barrage entre les clients et le cortège : « VOUS MANGEZ LA CHAIR DES ENFANTS PALESTINIENS. »

Les enfants strasbourgeois et leurs parents, effrayés, s'enfuient en emportant leurs plateaux ou en abandonnant leurs menus pour certains à peine entamés. La soixantaine de militants forment un groupe compact devant les policiers impassibles, mais qui ne reculent pas. Certains manifestants traitent de « connasses » les femmes qui les regardent et refusent d'intégrer le cortège et finissent par appeler à la libération de George Ibrahim Abdallah. « BOYCOTT ISRAËL BOYCOTT MACDO ! BOYCOTT MACDO BOYCOTT MACDO », éructe la foule en délire en agitant des drapeaux palestiniens devant l'enseigne sans renoncer à partir. J'échange discrètement avec un policier légèrement en retrait et lui demande pourquoi ces militants ont le droit de troubler l'ordre public et d'affirmer ouvertement et en toute impunité leur soutien à une organisation terroriste. Embarrassé, le policier finit par concéder : « Je suis sur le terrain depuis le tout début de ces manifestations. Ça a toujours été comme ça. Rien ne

---

comme indiqué dans plusieurs sources. Ce même jour, elle a exprimé son intention de proposer un jumelage avec le camp de réfugiés palestiniens d'Aïda, en Cisjordanie, en « soutien au peuple palestinien ». Ce jumelage avec Aïda a été adopté par le conseil municipal le 23 juin 2025.

change ni n'avance. Nous ne sommes pas là pour faire de la répression, mais pour veiller à ce que ça ne dégénère pas en affrontement. »

À Strasbourg, je pensais avoir appréhendé le plus dur du militantisme, mais c'est mon reportage à Bruxelles qui a achevé de parfaire le tableau d'un avenir très sombre non seulement pour la communauté juive de France, mais aussi pour un grand nombre de Français qui seront véritablement pris en otage par le pouvoir islamiste en train de grignoter lentement mais sûrement les fondements de notre démocratie. À peine arrivée à la gare de Bruxelles-Midi, je suis accueillie comme le reste des passagers par un immense tag représentant un drapeau palestinien accompagné, en lettres capitales, de la mention « LIBERTÉ, ÉGALITÉ, GÉNOCIDE ». Je rejoins dans un restaurant discret Joël Rubinfeld, fondateur et président de la Ligue belge contre l'antisémitisme. La mine grave, le quinquagénaire, lointain cousin de Shani Louk, l'une des victimes des massacres du Hamas, lâche immédiatement : « La Belgique est *tombée.* » Dès le 11 octobre, les manifestations antisionistes ont fédéré des milliers de personnes, jusqu'à atteindre selon lui 50 000 manifestants. À côté, la marche contre l'antisémitisme belge a fédéré à peine 5 000 personnes… « Il y a environ 30 000 Belges juifs. Après la seconde intifada, les départs se sont accentués avec un nombre important d'*alyah.* Je pense que notre communauté va s'éteindre naturellement. Je fixe l'échéance à 2050, car beaucoup de nos jeunes vont étudier à l'étranger et ne reviennent pas. »

Joël Rubinfeld l'atteste : l'entrisme de Samidoun est l'une des causes principales des manifestations ultra-radicales qui ont mobilisé la Belgique. Et cela ne date pas d'hier : en 2008, un député fédéral membre d'Ecolo organisait à la Chambre belge des représentants une conférence sur les prisonniers palestiniens en Israël. On trouvait, parmi ses invités, deux membres de l'organisation terroriste du Hezbollah. Joël Rubinfeld, petit-fils de résistant et fils d'enfant caché, n'aurait jamais cru voir un jour le passé antisémite ressurgir à Bruxelles. En 2014, un restaurant turc de la banlieue liégeoise affiche sur sa devanture, aux côtés d'un drapeau palestinien, un panneau avec un texte en turc et sa traduction : « L'entrée est autorisée aux chiens, mais aux sionistes EN AUCUNE FAÇON. » Pourtant, en traduisant la version turque, le terme « sioniste » est en vérité celui de « juif ». Le restaurateur, qui a reconnu les faits, a vu finalement la plainte qui le visait classée sans suite en 2016. Depuis le 7 octobre, les témoignages d'actes antisémites à l'encontre d'enfants affluent sur la messagerie de Joël.

Dès le lundi 9 octobre, un jeune juif réussit à échapper à une horde de camarades qui l'insultent et le violentent, et finit par se cacher dans les bois, où il peut enfin appeler sa mère au téléphone, qui parviendra in extremis à le rejoindre. La scène se reproduit une seconde fois et, malgré des preuves vidéo remises à l'administration, aucune poursuite n'est engagée, aucune enquête n'est immédiatement diligentée – rien ne se passe[1]. Joël Rubinfeld qui a beaucoup soutenu cette famille ne mâche pas ses mots : « Il ne s'agit ni plus ni moins que d'une chasse aux juifs. »

Marcel Sel, écrivain et blogueur belge, s'acharne à dénoncer depuis des années l'entrisme islamiste en Belgique, plus particulièrement dans les partis politiques, à commencer par le groupe Ecolo, déjà évoqué, mais

1. La direction de l'école a pris par la suite, en catimini, des mesures à l'égard d'au moins un des agresseurs, mais n'a pas voulu communiquer sur le sujet.

aussi le PTB[1]. Pour lui aussi, la question « antisioniste » est le cheval de Troie idéal pour certaines figures politiques, très certainement liées aux Frères musulmans. C'est le cas par exemple d'Hajib El-Hajjaji, membre du parti Ecolo. S'il nie toute appartenance avec la congrégation, El-Hajjaji a été membre du Collectif contre l'islamophobie en Belgique (CCIB), étroitement lié à notre CCIF (Collectif contre l'islamophobie en France) dissous en France en 2022 pour devenir le CCIE (Collectif européen). Sa proximité avec des mouvements islamistes a été largement documentée par des confrères belges[2], mais également son acharnement contre la laïcité. Et pourtant, trois des fondateurs du CCIB, Mustapha Chairi, Hajib El-Hajjaji et Farida Tahar, sont membres du parti Ecolo. « On trouve des traces antisionistes également au PTB qui vont prospérer et qui vont attirer des figures issues du frérisme. Le PTB a parlé beaucoup plus vite d'un "génocide" à Gaza que les autres et se sert du "palestinisme" pour espérer séduire la population musulmane... On voit même une compétition entre les deux partis », analyse Marcel Sel. À Bruxelles, selon un sondage de l'Institut Jonathas, 22 % des habitants se disent d'accord avec l'idée que les juifs « forment une race qui ne peut pas s'assimiler en Europe ». Chez les musulmans, cela avoisinerait même les 39 % d'après ce même sondage.

Déterminée à approfondir mes investigations, je me rends sur le campus de la fameuse Université libre de Bruxelles, l'ULB. En 2024, le campus accueille plus de 24 000 étudiants, dont un tiers d'étrangers. Lorsque je

1. Parti du travail de Belgique. Parti « marxiste anticapitaliste », il est décrit comme d'ultragauche ou de la gauche radicale.

2. On peut lire, dans *Le Vif*, les articles de Marie-Cécile Royen ou encore de Nadia Geerts sur les questions de la laïcité.

déambule sans contrôle préalable dans les couloirs et les amphis, je comprends mieux pourquoi les importantes manifestations et blocus qui ont eu lieu dans l'université ont pu se faire grâce à une aide extérieure. Dans l'une des cafétérias, bondée et financée par l'ULB, en bonne place : un immense drapeau palestinien. Mais une affiche, écrite en lettres colorées qui trône au milieu des étudiants en train de déguster leurs repas, m'arrête : « LONG LIVE THE PALESTINIAN RESISTANCE ». Atterrée, je prends une photo discrète avant de rejoindre un étudiant de confession juive disposé à me faire une visite guidée des lieux. S'il préfère, lui aussi comme tant d'autres lors de cette enquête, rester anonyme – ce qui prouve le climat de peur qu'est en train d'installer, notamment en Europe, l'ultragauche antisémite –, ses amis de l'UEJB[1], Gad et Gabrielle, acceptent, à mon grand étonnement, de témoigner « à visage découvert ». « Ça a commencé progressivement par des tags "Libérez la Palestine", jusqu'à des croix gammées », décrit mon guide, en m'emmenant jusque devant le bâtiment occupé, rebaptisé « Walid Daqqa[2] ». « On s'est dit, peu après le 7 octobre, que toute cette violence allait finir par arriver ici, surtout après que l'on a vu des cercles de l'université poster énormément sur leurs réseaux sociaux sur les occupations à Columbia en leur apportant leur soutien. Samidoun repostait ces messages jusqu'à ce que les collectifs accueillent durant le blocus leur porte-parole, Mohammed Khatib, malgré une interdiction de la rectrice », témoigne Gad, coprésident de l'UEJB. Dès le 11 octobre 2023, l'UEJB donne

1. Union des étudiants juifs de Belgique, créée en 1946.

2. Écrivain citoyen arabe d'Israël et militant indépendantiste palestinien, condamné en 1986 pour avoir planifié l'enlèvement et l'assassinat d'un soldat israélien.

l'alerte auprès de la direction, en vain. Après l'arrachage d'affiches des otages le 13 octobre, un tag énorme s'étale au fronton de la grande bibliothèque : « LIBÉREZ LA PALESTINE ». Ce même jour, sur ses réseaux sociaux, le mouvement BDS de l'université poste : « Vous êtes témoins d'un génocide. » Samidoun se fait vite le relais officiel des actions, par le biais de pancartes et de tee-shirts.

Tous ces faits rapportés ne m'étonnent plus. Me sidère davantage le silence de certains médias qui ont tendance à minimiser toutes ces actions, voire à les soutenir ouvertement. Dans une réunion organisée par Samidoun en juillet 2024[1] entre membres de différents pays, Mohammed Khatib déplorait face à ses camarades que « la gauche sioniste belge » veuille encore « une solution à deux États ». Il a par la suite confirmé ce que nous redoutions, à savoir que « certains de nos membres étaient des étudiants, ils ont été accusés de radicaliser des campus, leurs positions sont la libération de la Palestine de la mer au Jourdain et aussi l'antisionisme », insistant sur le fait que « des étudiants militent » pour Samidoun.

Gad et Gabrielle me détaillent la chronologie édifiante des événements.

Dès le 23 octobre 2023, un énorme collage « *From the river to the sea* » décore le campus. La date du « 7 octobre » est inscrite partout à l'entrée de la bibliothèque. Après avoir posté « *We stand with Israël* », l'UEJB perd son lien avec plusieurs collectifs qui assument publiquement « rompre tout contact » et assurer « ne plus se tromper d'alliés » dorénavant.

Le 22 novembre 2023, l'UEJB vend comme de coutume ses places pour son bal annuel ouvert à tous afin de

1. Retranscription de leur réunion intitulée « Répression contre la Palestine en Europe ».

faire découvrir la culture juive. « Des étudiants du Cercle étudiant[1], très marqué à gauche, nous ont dit qu'on les dégoûtait et que "partout où il y a des juifs, il y a des problèmes", en nous assimilant à Israël », se souviennent Gad et Gabrielle, me montrant chaque fois les communications sur les réseaux sociaux et les mails désespérés envoyés à la direction.

En décembre, à l'instar des prospectus et tags qui ont ciblé l'UEJF en France, des tracts distribués aux étudiants accusent le collectif de soutenir le gouvernement de Netanyahou, ce qui est faux : « J'ai eu le sentiment d'un retour à l'époque de nos grands-parents dans les années 1930 », déplore Gabrielle.

Après les examens de décembre et de janvier, où le militantisme antisioniste s'est accordé une pause studieuse, les étudiants juifs n'osent plus rejoindre les rangs de l'UEJB afin que personne ne puisse savoir qu'ils sont juifs. « Dès que je parle de Samidoun dans des interviews, on s'en prend à ma voiture : essuie-glaces dévissés, portières rayées, pneus crevés. Plus tard j'ai retrouvé une vitre explosée alors que ma voiture est garée devant chez moi, c'était après que j'ai tenté d'intervenir lors d'une journée d'étude à l'ULB sur l'antisémitisme "instrumentalisé" où il n'y avait que des intervenants antisionistes », regrette Gad en me montrant les photos.

Le 22 mars 2024, un homme qui n'appartient pas à l'université fait une grève de la faim et occupe un bâtiment; autour de lui flottent des drapeaux palestiniens.

Fin avril, Salah Hamouri est invité à s'exprimer, déroulant les *fake news* habituelles sur le trafic d'organes perpétré par Israël. « Pourquoi Israël a le plus grand stock

---

1. Cercles étudiants, créés par des étudiants de l'Université libre de Bruxelles.

de peau du monde ? » demande-t-il, avant de répondre : « Car il le prélève sur les prisonniers palestiniens ! »

« Le premier médecin venu vous confirmera que la peau ne se stocke pas ! Mais les étudiants antisémites s'en fichent ! Hamouri les a invités à se soulever, à ne pas avoir peur ni des sanctions ni des procès-verbaux. On se serait cru à un véritable meeting politique, la foule était en liesse ! Là encore, nos alertes ne donnent rien », déplorent les deux étudiants.

Le 7 mai 2024, tout au début de l'occupation des locaux de l'université, l'UEJB demande à être reçue par la rectrice afin de la supplier de regarder ce qui se joue à Sciences Po Paris. Celle-ci assure aux étudiants que cela n'arrivera pas à l'ULB… Pourtant, à la sortie du rendez-vous, les médias se sont regroupés pour filmer le blocus : « Trente personnes sortent du bâtiment et hurlent "Sionistes, fascistes, c'est vous les terroristes" et "*Viva intifada !*" Mais les vidéos ont été tronquées par ceux qui ont filmé. » C'est ce jour-là, alors que Gad allait chercher sa voiture sur le campus, qu'il est identifié par des militants. « Tu es le président de l'UEJB, je te reconnais ! » crie l'un d'entre eux, masqué, en lui sautant dessus, et en lui assénant un coup à la gorge, dont je découvre la trace impressionnante sur la photo qu'il me dévoile. Gad se remémore cette scène : « Je l'ai entendu crier "C'est un sale juif, il faut lui taper dessus", avant d'essayer d'agresser un autre type de la sécurité puis de fuir dans le bâtiment occupé. Des vidéos de mon agression circulent, et tous disent que j'arbore un drapeau israélien, ce qui est faux. Le lendemain, ils en brûlent un devant le bâtiment. »

Fin mai, l'ULB suspend ses accords avec les universités israéliennes, de quoi réjouir les étudiants militants qui taguent des slogans chaque jour plus radicaux : « Vive la lutte armée du peuple palestinien », « *Viva intifada* »,

« Il nous faut des armes », le tout assorti de croix gammées et d'étoiles de David.

Le 13 juin, des étudiants antisémites qui bloquaient le bâtiment lancent une opération punitive dans la cafétéria, volant au passage des micro-ondes. Les dégâts dans l'immeuble que je visite, pourtant rénové avant l'occupation des locaux, sont chiffrés à hauteur de 150 000 euros... De son côté, depuis son agression, Gad est contraint d'avoir un garde du corps sur le campus.

À la rentrée scolaire 2024-2025, lors de la journée de découverte de l'université, personne n'ose s'approcher du stand de l'UEJB. Le soir même, un des étudiants a trouvé deux messages collés sur la porte de son domicile : « *Zionism is White Supremacy* » et « Sionistes fascistes c'est vous les terroristes ».

Le 21 octobre, la porte des locaux de l'UEJB est taguée avec une inscription des plus raffinées : « UEJB baise ta mère bande de fils de pute de génocidaires actifs [*sic*]. »

Tandis que les cours débutent, les cercles associatifs folkloriques proposent aux nouveaux étudiants une liste de missions et activités à réaliser. L'une d'entre elles laisse rêveur : « Occuper le bâtiment B le 7 octobre » ! Une autre, émanant du « Cercle de droit », demande aux étudiants de crier tous ensemble « Vive la lutte armée ! », soit de glorifier le terrorisme.

Le 25 septembre 2024, une vidéo enregistrant l'événement montre Rima Hassan, accueillie comme le Messie, applaudir une foule en délire qui scande en criant : « Vive la lutte armée du peuple palestinien. » Au fil des jours, le cercle infernal ne cesse de s'agrandir, aucune accalmie ne semble annoncée et la radicalité progresse comme en témoigne le soutien officiel du collectif L'Université populaire[1] aux actes antisémites d'Amsterdam ou encore au chef du Hamas Yahya Sinwar. Le désespoir gagne le camp des étudiants juifs. Tout récemment, la rectrice et le vice-recteur de l'université ont une fois de plus été alertés par l'UEJB sur la tenue d'une énième rencontre du collectif BDS intitulée « L'accueil des Palestiniens en Belgique ». Parmi les intervenants, un certain Abdallah Hbaash. Présenté comme « journaliste indépendant », il suffit de consulter son compte Instagram pour noter son soutien à Samidoun, sa glorification du 7 octobre au travers des tags, des choix des termes et des photos publiées : on peut en effet voir dans ses stories à la une un homme masqué, à genoux, portant le bandeau du Hamas et levant le doigt en signe de soutien à l'État islamique, logo qu'il a adopté pour son profil Instagram.

Pour la rectrice Annemie Schaus, avec laquelle je me suis longuement entretenue, et qui est elle aussi victime de représailles de la part de ses propres étudiants, la radicalité aurait « explosé d'un coup » : « Je n'ai jamais voulu minimiser l'antisémitisme et j'ai porté à ce jour plainte à six reprises contre des faits ou propos antisémites. Je ne suis d'ailleurs pas dupe que dans certains discours antisionistes se cache en réalité de l'antisémitisme. Quand j'entends, “pas de sionistes dans nos quartiers pas de quartier pour les sionistes”, propos contre lesquels je me suis clairement indignée, il est évident que le message antisémite est on ne peut plus clair. » « Clair » pour la rectrice, mais certainement pas pour ses élèves. Le 3 février 2025, l'UEJB a invité le dessinateur Joann Sfar, auteur du célèbre *Chat du Rabbin* et du magnifique *Nous vivrons :*

1. J'encourage les lecteurs à aller consulter leur compte Instagram : @universitepopulairebx.

enquête sur l'avenir des juifs[1], à venir s'exprimer à l'ULB. Certes, cela détonne, après des intervenants coutumiers de l'apologie du terrorisme, de la glorification du Hamas et même de l'appartenance à l'État islamique, de voir cette fois-ci débarquer un dessinateur juif et pacifique. Si sa participation a pu se dérouler sans encombre, très certainement grâce à une sécurité efficace, en amont, les affiches consciencieusement apposées sur le campus par les étudiants de l'UEJB annonçant sa venue ont toutes été déchirées en lambeaux, pour n'en laisser aucune trace.

Poursuivant mon enquête, je rencontre Emmanuelle Danblon, linguiste et professeure de rhétorique à l'ULB. Pour elle, tout remonte à une quinzaine d'années, lorsqu'elle a invité Caroline Fourest en 2007 après avoir été nommée à un tout nouveau poste de conseillère pour les valeurs de l'université : « Caroline avait sorti *Frère Tariq*[2] et je trouvais qu'elle incarnait parfaitement les valeurs de l'ULB que sont l'universalisme, la laïcité et le féminisme. Très rapidement, tout s'est cristallisé autour de son livre. Les étudiants et des collègues ont enquêté sur le profil de celle qui avait osé convier Caroline Fourest et ont découvert que j'étais juive et que mes parents militaient au sein du collectif La Paix maintenant[3]. Sur une sorte de blog, j'ai lu des propos antisémites me ciblant : “Du sang juif coule dans ses veines et corrompt son jugement.” »

1. Joann Sfar, *Nous vivrons : Enquête sur l'avenir des juifs*, Les Arènes BD, 2024.

2. Caroline Fourest, *Frère Tariq : Discours, stratégie et méthode de Tariq Ramadan*, Grasset, 2004.

3. En hébreu Shalom Akhshav. Mouvement pacifiste israélien créé en 1978 par 300 officiers de réserve de l'armée israélienne. Indépendant des partis politiques, il est classé à gauche.

À cette période, Emmanuelle Danblon voit régulièrement son pare-brise criblé de stickers « *Free Palestine* » et certains collègues changer de trottoir et même cracher par terre lorsqu'ils la croisent. Cette ancienne membre de l'UPJB[1], très engagée à gauche, subit un déferlement de haine qui alerte le rectorat : « Le problème était que j'avais osé inviter Caroline Fourest. En parallèle, je voulais lancer un concours de caricatures pour renouer avec l'esprit irrévérencieux de l'université… Tout cela était tout de même étrange : d'un côté, on m'accusait d'insulter la communauté musulmane, mais de l'autre côté, cela ne dérangeait personne que Tariq Ramadan déverse son fiel sur les bancs de l'ULB où il dispensait des conférences ! C'était même le "chouchou" de certains cercles comme celui des étudiants arabo-européens. Quand ils ont voulu organiser une énième conférence avec lui, j'ai décidé de l'interdire, car il n'y avait aucun contradicteur. Ça a déchaîné l'ire des étudiants. »

La venue de Caroline Fourest, exfiltrée par des policiers armés, a servi de prétexte à certains enseignants pour exiger du rectorat qu'Emmanuelle Danblon ne soit pas reconduite à son poste de conseillère auprès du recteur qui a fini par céder. « Ils ont voulu acheter la paix dans mon dos. Vous savez, certains juifs ont une intuition prophétique : on sent que la catastrophe va arriver… Les juifs sont comme les souris qu'on met au fond des cales des navires, car elles sentent venir la tempête. Je pense que j'ai été cette petite souris. »

Voulant à tout prix éviter que sa mère sache ce qu'elle subissait et puisse pressentir que « le passé recommençait », Emmanuelle Danblon va tenir bon et endurer la

1. Union des progressistes juifs de Belgique, association juive de gauche belge « non sioniste diasporiste » fondée en 1969.

cabale interne et externe à l'ULB. Un homme pourtant va la soutenir sans faillir : Alain Grignard, chargé de la lutte antiterroriste et soucieux de son dossier. « Il me disait tout le temps que je ne rêvais pas, que ce que je voyais était vrai. Je lui demandais chaque fois : "Pourquoi ne faisons-nous rien ?" À quoi il me répondait : "Tu sais, pour nous les flics, tant qu'il n'y a pas d'intestins sur des réverbères, on se contente de gagner du temps." »

Emmanuelle Danblon n'a jamais raconté son histoire à personne. À l'époque, ses collègues assuraient qu'elle avait démissionné de son rôle de conseillère et n'osaient pas réagir à l'antisémitisme qu'elle avait subi. Ses derniers mots, prononcés au terme de notre entretien, sont glaçants : « Ce qui se passe aujourd'hui est parfaitement normal. Tout ce petit monde est formé à l'ULB, et ils font des petits. »

Cela ne date donc pas d'hier. Et aujourd'hui, je côtoie sur les campus, dans les manifs, de jeunes militants de l'ultragauche formés à l'ULB ou ailleurs, qui instillent insidieusement un antisémitisme chaque jour plus virulent et désormais parfaitement accepté.

9

Retour au cœur des luttes décoloniales

> « Vous tirez sur un chef et il tombera en martyr, et nous aurons dix autres candidats. Dix combattants martyrs tomberont, mille autres se lèveront. »

Le 17 octobre 2024, je franchis à nouveau les portes de l'espace Robespierre à Ivry-sur-Seine en banlieue parisienne. Dans *Les Nouveaux Inquisiteurs,* j'avais raconté une soirée sur la thématique des violences policières dans la salle municipale où j'avais même eu la « chance » d'entendre cette injonction terrible : « Un bon flic est un flic mort. » Cette fois-ci, c'est la présence d'Adel Ayad, porte-parole de Samidoun, qui m'a attirée malgré le froid à venir découvrir à 20 heures le thème de la soirée : « L'Algérie a vaincu, la Palestine vaincra : expérience du colonialisme et lutte de libération en résonance. »

La salle est pleine à craquer et des stands des collectifs Samidoun et Urgence Palestine m'accueillent dès l'entrée. Je prends le temps de discuter avec les deux jeunes qui vendent des DVD et des fascicules en hommage aux prisonniers palestiniens. Un jeune homme et une jeune femme, la mixité parfaite ! La jeune femme évoque le compte Instagram de Samidoun et la boucle Telegram. Très souriants, ils m'expliquent, dans une maîtrise du langage inclusif impeccable, l'importance de soutenir les « prisonniers et prisonnières palestiniens et palestiniennes », car « ils et elles subissent la violence coloniale directement». Les brochures et les films sont à disposition contre une petite participation financière qui vaut soutien à la cause. «Tu peux payer en carte et donner ce que tu veux sur le stand d'Urgence Palestine, ils ont un TPE, on fera les comptes à la fin! Ivry nous invite, nous on fait ça de bon cœur», me dit le jeune garçon vêtu d'un ensemble jogging noir. Sincère dans ma question, je leur demande comment font les prisonniers pour leur communiquer en direct toutes ces informations, surtout en entendant les récits de tortures et sévices que me relatent les deux membres de Samidoun. Embarrassés, les deux jeunes militants ne parviennent pas à me répondre et me conseillent simplement de lire les plaquettes. Après les avoir parcourues je n'apprends rien de plus que ce que Samidoun poste déjà sur ses réseaux sociaux, à savoir les histoires de chacun des «martyrs de la résistance», qu'ils appartiennent au Hamas, au FPLP ou au Djihad islamique.

«Un an de soutien, de résistance aux côtés du peuple palestinien, un an de dignité exemplaire et un an de mobilisation fabuleuse et de solidarité. Et nous voulons dire "merci" ce soir. Merci à toutes celles et ceux qui se sont mobilisés cette année au prix parfois d'importants sacrifices», proclame soudain la présentatrice, le visage étonnamment grave, me sortant de ma léthargie. Près de moi s'assoit Aya, ma tante, qui a accepté de m'accompagner ce soir. Cette quinquagénaire maîtrise parfaitement l'arabe et le berbère et me reproche très souvent de ne pas assez travailler la langue de notre famille et de notre histoire. Le discours en tribune se poursuit : «Merci notamment à Urgence Palestine et en particulier aux Palestiniens de Boussole Palestine de nous avoir offert un cadre autonome pour construire la lutte et défendre la voix des Palestiniens. La voix de la justice, la voix de la liberté. Et vous permettre de crier haut et fort et avec fierté notre soutien inconditionnel au peuple palestinien dans sa lutte légitime et son combat noble pour ses droits et sa dignité. Merci à Samidoun pour son investissement sans faille dans la lutte et dans l'organisation des mobilisations avec Urgence Palestine, pour le travail que ce collectif réalise pour sensibiliser à l'importance du soutien aux prisonniers palestiniens. Merci aux militants et militantes intellectuels, comme Yanis, Leila et Adel, de dire ce qu'il faut dire malgré les intimidations et la répression ; nous devons les soutenir. C'est tous ensemble que nous devons tenir la ligne et ne pas lâcher, car nous sommes du bon côté de l'histoire, nous sommes du côté de la justice. Chacun dans la salle peut subir la même répression. Ces attaques ne visent qu'à nous empêcher de penser et à nous empêcher d'agir. Tout est fait pour nous empêcher de nous mobiliser, nous épuiser et nous décourager. Et il est vrai aussi que malgré nos mobilisations, la barbarie sioniste continue de s'abattre sur la Palestine, mais nous n'abandonnerons pas le peuple palestinien et nous savons que si la barbarie coloniale s'accentue, si la répression s'accentue c'est que le projet sioniste sent qu'il est voué à l'échec. On se doit de tenir et résister comme le fait le courageux et tenace peuple palestinien ! »

Après avoir mélangé dans le même creuset revendicateur violence policière, Palestine, Congo, Liban et Kanaky, la présentatrice demande à la salle de faire une minute de silence et de « recueillement » pour « toutes les victimes et les martyrs de la cause indépendante ». La salle silencieuse baisse la tête et la relève lorsque l'oratrice nomme tour à tour les intervenants, après avoir rappelé les liens entre l'Algérie et la Palestine : à ses côtés, Yannis Arab, qu'elle présente comme historien et auteur spécialisé de la question palestinienne et d'origine algérienne ;

Leila, jeune Franco-Palestinienne militante à Urgence Palestine; et enfin Adel, de Samidoun France décrite comme une organisation qui sensibiliserait «à l'importance de soutenir les prisonniers palestiniens et qui leur apporte un soutien».

Ce dernier, lui aussi d'origine algérienne, jeune homme au teint pâle, n'ose pas croiser le regard de la salle, comme intimidé, et cela d'autant plus lorsque l'animatrice lui déroule un tapis de louanges : «Nous tenons à vous dire que c'est un honneur tout particulier d'avoir Adel à notre table aujourd'hui, car c'est un ami de la première heure de notre "Semaine décoloniale". Dès la première édition il y a quatre ans, il nous a apporté un soutien exceptionnel et nous a notamment permis de garder des traces audio des débats de nos éditions précédentes, ce qui constituera une source d'archives importante pour nous et pour l'histoire de nos luttes. Ce sont des dizaines et des dizaines d'heures de travail qu'il a effectuées bénévolement juste pour la cause. Nous tenons à le remercier chaleureusement», insiste-t-elle.

Yannis Arab est le premier à intervenir. Se présentant comme «doctorant en histoire», le trentenaire assume pleinement son soutien pécuniaire aux Palestiniens depuis le pogrom : «J'ai pu aider, notamment depuis le 7 octobre, l'année dernière, une centaine d'étudiants palestiniens grâce à des donateurs en Algérie.» Durant plus de vingt minutes, le prétendu historien va expliquer pourquoi, en tant qu'Algérien, son «propre trauma colonial» est lié à celui des Palestiniens. «Ce que je dis souvent, c'est que les Algériens ne peuvent pas trahir les Palestiniens parce que ça serait trahir leur propre identité. Nous ne sommes pas plus Palestiniens que les Palestiniens, comme certains le disent. Nous sommes des Algériens. Nous sommes des anticoloniaux et nous ne pouvons pas être autre chose », sourit-il. Il me suffit de quelques clics pour retrouver des éléments intéressants sur Yannis Arab[1]. Interpellé par les forces de l'ordre à son domicile en présence de sa mère qui a filmé la scène, l'individu est suspecté « d'apologie d'actes de terrorisme » sur ses réseaux sociaux depuis 2022 selon *Le Journal de Montréal*[2]. Je m'interroge : pourquoi la presse canadienne s'intéresserait-elle à Yannis Arab ? Il s'avère que, toujours selon ce même journal, Yannis Arab aurait été filmé le 8 novembre 2023 en train d'injurier des étudiants juifs, en leur disant de « retourner en Pologne », insultes qui auraient entraîné sa suspension de l'université deux jours plus tard. La presse montréalaise, après enquête, a révélé que Yannis Arab aurait posté sur son profil Facebook des publications célébrant le massacre du 7 octobre.

C'est au tour de Leila, d'Urgence Palestine, de prendre la parole. La jeune femme brune, troublée, s'empare du micro et bégaie, la mine blafarde : « Bonsoir. Avant de commencer, j'ai une question... Je... Je n'ai pas mon téléphone... Est-ce que quelqu'un a des nouvelles du terrain ? Il y a quelques heures, l'armée sioniste a annoncé avoir assassiné Yahya Sinwar, le Hamas a démenti jusqu'à maintenant... parce qu'il y a eu des nouvelles depuis. On est toujours en suspens... Merci. » Le discours décousu montre la souffrance de la militante, inquiète à l'idée que le chef politique et militaire du Hamas ait bel et bien été assassiné. Durant

1. Depuis son intervention, ma veille sur les réseaux sociaux du compte Instagram de Yannis Arab me permet de découvrir ses posts justifiant officiellement la « résistance » palestinienne.

2. Cf. « Après sa suspension par l'UdeM : l'ex-chargé de cours Yannis Arab arrêté en France », *Le Journal de Montréal*, 22 octobre 2024.

de longues minutes, Leila revient sur les accusations qui pèsent sur son collectif et les « manipulations des médias ». Elle réitère les appels sous-jacents à la destruction d'Israël avec la fameuse phrase « Libérez la Palestine de la mer au Jourdain ». « Ce que nous revendiquons, c'est la libération de la Palestine de la mer au Jourdain. Et il revient aux Palestiniens, comme il est revenu aux Algériens, de décider de qui pourra rester et à quelles conditions. Il n'est pas question aujourd'hui que le mouvement de solidarité, de quelque bord qu'il soit, autre que le peuple palestinien, puisse venir nous dire qu'il faut faire la paix avec ceux qui nous violent, qui nous torturent, qui détruisent, qui démembrent, qui font disparaître en cendres des tentes, des enfants et qui brûlent des hôpitaux. Cette décision de faire un ou deux États, de faire ou pas la paix, elle reviendra aux Palestiniens le jour où ils auront gagné leur libération et leur autodétermination ! » scande Leila, en transe, sous les applaudissements enthousiastes des spectateurs. Je reste pantoise : au moins, elle ne mâche pas ses mots et « ne tourne pas autour du pot », comme nombre de ses soutiens politiques à l'image de La France insoumise.

La conclusion de Leila évoque évidemment l'incontournable Yahya Sinwar : « Comme je vous le disais au tout début, je vous ai posé une question et donc nous sommes dans l'attente d'une confirmation ou d'une infirmation officielle, du décès du chef militaire et politique désormais du Hamas, après l'assassinat, cet été, d'Ismaïl Haniyeh. C'est l'essence même de la résistance, vous tuerez dix de nos hommes pour chacun de vos hommes que nous tuerons, mais c'est vous qui finirez par vous lasser ! Vous tirez sur un chef et il tombera en martyr, et nous aurons dix autres candidats. Dix combattants martyrs tomberont, mille autres se lèveront. Vous pouvez tuer la tête, vous ne couperez pas la résistance de son sol, les Palestiniens résisteront jusqu'au bout ! Et tant que la terre de Palestine sera occupée, les Palestiniens se lèveront. Avec ou sans bras. Avec ou sans jambes. Avec ou sans enfants. Avec ou sans parents. La terre de Palestine appartient à ceux qui se battent pour elle, les Palestiniens ! » Exclamations tonitruantes de la salle et applaudissements nourris.

L'épilogue de cette messe propalestinienne est laissé à Adel. De manière partisane, il présente longuement Samidoun, à l'attention d'une foule ravie d'en savoir plus sur le collectif. Dans sa bouche, Samidoun n'a rien d'un groupe terroriste ! Efficace dans le lexique qu'il choisit, Adel nous précise : « Nous, chez Samidoun, on ne reconnaît pas la légitimité de l'existence de l'État colonial israélien. Donc, c'est pour ça que vous nous entendrez toujours parler de territoire de 48 et de la Palestine historique. » Dans un long monologue, le jeune homme explique l'importance de soutenir les prisonniers palestiniens, rentrant dans les détails les plus rudes sur les sévices que subiraient les « martyrs » dans les « prisons sionistes ». « Pour Samidoun et pour toute la résistance palestinienne, les prisonniers c'est la frange la plus radicale de la résistance. Pourquoi ? Parce que, chez les prisonniers, il y a les leaders et il y a les combattants. C'est chez eux qu'on trouve les militants les plus déterminés, c'est ceux et celles qui ont refusé de vendre leur liberté contre le moindre centimètre carré de leur terre. Ils ont refusé la moindre compromission avec le colonialisme, avec le sionisme et c'est pour leur engagement dans la résistance qu'ils sont actuellement détenus. C'est ça que représentent les prisonniers. Chez les prisonniers, il y a des combattants émérites. Il y a des combattants qui sont connus dans toute la Palestine historique. Chez les prisonniers, il y a les leaders de la résistance qui ont les positions les plus fermes dans le cadre de la lutte de libération nationale ! » déclame le jeune homme, soudain enflammé.

Puis, reprenant le récit de Mohamed Boudia, indépendantiste algérien ayant épousé la cause palestinienne, il loue la solidarité entre les deux peuples par le biais de la fameuse organisation terroriste Septembre noir, présentée comme une simple « organisation palestinienne transpartisane avec différentes forces de la résistance ». Vantant longuement le courage de Mohamed Boudia, il omet de rappeler à la foule que Septembre noir a assassiné le Premier ministre jordanien Wasfi Tall, pris en otage des athlètes israéliens lors des jeux Olympiques de Munich en 1972 et serait responsable d'une quarantaine d'attentats terroristes à travers le monde. Ce qu'il annonce ensuite est de la plus haute importance. Je transcris ses propos tels que je les ai entendus : « Mohamed Boudia avait mis à disposition de la résistance palestinienne tout le réseau, toutes les forces, matérielles, humaines héritées de son implication dans la révolution algérienne ! Il les avait offertes à la résistance palestinienne. Lui et ses camarades algériens, aux côtés des résistants palestiniens, allaient participer à de multiples opérations de sabotage dans toute l'Europe, visant des intérêts sionistes ou les intérêts de leurs alliés, impérialistes. Mohamed Boudia, tombé en martyr en 73, assassiné par le Mossad, dans l'explosion de sa voiture, représente vraiment cette continuité dont mes deux camarades ont parlé. Les deux révolutions, la révolution algérienne et la révolution palestinienne, c'est un seul chemin, et qu'il nous reste à poursuivre ensemble ! »

Je recroise la route d'Adel deux mois plus tard, à Pantin. Grâce à la boucle Telegram de Samidoun que j'ai rejointe, je suis au fait de toutes ses actions et de toutes ses rencontres, même après que ses réseaux sociaux ont été suspendus. Sur Telegram, il est bien plus simple de se lâcher : la glorification des « martyrs » est quotidienne et les hommages postés sur le groupe rythment mes journées. Je les vois intervenir dans des salles municipales, réaliser des ateliers de dessin avec des enfants « pour les martyrs palestiniens » et officier avec leurs petits stands aux côtés d'Urgence Palestine à la rencontre des Parisiens. À Fontenay-sous-Bois, dans le gymnase de la ville, des hommes de Samidoun entièrement masqués par des keffiehs ont organisé un tournoi de football en soutien à Gaza, avec Urgence Palestine et le collectif Fontenay Palestine. Sur les photos, on les voit enjoindre à des enfants de porter un large drapeau palestinien. À Corbeil-Essonnes, Samidoun fait un post empli de dessins d'enfants et « remercie chaleureusement les jeunes de "Corbeil Project" pour le gala exceptionnel qu'ielles ont organisé en soutien à la Palestine à la maison de quartier des Tarterêts », en concluant par « un magnifique moment de solidarité avec le peuple palestinien et sa résistance ». On peut y voir des mains de petits garçons et de petites filles et des mots destinés aux prisonniers palestiniens : « Vous n'êtes pas seul.es. »

Les villes sont trop nombreuses pour être toutes citées, mais savoir qu'une organisation reconnue comme terroriste dans de nombreux pays organise des événements pour des enfants fait froid dans le dos.

Le 15 décembre 2024, mon amie Élise accepte de m'accompagner à La Trotteuse à Pantin. Deux drapeaux palestiniens flottent alors que nous cheminons, aux côtés d'un enfant et de ses deux parents, à l'intérieur du squat à peine éclairé. Je reconnais immédiatement Adel, entouré de jeunes dans un cercle, où tous devisent, assis sur des chaises. À disposition de l'enfant, un cahier de coloriage sur la Palestine. Le jeune homme, toujours aussi chétif et habillé en noir, lit un texte sur les défenses militaires et les menaces nucléaires. « Je vais faire un tour dans l'expo », murmure Élise en s'emmitouflant dans son pull pour lutter contre le froid. J'écoute des femmes parler de leur lutte pour porter le hijab, de la résistance palestinienne qui se nationaliserait pour devenir le FPLP ou encore la stratégie de la « guérilla ». « C'est comme ça que progressivement les mouvements de résistance peuvent rééquilibrer le rapport de force », explique l'une d'elles aux côtés d'Adel aux jeunes participants. Impossible de sortir mon téléphone pour prendre une photo ou une vidéo ; même Élise, qui déambule au milieu des projections d'images, n'échappe pas au regard d'Adel. Celui-ci semble contrôler toute prise de vue de son visage.

Le 20 octobre 2024, j'étais parvenue à prendre en capture d'écran un cliché avant que celui-ci ne soit retiré de la publication. On y peut voir, siégeant à une même table, entourés de drapeaux palestiniens : Adel de Samidoun, Omar Alsoumi d'Urgence Palestine, Yannis Arab et Thomas Portes, député de La France insoumise. Tous sont réunis pour une cause commune : défendre Elias d'Imzalène. Cette photo constitue un élément de poids du dossier que je construis au fil de mon enquête, une preuve irréfutable de la collusion entre l'ultragauche politique et la menace islamiste la plus radicale.

10

Wikipédia ou la manipulation sous pseudo

> «Je vais dire des noms de toutes les villes palestiniennes et vous, vous crierez "RÉSISTANCE !" »

La première fois que j'ai vu Elias d'Imzalène, il se trouvait place de la Nation à Paris, aux côtés des figures de La France insoumise et d'une sénatrice Europe Écologie les Verts. La veille, le samedi 7 septembre 2024, je participais sous couverture à une énième manifestation « contre le coup de force de Macron » qui avait exclu de ses choix de Premier ministre Lucie Castets, figure portée par le Nouveau Front populaire. Évidemment, l'antisionisme était une fois encore au cœur des cris, des slogans et des revendications – « L'occupant perdra, Palestine vaincra », « Ce n'est pas une guerre, c'est un génocide », « De Paris à Gaza le fascisme ne passera pas » – au milieu de rares références à la politique française : « C'est pas seulement Barnier qu'il faut chasser, c'est Macron et la Constitution », rapidement recouvertes par « Israël assassin, Macron complice » et autres appels faisant tous référence à la Palestine.

Je découvre ce jour-là la nouvelle tendance portée par les deux seuls collectifs juifs antisionistes : les parents UJFP et leurs bébés Tsedek!. Leurs militants, il faut le reconnaître, très peu nombreux, arborent des kippas en forme de pastèque, symbole prêté à la Palestine : des

« kippastèques » vert et rouge, les couleurs du drapeau palestinien.

Le lendemain, alors que je rejoins, place de la Nation, l'écrivain syrien Omar Youssef Souleimane, très engagé contre l'islamisme, nous tombons sur un rassemblement digne de ceux que j'avais observés à Bruxelles. Les « soutiens à la résistance palestinienne » sont à ce point nombreux que je peine à les compter. Les discours et messages s'enchaînent. Les rappels de la situation aussi : le problème majeur serait « l'application du projet sioniste, pas seulement Netanyahou ». De quoi calmer les esprits.

Les appels à la manifestation de LFI, de l'Association France Palestine solidarité (AFPS) et de la CGT ont pleinement fonctionné : la place de la Nation est noire de monde, et le bruit est si intense que ni Omar Youssef Souleimane ni moi ne parvenons à nous entendre.

Au micro, l'infirmière Imane Maarifi, membre de l'ONG Palmed, raconte son récent passage en garde à vue pour « menaces de mort réitérées en raison de l'ethnie, l'origine ou la race » à l'égard des organisateurs des Salons Hoche à Paris, un lieu événementiel qui devait accueillir un salon de l'immobilier israélien et qui, d'après le site *Blast*, aurait proposé des biens à vendre dans des colonies en Cisjordanie. Thomas Portes, qui est en train d'enlacer Imane Maarifi, serait même venu lui rendre visite durant sa garde à vue.

Sur la scène, je reconnais Omar Alsoumi, mais aussi Taha Bouhafs. À l'époque, à la suite des accusations qui pesaient sur lui, le chouchou de Jean-Luc Mélenchon a vu sa candidature aux législatives sous l'étiquette des Insoumis lui échapper, avant que le parti revienne sur sa décision. Depuis, il œuvre dans l'ombre, tractant pour certains élus LFI dont il est proche ou voyageant avec Rima Hassan, sa grande amie, elle aussi présente ce dimanche, non loin de Mathilde Panot.

D'une voix posée et ferme, Imane Maarifi assure maintenir sa mobilisation contre la « décolonisation » et raconte ce qu'elle a vu à Gaza où elle œuvrait pour soigner les nombreux blessés. « MACRON À LA GUILLOTINE », est-elle alors interrompue par une voix venue de la foule, lui arrachant un rire. « C'est pas moi qui le dis », glousse-t-elle avant de reprendre son sérieux et de mettre en garde : « La répression, je pense, n'est qu'à son début. »

Celle qui lui succède, militante très engagée, hurle durant une bonne dizaine de minutes sur le « génocide » d'une voix particulièrement terrifiante, au point que cela fait même réagir les gens autour de moi, mal à l'aise face à ses cris. « LE GÉNOCIDE CONTINUE EN CISJORDANIE, IL FAUT LE DÉMONTRER, IL FAUT QUE VOUS EN PARLIEZ À VOS CAMARADES, À CEUX QUI N'OSENT PAS ENCORE SE MOUILLER. » Après avoir évoqué un « odieux chantage à l'antisémitisme », elle rappelle que « les bribes de la victoire, c'est nous ! ».

À sa suite, Omar Alsoumi prend le micro lors de la transition des « TAHIA TAHIA PALESTINE » entonnés par les participants, avant de traduire comme de coutume des propos de Ramy Shaath, toujours dans les bons coups. À mes côtés, Omar Youssef Souleimane, qui parle couramment arabe, s'insurge face aux approximations de traduction. « Depuis 1967, le mouvement sioniste essaie de judaïser la Cisjordanie. Ils ont profité de la solution à deux États pour augmenter le nombre de colons qui sont aujourd'hui plus de 700 000. Mais malgré cela, en novembre 2021, les sionistes se sont rendu compte que le nombre de Palestiniens arabes est égal à celui des Israéliens », traduit le leader d'Urgence Palestine. « Omar

Alsoumi a remplacé le mot "juif", utilisé par Ramy Shaath en arabe, par "Israélien" », m'informe Omar Youssef Souleimane[1]. « Le peuple palestinien résiste avec ses armes et nous n'abandonnerons pas nos armes face aux colons », martèle Ramy Shaath, doctement traduit par Omar Alsoumi.

Aux côtés d'Ersilia Soudais, dont le keffieh recouvre son écharpe de députée, Manuel Bompard poursuit le déroulé des discours et réaffirme aux militants « le soutien indéfectible de La France insoumise » et s'adresse plus particulièrement au professeur Benoît Huou[2], enseignant à la Toulouse School of Economics : « Chaque jour qui passe est une tache de sang de plus sur le drapeau de l'humanité. »

Après lui, Omar Alsoumi reprend la parole et propose un bien étrange rituel aux spectateurs : « Je vais dire des noms de toutes les villes palestiniennes et vous crierez "RÉSISTANCE !" » Une consigne à laquelle obéit consciencieusement la foule. Je pensais en avoir vu suffisamment et songeais à partir quand Omar Alsoumi a enjoint à la foule de huer le grand rabbin de France, et le « chantage à l'antisémitisme ». Cela n'a pas empêché Benoît Martin, de la CGT, d'intervenir à son tour juste après, ainsi que Raymonde Poncet-Monge, sénatrice EÉLV. Afin de clore la journée en beauté, Elias d'Imzalène s'avance à son tour : un sourire s'esquisse au milieu de sa longue barbe en voyant la mobilisation de tous âges l'acclamer.

1. Omar Youssef Souleimane racontera cette manifestation de son point de vue dans sa chronique intitulée : « Elias d'Imzalène : ce qui a vraiment été dit en arabe le jour où il a dérapé », *L'Express*, 28 septembre 2024.

2. Le 3 septembre 2024, ce professeur de mathématiques avait appelé au boycott d'Israël devant 200 étudiants. Après quatre mois de suspension, il a été réintégré à la rentrée suivante.

Après avoir, comme ses prédécesseurs, appelé à résister « de Paris à Gaza », il entonne en bon tribun : « Est-ce que nous aussi, nous sommes la résistance, celle des hommes de Gaza qui se battent pour que leurs femmes et leurs enfants vivent ? C'est un génocide, et aux côtés des génocidaires, il y a des complices : ils s'appellent Biden, ils s'appellent Macron, le voleur des élections. On connaît les voleurs qui habitent à l'Élysée. Est-ce qu'on est prêt à les virer, eux aussi ? Est-ce qu'on est prêt à amener l'intifada à Paris ? Dans la banlieue, dans nos quartiers ? Pour leur montrer que la voix de libération vient de nous. »

Le déchaînement de la foule surexcitée survient comme un coup de tonnerre. Elias d'Imzalène a réussi la plus grosse standing ovation de l'événement. Je fuis les lieux et ressasse pendant plusieurs jours ce moment, persuadée que tout est définitivement perdu. Que nous aurions beau enquêter, révéler, alerter, rien ne changerait, la machine de mort est en marche et rien ne peut l'arrêter.

La vidéo d'Elias d'Imzalène, de son vrai nom El Yess Zareli, diffusée sur les réseaux sociaux va entraîner son arrestation par les forces de l'ordre le 24 septembre 2024. Il peut compter toutefois sur le soutien d'Ersilia Soudais, qui a essayé d'utiliser sa carte de députée pour venir le visiter. Dans les jours qui vont suivre, je découvre l'appui massif de féministes comme Irene García Galán et constate l'importante mobilisation en sa faveur dans une salle municipale d'Aubervilliers, fin octobre. À ses côtés : Yannis Arab, Omar Alsoumi, Thomas Portes, Imane Maarifi et Adel de Samidoun. On retrouve également le collectif Tsedek !, et le mouvement BDS, mais aussi Les Soulèvements de la Terre, Révolution permanente, *Paroles d'honneur*, les Blouses blanches pour Gaza et même le NPA. Une vraie convergence des luttes autour d'Elias d'Imzalène ! Il faut dire que ce soutien d'Alain Soral, qui n'a pas manqué de relayer sa conférence au théâtre de la Main d'Or en 2015 (alors que le lieu était encore géré par Dieudonné), a tout pour plaire aux « luttes progressistes ». En 2013 déjà, sur son site *Islam & Info*, une rédactrice avait publié un texte rageur contre l'évocation de l'homosexualité et de l'homoparentalité dans les programmes scolaires…

Comme le rappelle Étienne Girard, journaliste à *L'Express* et qui brossera le portrait d'Elias d'Imzalène, ce rejet des mentions d'homosexualité est en adéquation avec ce que prône le militant qui encourage les musulmans à faire une contre-société : « Vos écoles, dans lesquelles vous envoyez vos enfants, dans lesquelles on m'a appris à mécroire, à détester [l'islam], à détester nos ancêtres, doivent être abandonnées et qu'on arrive à nos écoles. […] Un jour il faudra penser même à avoir nos banques, notre monnaie locale », a-t-il prêché en 2013 à la controversée mosquée Rahma de Torcy, fermée quatre ans plus tard après que certains de ses imams auraient appelé dans des prêches à la haine envers les autres communautés religieuses comme les musulmans chiites et les juifs, légitimé le djihad armé et appelé les fidèles présents à prier pour les djihadistes du monde entier !

Le 23 octobre 2024, j'assiste pour *Le Point* au procès d'Elias d'Imzalène devant la dix-septième chambre du tribunal correctionnel de Paris.

En arrivant, au milieu de la foule qui s'entasse sur les bancs mais aussi dans le couloir qui mène à l'audience, je croise Omar Alsoumi, le regard et la stature imposants. Ils sont nombreux à avoir répondu à l'appel de soutien lancé par les différents collectifs sur les réseaux sociaux, parmi lesquels Urgence Palestine ou encore le parti des Indigènes de la République. Munis de keffiehs, bijoux ou encore kippas en forme de pastèque, les spectateurs de tous âges remplissent rapidement la salle, ce que ne manque pas de remarquer la présidente du tribunal, étonnée par le nombre. Malgré une enquête ouverte par le parquet pour «provocation publique à la haine ou à la violence à l'égard d'une personne ou d'un groupe de personnes en raison de leur origine, nation, race ou religion déterminée», provocation «à commettre des atteintes volontaires à la vie ou l'intégrité physique de la personne aggravée par l'origine ou la religion» et enfin provocation «à commettre des crimes ou délits portant atteinte aux intérêts fondamentaux de la nation», Elias d'Imzalène semble parfaitement serein auprès de son avocat, le très militant Me Rafik Chekkat.

Je ne peux contenir un sourire lorsqu'il assure à la cour être un «grand timide», ce qui jure avec les discours portés d'une voix tonitruante auxquels j'avais assisté place de la Nation. D'un ton calme et avec une verve efficace, Elias d'Imzalène tente de convaincre de son pacifisme et insiste même pour qualifier les manifestations et rassemblements depuis le 7 octobre 2023 en France de marches pour la paix. Là encore, les images des dizaines de manifestations auxquelles je me suis rendue, de Paris à Montpellier, de Toulouse à Angers, de Strasbourg à Bordeaux, me reviennent comme des flashs. Après avoir rappelé à plusieurs reprises «avoir des amis juifs portant des kippas et présents à ses côtés le 8 septembre», Elias d'Imzalène nie tout antisémitisme et assure même être un fervent militant engagé dans la lutte contre les discriminations. Quant à ses propos à l'encontre du président Emmanuel Macron, il soutient devant la salle que s'il a en effet dit dans son discours que «le génocide a des complices. Ils s'appellent Biden, ils s'appellent Macron, Macron le voleur d'élections, n'est-ce pas? On les connaît, les voleurs, qui habitent à l'Élysée et à Matignon. On les connaît. Et est-ce qu'on est prêts à les virer eux aussi ? », cela ne pourrait se faire que par le biais des « élections » à venir, et non par une quelconque forme d'insurrection.

Présent lui aussi, Omar Youssef Souleimane semble effaré lorsqu'il entend qu'Elias d'Imzalène assure à plusieurs reprises que l'« intifada » qu'il a scandée signifiait pour lui uniquement un « soulèvement » ou un « appel à l'indignation »... pacifique bien entendu. Problème : la présidente du tribunal lui oppose en retour les recherches menées par les enquêteurs de police qui ne sont pas parvenus à trouver au cours de leurs investigations sur les réseaux sociaux d'Elias d'Imzalène un seul « appel à la paix » ni aucune « dimension pacifique » à ses publications. La projection de la vidéo du discours n'ébranle pas d'Imzalène, qui soutient que son allocution « était destinée à redonner espoir à des personnes qui se sont déplacées pour la rentrée après la coupure des vacances », avançant même le côté « bon enfant » de ses propos. « Le discours pacifique a été parfaitement compris par les personnes présentes », insiste-t-il, nullement embarrassé. Pour lui, aucun des rassemblements pour la cause palestinienne organisés par Urgence Palestine n'a entraîné de violences en France. Je bondis sur mon banc en pensant au 8 mars 2024, où des tessons de bouteille avaient été jetés sur les femmes juives du collectif féministe Nous Vivrons.

Pendant la pause, je reste dans la salle et une photographe indépendante que je crois reconnaître me confie être pleine d'admiration pour Elias d'Imzalène et tente de savoir ce que je pense de lui, et surtout ce que je compte écrire. Je reste vague et la laisse me décrire un homme humble, doux et résolument timide, d'une intelligence rare ! À la reprise, entourée par quelques confrères, je constate que la salle est très acquise à la cause d'Imzalène, au point d'être difficile à canaliser pour la présidente qui va faire intervenir à plusieurs reprises les forces de l'ordre présentes. Les outrages se succèdent, sous la forme de ricanements, de toux exagérées ou encore d'exclamations lorsque Me Muriel Ouaknine-Melki rend hommage dans sa plaidoirie aux enfants juifs français victimes de violences depuis le 7 octobre[1].

Devant le tribunal, les nombreux manifestants qui n'ont pas pu entrer, faute de place, ont tenu de leur côté à saluer Elias d'Imzalène à l'aide de pancartes à son effigie. Un sacré fan-club pour le prévenu, juriste de formation, qui assure pourtant être un homme sans histoires, malgré des tweets très équivoques lors du 7 octobre lus à la barre par Me Galina Elbaz, venue représenter la LICRA. Déjà condamné en 2017 pour diffamation dans le cadre de la modération de son site *Islam & Info*, Elias d'Imzalène traîne quoi qu'il en dise une réputation radicale et antirépublicaine de par ses soutiens à Hassan Iquioussen ou encore sa gestion du mouvement Perspective musulmane, créé pour promouvoir un islam politique. Le 19 décembre 2024[2], il est condamné à cinq mois de prison avec sursis, contraint de verser 1000 euros de dommages et intérêts et 1000 euros de frais d'avocats aux cinq associations de lutte contre l'antisémitisme et les discriminations qui se sont constituées parties civiles. Alors

1. De son côté, Omar Youssef Souleimane a témoigné avoir été intimidé et harcelé à la fin de l'audience par les militants, au point de devoir être raccompagné, selon lui, par les forces de l'ordre.

2. Malgré ses jubilations, Elias d'Imzalène a annoncé faire appel de la décision.

qu'après le verdict Elias d'Imzalène se prend en photo faisant le V de la victoire, j'en profite pour me rendre sur son compte Instagram. Cet amateur de desserts et de glaces en tout genre a mêlé cette fois-ci son amour pour le sucre à une provocation : dans un restaurant de l'enseigne Bagelstein, déjà victime d'antisémitisme, Elias d'Imzalène a intitulé sa commande « intifada », afin de faire prononcer ce mot au serveur venu lui apporter son plateau[1].

Je quitte la salle du procès et infiltre une formation en ligne du collectif Urgence Palestine, destinée aux contributeurs de Wikipédia. Il est 21 heures.

Cela faisait plusieurs années que j'enquêtais sur cette encyclopédie libre qui figure parmi les sites les plus consultés en France, en particulier sur les biais militants de certains contributeurs qui avaient par exemple lissé le profil d'un prédicateur musulman antisémite, proche du Hamas, enlevant toute mention de sa radicalité. Pour un article publié dans *Le Point*[2], j'étais déjà revenue sur les suppressions et modifications effectuées par ces personnes anonymes sur des pages liées au conflit ou plus précisément au « terrorisme » du Hamas. Aussi, après avoir été alertée par un contributeur expérimenté du nom de Michel Sandrin, coauteur avec Victor Lefebvre du livre *La Face cachée de Wikipédia. Enquête sur les dérives de l'encyclopédie libre*[3], au sujet d'une annonce postée par

1. Dans mon article pour *Le Point* sur le procès, j'ai pu faire mention de la capture d'écran de la story d'Imzalène où sa commande était intitulée « intifada ». Dans le café où se trouvait d'Imzalène, les commandes se font nominativement afin d'appeler chaque client par le prénom choisi dans le restaurant.

2. « Quand la guerre Israël-Hamas s'invite chez les contributeurs Wikipédia », *Le Point*, 13 mai 2024.

3. Éditions du Cerf, 2025.

Urgence Palestine concernant Wikipédia, je décide d'assister à cet atelier.

« Ensemble, appliquons les principes éthiques de Wikipédia et ceux de la résistance palestinienne pour une encyclopédie où la justice triomphe », était l'un des nombreux teasers proposés par l'annonce en ligne. Pour postuler, il m'a suffi de me présenter en quelques lignes et d'attendre le retour du mystérieux contributeur qui répondait au pseudonyme de Baderlejmi.

Dans la prise de contact envoyée le 14 octobre 2024, je reste évasive et opte pour un profil estudiantin, en spécialisation d'histoire, qui souhaiterait se mobiliser « contre le sionisme » présent sur l'encyclopédie en ligne. Deux jours plus tard, le fameux Bader Lejmi me répond avec politesse : « On a fait une session de rattrapage pour trois personnes dont toi, on compte sur toi », en me fournissant un lien de connexion. Mais, avant de pouvoir se connecter, il est stipulé qu'il faut impérativement lui communiquer nos « prénom, nom, code postal, téléphone » ainsi qu'un pseudonyme Wikipédia si nous en avons un. Une dernière question est posée : « Par qui as-tu entendu parler de cette formation ? » Je me présente, respectant chaque consigne, mais louvoie face à cette demande d'information.

Nous sommes quatre « élèves » à suivre la session de rattrapage de Bader, qui se présente immédiatement comme un « militant d'Urgence Palestine », mais aussi « un grand fan » ainsi qu'un « utilisateur invétéré » de Wikipédia. Je constate que Bader insiste pour que nous soyons parfaitement visibles à la caméra. « On a besoin d'identifier toutes les personnes, c'est un sujet sensible sur lequel on doit protéger les identités des personnes qui participent à ce club », martèle-t-il fermement avant de nous enjoindre de nous présenter chacun notre tour, sans omettre les détails sur la manière dont nous avons connu cette formation secrète. Ici, une chercheuse au CNRS, là, un membre de Boycott, désinvestissement et sanctions. Tour à tour, nous nous présentons sous l'œil inquisiteur de Bader, qui n'hésite pas à poser des questions, à demander des précisions, et surtout à rappeler à plusieurs reprises que nos visages doivent apparaître très nettement à l'écran. C'est alors que je fais une erreur de débutante : me présentant comme « étudiante », je confonds les noms des collectifs palestiniens présents à la Sorbonne. Moi qui avais appris par cœur un faux emploi du temps avec des noms d'enseignants, me voilà grillée par un Bader suspicieux et expert des militants qui l'entourent. J'use alors d'une technique vieille comme le monde : tandis que les gens sont persuadés que, pour se faire oublier, il faut se faire discret, il est parfois recommandé au contraire d'occuper un maximum de place. Car lorsque l'on tape sur le système de quelqu'un en parlant trop, trop fort, en coupant la parole, cette personne, agacée, aura tôt fait de nous éviter par la suite. J'enchaîne donc les bugs de caméra, les interruptions, les prises de parole intempestives et les demandes de répétition, tant et si bien que je finis par presque prendre en pitié le pauvre Bader, au calme indéfectible.

Après ce tour de table, le militant nous invite à créer un compte Wikipédia si nous n'en avons pas déjà un et à privilégier un pseudonyme pour préserver notre anonymat. Bader nous présente ensuite le « Projet Palestine » proposé par Wikipédia afin de produire du contenu sur le sujet. Dans un premier temps, le débat se fera autour de la « neutralité de points de vue » attendue par l'encyclopédie. En partant de la page Wikipédia sur la mort de Yahya Sinwar, chef du Hamas tué le 16 octobre 2024, Bader tente de nous montrer les différentes opinions qui se cachent derrière les informations de cette page, largement débattues par les contributeurs de tous bords. En fin connaisseur, il nous explique que si l'on veut « faire sauter une modification effectuée », on doit cibler le choix des sources, qu'elles soient primaires, secondaires ou tertiaires. Je tente alors ma chance, moi qui avais essayé de me faire discrète, et lui demande innocemment si tous les médias peuvent être des sources fiables. « Si ce n'est pas le cas, il vaut mieux se tourner vers les espaces de débat pour rappeler que les sources choisies sont par exemple d'extrême droite fasciste », me répond posément Bader avant de se lancer dans un monologue très instructif : « Sur la Palestine, comme dans la vie aujourd'hui, tu dois être dans les clous sinon tu te fais taper sur les doigts. T'as beau débattre et dire "l'oppresseur et l'opprimé c'est pas pareil, nous on a utilisé nos moyens je vois pas pourquoi on se fait accuser de quoi que ce soit, il n'y a que vous qui devez respecter le droit international ça s'applique pas à nous car ça nous libère" ou soutenir ce discours de libération colonial… et bah dans certains espaces tu vas devoir policer ton discours, ou n'en dire qu'une partie », détaille Bader en défendant clairement le Hamas sans que cela fasse sourciller les autres personnes en ligne. « Wikipédia te donne un espace commun, tu le partages avec des sionistes, avec des racistes, mais, comme dans la société, il y a des règles sur lesquelles nous on va jouer », insiste-t-il avant d'ajouter que « la plupart du temps en réalité simplement en étant neutre on est du côté palestinien, tu prends *L'Huma* et tu les as pliés », conclut-il.

Ingénieux, Bader nous incite également à « faire sauter » des sources journalistiques en jouant sur la partie

« fiabilité » de la source ou encore sur l'aspect « opinion » qui serait non factuelle. « Des gens mettent parfois n'importe quoi, par exemple sur un autre article quelqu'un a cité Raphaël Enthoven franchement on pourrait le faire sauter et dire c'est personne cette personne-là, c'est une opinion ça n'a aucune valeur. Et tu peux utiliser cet argument pour faire sauter des informations même quand elles sont neutres. » Je retiens un sursaut en entendant la mention de Raphaël, surtout en pensant que j'allais le voir le lendemain matin, lors de notre conférence de rédaction hebdomadaire de *Franc-Tireur.*

Après ce long échange, Bader nous propose de passer à une partie cruciale de notre formation : se créer une crédibilité en tant que contributeur expérimenté pour modifier ensuite des articles sur la Palestine. « On a besoin de former des gens pour être plus nombreux et pour avoir cet impact », explique Bader qui précise que sur Wikipédia les contributeurs ne sont pas égaux et que tout fonctionne par méritocratie. « Plus tu accumules de l'édition, plus tu acquiers de l'expertise et de la compétence et donc une reconnaissance », soutient-il. À ce jeu, gagne celui qui a le plus de temps finalement ! Nous commençons donc sous son regard avisé à apprendre à modifier des pages anodines, sans aucun rapport avec la Palestine. Au bout d'une quinzaine de minutes, nous sommes formés et prêts à agir. Patient, Bader insiste beaucoup sur le fait de « crédibiliser notre compte » et d'avoir un profil lisse, dénué de tous liens avec le sujet afin d'influencer subtilement le narratif : « Tu fais un peu de Palestine, hop tu fais une petite pause, tu fais une modification ou deux tac tac et tu reviens sur la Palestine après. » L'une des participantes, Caroline, l'interroge alors : « Comment peut-on feindre la neutralité ? » avant de développer timidement : « J'imagine que tu fais ça depuis assez longtemps, tu disais qu'on gagne en crédibilité quand on source et qu'on n'a pas un discours visiblement militant. Ça veut dire que c'est finalement juste une question de force pour appuyer… parce que moi j'ai l'impression à la lecture des articles sur le sujet qu'il y a parfois, comme dans le champ médiatique occidental, des validations de sources sionistes par défaut», soutient-elle d'une voix hésitante. D'après Bader, jusqu'à présent, aucun groupe structuré français ne travaille sur la Palestine, contrairement à l'« autre côté », à savoir Israël qui serait « organisé ». « Je sais qu'il y a des gens sur le Wikipédia anglophone qui sont plus nombreux, ils ont fait l'objet d'attaques, ils ont été ciblés mais n'ont pas cédé », précise Bader. En effet, *The Jerusalem Post* révélait le 12 décembre 2024 que des contributeurs propalestiniens auraient été suspendus après avoir coordonné en coulisse le ciblage organisé de pages Wikipédia. « Si on a fait cet appel-là, c'était pour être plus nombreux et nombreuses, plus réguliers. Peut-être faut-il avoir une stratégie pour voir quels articles cibler », maintient Bader en insistant encore une fois sur la nécessaire « protection » des participants du club.

Très au fait des critiques reprochées à Wikipédia accusé de militantisme, Bader défend d'ailleurs la Fondation Wikimédia. « La Wikimedia Foundation fait aussi un vrai travail de surveillance face aux contenus litigieux et pourchasse les groupes organisés comme les entreprises ou le gouvernement qui essaient de modifier les contenus afin qu'ils leur soient plus favorables. Nous, même dans notre groupe, on pourrait être potentiellement ciblés, mais la plupart du temps c'est nos adversaires qui sont ciblés parce que c'est eux qui viennent et qui font du vandalisme pur et dur », sourit Bader avant de mettre fin à la soirée de formation et de nous donner rendez-vous pour une prochaine fois.

Peu après cette soirée, Bader m'a contactée par mail et m'a demandé des précisions sur mon collectif étudiant, afin de lui proposer de rejoindre l'armée de ses contributeurs.

Quand mon article est paru dans *Le Point*, Bader s'est empressé de critiquer cette investigation sur le blog de *Mediapart*. Quelque temps plus tard, un journaliste américain du *Jewish Journal*, Aaron Bandler, m'a interviewée et a poursuivi mes investigations sur Bader[1], révélant que ce dernier sévissait aussi sur le canal « Discord » de « Tech for Palestine », sous le pseudonyme de Baderdean.

Dans un de ses messages, Baderdean annonce : « Nous avons une équipe wikipédia francophone. Nous travaillons actuellement sur l'UNRWA[2] en français. » Baderdean demande à la chaîne de télévision ce qu'ils ont utilisé et précise même : « Nous utilisons un outil gratuit appelé WikiAdvisor.io pour vérifier les modifications apportées par l'équipe à un Wikipédien plus expérimenté avant de les publier. » Dans une autre capture d'écran, Baderdean informe : « Nous venons de mettre à jour [la page] "Triangle rouge" en français [*sic*] parce que nous pensons qu'il est important de renforcer le point de vue de la résistance. » En discutant en ligne, cette manipulation du savoir par les contributeurs antisionistes corrobore ce que j'observais sur le terrain chez de nombreux militants : tous sont sincèrement persuadés qu'un « complot » serait ourdi contre eux, que les « sionistes » auraient le pouvoir, « s'organiseraient » et qu'en agissant à leur tour, ils ne feraient finalement que se défendre et lutter contre une

1. Son enquête en anglais est à lire en libre accès : « French Journalist Exposes Anti-Israel Club Training French Wikipedia Editors », *Jewish Journal*, 27 janvier 2025.

2. Organisation qui distribue une aide alimentaire à Gaza.

injustice fomentée par les puissants. De quoi sourire, si ce n'étaient pas de véritables tropes antisémites qui avaient déjà dans l'Histoire conduit au pire…

Comme le prouvent ces témoignages, du côté de l'ultragauche, rien n'est laissé au hasard. Toute place vacante doit être occupée. Tout moyen d'intervention doit être utilisé et Wikipédia, « encyclopédie en ligne collaborative et multilingue » qui permet à tous les internautes « d'écrire et de modifier les contenus », peut devenir un instrument de choix pour contourner la vérité, influencer, détourner, faire passer des messages de propagande.

11

Le terrorisme allié du féminisme

« Personne ne part tant qu'elles sont présentes. »

Après m'être rendue à Montpellier pour me joindre à une manifestation antisioniste, plutôt confidentielle, si l'on considère la taille de la ville, j'ai choisi la ville d'Angers pour une prochaine participation à un événement organisé par l'ultragauche. Ce qui m'intriguait, c'était que le militantisme propalestinien angevin était tenu par l'AFPS. Sur les réseaux sociaux de l'association, le soutien à la Palestine était toujours accompagné d'une mention de « libération des otages », ce qui s'avère extrêmement rare au sein du militantisme propalestinien. Lorsque j'arrive sur la grande place, le 11 janvier 2025, une cinquantaine de personnes, majoritairement âgées, entre quarante ans et soixante-dix ans, sont réunies. Un stand d'achats de keffiehs se dresse non loin d'une grande banderole où l'on peut lire « Halte au massacre du peuple palestinien ». Alors que je refuse poliment un tract appelant à boycotter l'enseigne Carrefour, un homme prend la parole : il explique que, quelques jours auparavant, des musiciens gazaouis auraient trouvé refuge à Angers avec leurs familles. La foule se réjouit, tandis que l'on apprend que deux autres familles auraient rejoint l'une Bordeaux, l'autre Montpellier. Le principal intervenant évoque l'arrivée d'une dizaine d'enfants et d'adultes, tous en bonne santé, dont l'un d'eux attend toujours sa famille coincée dans la bande de Gaza. D'après l'association angevine, ce projet d'accueil a pu être réalisé grâce à une initiative du Collège de France. Un programme financé par l'État à hauteur de 60 %, le reste par les associations, afin de recevoir en Maine-et-Loire durant un an ces musiciens et leurs familles, en leur fournissant un salaire au niveau du SMIC. « Si vous êtes là aujourd'hui, c'est parce que vous êtes attachés aux valeurs démocratiques, vous êtes attachés à la solidarité et que spontanément et de façon évidente, vous êtes engagés pour le peuple palestinien qui en a besoin. Vous êtes le garant du respect de ces mots et de ces valeurs démocratiques ! Avec votre engagement, c'est comme ça que vous pouvez savoir quel est le bien, quel est le mal. Vous savez qui est l'opprimé, qui est l'oppresseur, et c'est ça qui maintient la démocratie ! » soutient l'orateur dans une longue tirade.

Je reste circonspecte : s'il est évident que je ne peux que me réjouir d'une initiative humanitaire qui aide des civils en danger, je trouve que faire croire à des militants que leur engagement dans une association leur permettrait de détenir immédiatement une boussole morale manichéenne est au mieux naïf, au pire dangereux, car cela absout les pires dérives du militantisme. Alors que la manifestation démarre de manière universaliste et fédératrice, je constate que rapidement la radicalité transparaît à nouveau. Les discours de la « martyrologie » selon lesquels chaque militant propalestinien en France serait visé par des censures ou pire me font soupirer. L'engagement pour la Palestine en France n'est pas judiciarisé et, parmi les dizaines, voire les centaines de milliers de manifestants que j'avais pu côtoyer lors de manifestations ces derniers mois, rares sont ceux ayant été arrêtés par les forces de l'ordre. Et cela avait toujours à voir avec l'apologie du terrorisme, des menaces, du cyberharcèlement, une glorification du 7 octobre ; mais jamais avec un soutien envers les Palestiniens ou une empathie légitime à l'égard des civils décédés sous les bombardements.

Quelque temps auparavant, j'avais interviewé pour *Le Point* la députée Caroline Yadan qui avait porté un projet de loi, cosigné par quatre-vingt-onze de ses pairs (y compris du Parti socialiste), visant à légiférer sur les nouvelles formes d'antisémitisme : nazification des personnes de confession juive, appels à la destruction d'Israël, glorification du Hamas… L'antisémitisme sous couvert d'antisionisme n'en était pas à une radicalité près dans les milieux militants. À sa sortie, cette proposition de loi avait été prise comme une interdiction de critiquer la politique israélienne ou même les décisions de Netanyahou, une gageure en somme et une incompréhension du projet. Et pourtant, il y avait urgence : Yonathan Arfi, président du CRIF, lui-même victime d'un cyberharcèlement antisémite depuis le 7 octobre 2023, dénombrait grâce à une grande étude de plusieurs mois les statistiques de l'antisémitisme en 2024. À l'instar de 2023, les chiffres sont terrifiants et font état de 1 570 actes recensés (à titre indicatif : ils ne dépassaient pas 300 en 2004 !). Et il ne s'agit là que de plaintes pour actes antisémites, et non de témoignages… et je suis bien placée pour savoir que de nombreux juifs n'osent pas engager des poursuites, l'ayant constaté durant cette année d'investigation.

Le membre de l'AFPS évoque alors au micro le projet de loi de Caroline Yadan à la foule : « Cette proposition visait à criminaliser le soutien aux Palestiniens :

toute critique d'Israël aurait été assimilée à de l'antisémitisme », affirme-t-il, ce qui est factuellement faux, même s'il m'est impossible de l'interrompre pour le préciser sans griller ma couverture de militante.

« Quatre des députés de notre département ont signé cette proposition de loi, quatre-vingt-onze députés de la représentation nationale l'ont fait, dont François Hollande et quelques autres du Parti socialiste… Donc nous avons demandé aux quatre députés du Maine-et-Loire de les rencontrer pour leur expliquer en quoi cette proposition de loi était un DANGER POUR LA LIBERTÉ D'EXPRESSION DANS NOTRE PAYS ! » s'exclame le militant de l'AFPS en haussant soudain la voix. Un seul (dont le nom reste secret) aurait répondu et aurait reçu, d'après l'association, ses membres durant une demi-heure, et aurait dit changer d'avis suite à cet entretien si ce texte devait lui être à nouveau proposé. « Nous restons vigilants et nous lui avons dit que nous étions à sa disposition s'il avait besoin d'avoir des connaissances sur la situation. »

Après le discours, place aux habituels « Palestine vivra Palestine vaincra », malgré une subtilité que je n'avais jamais entendue jusqu'ici : « Palestine vaincra ne veut pas dire que la Palestine vaincra par la guerre, les Palestiniens laissent ça à d'autres, tel Israël qui a visiblement choisi cette option. Les Palestiniens vaincront, eux, le malheur qui leur est tombé sur la tête et sortiront la tête haute de cette période d'humiliation et de répression. » Avant de clore l'intervention, l'AFPS met en avant sa prochaine manifestation devant la BNP Paribas qui aurait contribué à « refinanciariser l'économie israélienne ».

Les militants de l'AFPS évoquent également un événement autour de la Palestine à venir le 15 janvier 2025 entre le planning familial d'Angers et la bourse du travail. Je m'interroge : en quoi le planning familial, association historique dédiée à la lutte pour les droits des femmes à accéder à la contraception et à l'avortement, peut-il être lié à la cause palestinienne ? Financé par l'État et d'autres collectivités à hauteur de plus de 2 millions d'euros par an, le planning familial se retrouve donc à organiser une soirée intitulée « Femmes libres, Palestine libre » à Angers. L'affiche, où trône le logo du planning, me permet rapidement de comprendre pourquoi l'association a décidé de prendre fait et cause pour la Palestine : la conférencière chargée d'intervenir n'est autre qu'une certaine Sandrine Mansour, coordinatrice régionale de la fédération du planning familial des Pays de la Loire. Un poste – c'est elle qui l'affirme dans une interview –, créé en 2022 afin de « contribuer à la mise en œuvre des projets régionaux », entre autres. Or, Sandrine Mansour est également une chercheuse franco-palestinienne, spécialiste de la question des luttes des femmes palestiniennes. Le 16 février, je contacte par mail le planning familial afin de comprendre les liens entre les centres locaux et les collectifs et associations dédiés à la cause palestinienne. Je leur demande s'il s'agit d'une consigne nationale et si ces initiatives existent aussi pour d'autres causes, n'ayant trouvé aucun exemple. Mon mail restera sans réponse.

Ces questions de féminisme m'amènent évidemment à parler des 7 et 8 mars 2025 qui marqueront la fin de mes immersions et investigations pour ce livre. Je m'étais fixé en amont cette date, comme pour mon précédent ouvrage, même si j'étais déjà convaincue que jamais rien ne pourrait dépasser les violences du 8 mars de l'année précédente. J'avais tort.

La veille de la Journée internationale des droits des femmes, le 7 mars au soir, l'habituelle manifestation « radicale », inaugurée en 2020, annonce qu'elle compte à nouveau se tenir dans les rues parisiennes afin d'appeler au lancement d'une « grève féministe ». Cette fois-ci pourtant, une affiche du cortège « palestinien » où l'on peut voir des femmes, le visage entièrement masqué par des keffiehs à l'exception de leurs yeux, a attiré l'attention du préfet de police de la Ville de Paris, Laurent Nuñez. Le message qui appelle à la libération de la Palestine « de la mer au Jourdain » comporte les logos d'Urgence Palestine, mais aussi de Samidoun. Officiellement progressiste, le cortège se veut « féministe en non-mixité, meuf, trans, pédé [*sic*], gouine » : soit interdit aux hommes hétérosexuels. En découvrant le visuel, je ne peux retenir un rictus face à ce faux discours progressiste, en désaccord absolu avec la réalité de l'application de la charia par le Hamas en Palestine. Le 4 mars, trois jours avant la marche, Laurent Nuñez lance une procédure d'interdiction « en raison d'appels de collectifs propalestiniens à y participer pour former un cortège dans lequel des propos appelant à la haine et à la discrimination sont à craindre ». Je me rends immédiatement sur la boucle Telegram de Samidoun et je peux lire que l'organisation suspectée de terrorisme dans certains pays estime que la participation de ces groupes à des manifestations féministes est « indiscutable et nécessaire, et s'explique par l'histoire de leur engagement pour les résistantes palestiniennes ». À Strasbourg, même son de cloche, où le fameux comité Palestine Unistras relaie sur son compte Instagram une affiche en soutien à Leila Khaled, membre de l'organisation terroriste FPLP, et appelle à marcher aux côtés du logo de Samidoun. Comme un effet Streisand produit par la volonté d'interdiction du préfet de police, soutenu par le ministre de l'Intérieur Bruno Retailleau, les collectifs féministes se mobilisent pour soutenir « la résistance palestinienne » et refusent de céder en empêchant Samidoun de participer à la marche. Pire encore, un communiqué posté sur les réseaux sociaux, prétendument en soutien d'un « front féministe anticolonialiste et antiraciste » signé par plus d'une centaine de personnes, appelle à lutter contre « la répression du mouvement de solidarité avec la Palestine ». Parmi les signataires, on retrouve l'inévitable Annie Ernaux, Prix Nobel de littérature 2022[1].

Le 7 mars, jour de la manifestation radicale, l'avocate du collectif Du Pain et des Roses, Me Laura Menge, accuse la préfecture de museler les organisations féministes qui portent « des revendications de la cause palestinienne et contre l'extrême droite ». Or, dans les faits, hormis l'organisation Samidoun et les appels à libérer la Palestine « de la mer au Jourdain », aucun autre collectif n'a été ciblé, alors que nombre d'entre eux, à l'instar des collectifs estudiantins Comité Palestine Paris-I ou Comité Palestine Sciences Po, appelaient à manifester. Le tout relayé sur ses réseaux sociaux par Rima Hassan. Finalement, et malgré les alertes institutionnelles, policières et gouvernementales, le tribunal administratif a estimé que « les risques de troubles à l'ordre public invoqués ne sont pas

1. Soutien indéfectible de Jean-Luc Mélenchon et de La France insoumise, ses faits d'armes dans ce domaine sont nombreux. En voici quelques-uns : elle est signataire, en 2018, d'une pétition demandant le boycott de la saison culturelle France-Israël. En 2019, elle cosigne dans *Mediapart* un appel au boycott du concours Eurovision de la chanson à Tel-Aviv. Le 27 octobre 2023, elle fait partie des 45 membres du Parlement des écrivaines francophones qui s'élèvent contre la vague d'annulations de remises de prix, de lectures ou de projections de films de voix artistiques palestiniennes dans de nombreux pays, suite au massacre du 7 octobre. En janvier 2024, elle participe à la pétition « *Strike Germany* » protestant contre la politique allemande d'invisibilisation du soutien aux Palestiniens…

suffisamment justifiés », et il autorise la marche dans la jubilation générale.

Le 8 mars 2025, en France, plus de 120 000 manifestants se sont rassemblés « pour les droits des femmes ». Juste avant la manif, sur les réseaux sociaux, la bataille fait rage : Urgence Palestine publie un énième communiqué intitulé « Le 8 mars : on arrête tout, surtout les fascistes et les sionistes », appelant à défendre « l'antifascisme » et à prendre « urgemment une dimension offensive ». Les consignes sont claires : ne pas démarrer la manifestation en présence des « fascistes et sionistes », « et si iels [*sic*] se pointent, entraînons l'ensemble de la manifestation à chanter des slogans pour les pousser au départ et organisons un cortège massif qui les obligera par la force du nombre à partir ».

Malgré de nombreuses alertes, Urgence Palestine, Samidoun et les coorganisateurs de la marche, à commencer par le plus gros collectif féministe français #NousToutes, ont savamment et volontairement entretenu la confusion entre le collectif identitaire Némésis et les femmes juives de Nous Vivrons afin de les exclure. Le jour de la manifestation, je me prépare à partir, la boule au ventre. En un an et demi, j'ai appris à connaître tous ces militants, qu'il s'agisse de Fiertés citoyennes, de Nous Vivrons, du Beit Haverim ou encore des Iraniennes de Femme Azadi. J'ai écouté et constaté les récits de violence qu'ils pouvaient subir sur les réseaux sociaux, et leur refus catégorique et constant de ne pas être assimilé à l'extrême droite. Peine perdue, puisque les « fasciser » était devenu on ne peut plus facile.

Lorsque j'arrive sur la place de la République, un drapeau palestinien m'accueille. Des jeunes femmes se pressent pour acheter des keffiehs et des casquettes colorées en portant des tee-shirts « Palestine ». J'avance au milieu de la foule lorsque je reconnais l'accoutrement d'un jeune homme, la démarche et le visage, même s'il est masqué d'un keffieh, qui distribue au hasard des feuilles à des groupes de féministes. « Ce 8 mars, le collectif de fémonationalistes Némésis et le collectif Nous Vivrons sont présents à la manifestation. Face à cette provocation des fascistes, refusons que notre manifestation sois [*sic*] récupérée. PERSONNES NE PART TANT QU'ELLES SONT PRÉSENTES », est-il imprimé sur le papier.

Alors que je contemple le char de carnaval figurant un clitoris géant, les paroles rythmées par les tambours retentissent : « Nous sommes tous des enfants de Gaza. » Je décide de rejoindre discrètement les collectifs juifs et iraniens. C'est alors que je découvre un véritable barrage entre la place de la République et une rue adjacente, confirmant la consigne distribuée via les petits papiers circulant de main en main. Une phalange de jeunes militants, aux sweats « Antifa », keffieh, goodies « Palestine »[1] se massent, formant ce qu'ils appellent un « cordon sanitaire » en utilisant leurs corps pour empêcher l'accès aux « sionistes et fascistes », comme me l'explique l'un d'eux. Face à eux, les CRS et les policiers en faction devant les camions de sécurité filtrent ceux qui essaient de s'approcher des collectifs, parqués dans les autres rues. Je remarque en passant après avoir montré ma carte de

1. Je reconnais le déguisement utilisé par Samidoun, le même que l'on peut voir porter par des militants de l'organisation au cœur de Sciences Po Paris en avril 2024. J'avais pu me procurer grâce à des enseignants des photos de leur action rue Saint-Guillaume. La même année, en août 2024, Charlotte Kates, directrice de Samidoun, s'est rendue en Iran pour recevoir le « prix des droits de l'homme » qui lui a été décerné par le régime iranien. Quelle ironie ! Surtout quand on retrouve ces mêmes personnes aujourd'hui en bonne place dans les manifestations féministes.

presse près de 1200 hommes et femmes juifs, non juifs, iraniens, debout dans la rue, frustrés au possible de ne pas pouvoir rejoindre la manifestation et scandant : « NOUS SOMMES FORTES, NOUS SOMMES FIÈRES, JUIVES FÉMINISTES RÉPUBLICAINES ET EN COLÈRE. » Après avoir salué quelques connaissances parmi les militants LGBT, universalistes, féministes, laïques et antiracistes de différents collectifs, je m'aventure au sein du « cordon sanitaire » où l'on hurle : « FACHOS FACHOS JAMAIS FÉMINISTES. » Alors que je converse avec une militante qui me soutient que l'extrême droite ne doit surtout pas franchir le barrage et que « on ne peut pas leur laisser la rue, car c'est le début de la fin », une échauffourée surexcite la foule et nous interpelle. « OUUUUUH SIONISTE FASCISTE », ne cessent de siffler les militants autour d'un homme seul, qui tente de passer, la tête basse. Je reconnais le député socialiste Jérôme Guedj, mais ne peux intervenir, me contentant de filmer afin de rassembler le maximum de preuves. « SALE SIONISTE », « DÉGAGE », crient les militants, manquant de l'écraser sous la pression. La manifestante avec laquelle je discutais applaudit, ravie, et m'assure avec fierté : « On s'est passé le mot en amont ! Mais on va finir par avancer. On a vu avec Urgence Palestine. On doit les bloquer jusqu'au bout pour qu'ils ne rejoignent pas le reste de la manif. » La dichotomie est parfaite, car j'observe d'un côté des hommes imposants remettre leurs keffiehs sur le visage, et de l'autre côté des féministes sur un char critiquer au micro « Macron, l'économie et les mecs bien blancs, bien vieux, bien dégoûtants, bien trop riches ». En sillonnant le barrage humain, j'observe les doigts d'honneur et les regards enragés derrière les hijabs, les masques Covid-19, les casquettes et keffiehs dès que certains aperçoivent, ou croient apercevoir, un « sioniste ». Je tente ma chance auprès de femmes plus âgées qui scrutent les collectifs retranchés dans la rue, et je leur explique prudemment qu'il ne s'agit que de collectifs juifs, LGBT et iraniens et non de « fascistes ». « Oui, mais c'est pareil, c'est des sionistes, c'est Némésis et les sionistes. » De l'autre côté, chez les universalistes, on scande : « Libérez la République » ou encore « Merci la police », celle-ci intervenant à plusieurs reprises pour protéger les féministes juives et iraniennes des crachats de la foule.

Après trois heures de blocage, les collectifs sont libérés, mais contraints de marcher à bonne distance du reste de la manifestation qui vient de s'élancer. Entre les cortèges, les forces de l'ordre repoussent les militants antisionistes qui tentent de venir insulter, filmer ou pousser les féministes. Je suis pour ma part atterrée et ne me mêle à personne afin de pouvoir échanger avec les militants en expliquant que je suis journaliste. Le plus ahurissant reste l'obsession d'Urgence Palestine, dont je reconnais certaines figures qui, au lieu de manifester, ne cessent obstinément de faire des allers-retours pour observer, critiquer, huer les féministes juives et iraniennes en tenant au courant par téléphone d'autres participants. Deux slogans s'opposent. D'un côté : « KHAMENEI T'ES FOUTU LES FEMMES SONT DANS LA RUE », de l'autre : « GAZA GAZA QU'ON ASSASSINE ». La lutte se fait par slogans interposés entre les manifestants des deux bords, séparés par les forces de l'ordre. Deux jeunes, un garçon et une fille, semblent infatigables et hurlent inlassablement tout en marchant : « BOUUUUH SIONISTES VOUS PUEZ, BOUUUUH CASSEZ-VOUS », « NOUS VIVRONS, CASSE-TOI, TU PUES LA MERDE, BOUUUUH ». Je souris presque, tant la scène me paraît cocasse, infantile, mais aussi profondément triste. Je finis par entamer la discussion avec eux qui se présentent comme des membres d'Urgence Palestine. « La résistance palestinienne a certes commis des viols que l'on peut condamner, mais cela ne relève en rien de l'antisémitisme, c'est patriarcal », soutient le jeune homme, la voix soudainement douce. « Le sionisme ne peut pas être féministe par essence... Mais on sait que ces femmes ne sont pas de Némésis, évidemment ! Ça reste des sionistes qui marchent avec le Printemps républicain et la LICRA qui sont deux associations islamophobes », conclut-il sans que j'aie le temps de relever l'absurdité et la gravité de ses propos. Finalement, après trois heures de blocage, et à peine quelques centaines de mètres parcourus, les collectifs juifs et iraniens sont contraints de s'arrêter devant le Bataclan, car les forces de l'ordre ne pourront pas assurer leur sécurité s'ils suivent la manifestation au point de rendez-vous prévu. J'ai le sentiment d'un véritable échec de la République qui s'achève devant l'un des pires lieux de massacres terroristes. Car aujourd'hui une organisation terroriste et ses complices ont gagné : les juifs n'ont pu défiler sans se faire agresser que grâce aux forces de l'ordre. Faudra-t-il des gilets pare-balles lors de la manifestation féministe de 2026 ?

À Bordeaux, Marseille et Lausanne, même son de cloche : « Sionistes hors de nos luttes. » Le pôle marseillais de Nous Vivrons, composé d'hommes et de femmes entre quarante et soixante ans, a évité de peu les mouvements de foule qui le ciblaient pour le pousser à partir. Les policiers, présents mais en retrait, ont fini par leur demander de s'échapper après avoir échoué à contenir les pressions des autres participants. Les militants que j'ai eus au téléphone me confirment avoir dû déchirer leurs pancartes et partir sous les cris habituels de « Sionistes, fascistes ».

Désespérée mais aussi perdue, j'avais sollicité l'éclairage de Simone Rodan-Benzaquen, directrice de l'American Jewish Committee en France et d'AJC Europe, et accessoirement ma collègue chez *Franc-Tireur*. Spécialiste des enjeux internationaux et de géopolitique, celle-ci ne semble pas étonnée quand je lui raconte tout ce que j'observe depuis le début de cette immersion : « Les juifs ont toujours été considérés comme un ennemi et il y a une vraie guerre de communication qui s'exerce avec une infiltration dans les organisations des droits de l'homme, cela date des années 2000 », confirme-t-elle.

Quand je lui parle de Samidoun, d'Urgence Palestine ou encore de Palestine vaincra, Simone Rodan-Benzaquen m'explique son refus de les qualifier de « militants pour la cause palestinienne ». Pour elle, ce sont des « palestinianistes » : « Leur lutte est concentrée contre un seul adversaire, l'"entité sioniste", alors forcément tu les retrouves avec des islamistes, des antisémites, ils sont devenus un socle unitaire. Je n'ai pas été surprise quand j'ai vu la députée LFI Danièle Obono dire que le Hamas était la "résistance", tout comme d'autres figures de La France insoumise. Les juifs ont été vus par les communistes comme les pires capitalistes, et par les capitalistes comme des manipulateurs communistes depuis des années ! L'intégralité de leur identité est construite autour de l'idée qu'Israël, les juifs, les sionistes sont les derniers vestiges du colonialisme, du racisme, de l'apartheid et de l'homme blanc. »

Simone Rodan-Benzaquen n'a pas tort, d'autant plus que la plupart de ces « militants de la cause palestinienne » se sont tous montrés au mieux silencieux, au pire en colère en voyant les nombreuses vidéos de manifestations de Palestiniens défilant, au péril de leur vie, contre le Hamas. Est-ce un bug dans la matrice ou un antisémitisme profondément ancré qui leur fait perdre tout sens de la réalité ? Simone Rodan-Benzaquen scrute ce qui se passe notamment aux États-Unis et, pour elle, le wokisme a été la porte d'entrée de ce militantisme radical, car tout se joue sur la culpabilité : « Dès 2017, Linda Sarsour, organisatrice de la Women's March à Washington contre Donald Trump, a dit que l'on ne pouvait pas être féministe et sioniste. Lors du mouvement Black Lives Matter sur les campus, j'ai découvert des tonnes de témoignages de jeunes qui voulaient être des alliés de la cause antiraciste, mais à qui on demandait de signer une charte disant de ne pas être sioniste. »

Peu après la manifestation féministe, La France insoumise a décidé d'organiser une marche contre le racisme et contre l'extrême droite dans toute la France. Rapidement, sa campagne de communication est ruinée par une affiche visant à dénoncer Cyril Hanouna, mais qui coche tous les tropes antisémites et atteste d'une manipulation de l'intelligence artificielle pour modifier la photo du sulfureux animateur. Le jour de la marche, à Paris, je découvre les vidéos réalisées par Axel Podemski, cofondateur du collectif Tous 7 octobre, et par Leah Marciano, photographe engagée. J'admire profondément leur contre-offensive menée sur les réseaux sociaux, qui lutte contre l'antisémitisme de tous bords, sans langue de bois, tout comme celles de Samuel Madar, Julien Kojfer, Sarah Calenia ou encore du collectif À juste titre qui épingle dans la presse l'antisémitisme et tous ses débordements.

Dans deux vidéos devenues rapidement virales, Axel et Leah se sont filmés allant à l'encontre des manifestants agitant des drapeaux palestiniens en portant simplement l'affiche des enfants Bibas avec la mention « Tués par le Hamas ». Cette simple action pacifique montrant deux cadavres d'enfants a pourtant déchaîné la foule. Je découvre par exemple un homme que l'on doit retenir tellement il est enragé, criant : « Viens fils de pute ! » Une autre frappe leur affiche en essayant de la leur arracher. Et quand Axel essaie d'approcher Mathilde Panot et

Danièle Obono, présentes, en leur rappelant l'assassinat à mains nues des enfants, la première se contente d'un sourire narquois, alors que la seconde lui conseille d'aller « demander ça à Netanyahou ».

« Nous avons voulu faire un micro-trottoir afin de comprendre les raisons qu'ont les gens d'arborer des drapeaux palestiniens et des keffiehs lors d'une marche contre le racisme alors que cette manifestation a été promue par une affiche antisémite », me racontent Leah et Axel, sortis indemnes malgré la violence des réactions. Tous deux sont très surpris de noter le manque de connaissances sur des sujets simples chez les militants qu'ils interviewent, par exemple sur le sionisme qu'ils ne savent même pas définir correctement. « Pour la vidéo où je me retrouve seul avec l'affiche du petit Kfir face aux manifestants pro-Hamas, l'idée m'est venue en scrollant sur Instagram, j'ai été impressionné par le courage d'une dame en Allemagne tenant le portrait de Kfir et un bouquet de fleurs orange face à une horde de manifestants pro-Hamas en furie. Cette dame, entourée de policiers et faisant preuve de pacifisme, m'avait impressionné et je me suis dit : "Pourquoi ne pas s'inspirer de son courage ?" J'ai donc envoyé la vidéo à Leah qui m'a tout de suite dit : "Go !" », se souvient Axel, approuvé par Leah. Cette dernière, en tant que réalisatrice des vidéos, avait conscience des risques que cette action pouvait engendrer. Au point que, lorsque les manifestants ont réagi en voyant la photo des Bibas, Leah n'a pas pu s'empêcher de filmer, malgré le danger. « Des mains ont arraché les affiches et un homme a même tenté de s'en prendre physiquement à Axel. À ce moment-là, j'ai instinctivement continué à filmer, capturant l'expression brute de rage et de haine devant l'image d'un bébé assassiné parce que juif. C'était une scène d'une violence symbolique sidérante. Heureusement, le service d'ordre est intervenu à temps pour éviter un dérapage plus grave. »

De mon côté, mon pessimisme pour l'avenir qui s'accentuait avec la radicalisation des milieux militants se retrouvait souvent amenuisé quand je voyais des initiatives comme celles-ci. J'avais l'impression d'être moins seule, que cette haine que je voyais grandir de jour en jour tandis que le conflit continuait n'effrayait pas que moi. Mais j'étais aussi réaliste : les menaces de mort, insultes abjectes, ciblage que je recevais presque tous les jours sur les réseaux sociaux augmentaient à mesure que j'enquêtais. J'étais qualifiée d'agent du Mossad, de « suceuse de sionistes », de « sale traître » en raison de mes origines marocaines. J'ai même été ciblée, avec de nombreux confrères, par un post vidéo sur X visionné plus d'un demi-million de fois, comme faisant partie des journalistes « complices du génocide ». Les photos de nos visages, longuement montrées à l'écran, formaient toutes ensemble le visage de Netanyahou, pour mieux nous cibler.

Le 29 et 30 avril 2025, le ministre de l'Intérieur Bruno Retailleau a annoncé une demande de dissolution des collectifs Urgence Palestine, Lyon populaire[1] et la Jeune Garde antifasciste. Immédiatement, Urgence Palestine s'est érigée en martyre, et a mobilisé de nombreuses personnalités publiques et politiques dans une campagne de communication sur les réseaux sociaux[2]. Cela n'a pas

1. Collectif d'ultradroite lyonnais aux références antisémites et pétainistes.

2. Annie Ernaux, Joey Starr, Blanche Gardin, Houria Bouteldja, Rokhaya Diallo, Kevin Razy, Guillaume Meurice, Ladj Ly, mais aussi les députés et figures de La France insoumise dont la liste est à retrouver sur le compte Instagram d'Urgence Palestine.

empêché les militants galvanisés lors de l'habituelle manif pour les travailleurs du 1er Mai d'intimider à nouveau et de traiter de « sale sioniste » le député Jérôme Guedj. J'ai appris en consultant les vidéos la nouvelle appellation du Parti socialiste, devenu « Parti sioniste » pour les propalestiniens enragés. Qu'importe qu'Omar Alsoumi, de son vrai nom Omar Somi, ait invité en manifestation à « être ce déluge d'Al Aqsa » ou à lancer « l'intifada », ou encore que le collectif ait appelé à soutenir le Hamas contre l'autorité palestinienne[1], les militantes féministes et LGBT se sont dressées vent debout en soutien. Pour Omar Somi, la demande de dissolution est une « persécution pénale et administrative ». L'homme qui sillonne les manifestations, loin d'être un simple militant, est en vérité un ancien élève du prestigieux lycée[2] parisien Henri-IV et ancien étudiant de Sciences Po. Le 20 décembre 2008, un groupe d'hommes aux visages entièrement dissimulés sous des keffiehs ont foncé devant le Bataclan, exigeant l'annulation d'un gala dédié au Magav, la police israélienne, et organisé par l'association Migdal. Je visionne l'enregistrement des années après et reconnais immédiatement la stature mais aussi et surtout la voix que j'ai entendue lors de nombreux rassemblements et que je soupçonne être celles d'Omar Somi[3]. Il menace très clairement la salle

1. Alors que des vidéos de civils palestiniens torturés par le Hamas pour avoir appelé à la paix ont été diffusées, Urgence Palestine a apporté son soutien le 24 avril 2025 dans un communiqué à l'organisation terroriste contre Mahmoud Abbas ayant demandé à libérer les otages. « Un coup de poignard dans le dos de notre peuple, de nos martyrs et de notre résistance héroïque », estime le communiqué.

2. Cette information m'a été confirmée par deux anciennes camarades d'Omar Somi, élèves en même temps que lui à Henri-IV.

3. J'ai tenté de contacter Omar Somi qui n'a jamais confirmé ni infirmé être l'homme de la vidéo.

de concert et exige de voir quelqu'un de l'administration du Bataclan, dont le directeur de l'époque, Joël Touitou, est accusé d'être un « sioniste ». « Ça fait quatre ans maintenant que sont organisés chaque année les galas pour récolter des fonds pour l'armée israélienne [...]. On est des jeunes de différents quartiers de région parisienne qui soutiennent la lutte du peuple palestinien. Y a plein de jeunes dans les quartiers qui commencent à craquer par rapport à cette provocation qui est claire et qui est nette », s'insurge l'homme masqué, fustigeant le Magav et considérant qu'il s'agit d'un « outrage ». Très remonté, l'individu, sous son keffieh, estime que l'association à l'origine du gala insulterait l'islam et les Arabes. « On va se donner les moyens de rencontrer le directeur de façon à leur délivrer ce message directement », assure-t-il à la sécurité, désemparée. Imposant, le leader d'Urgence Palestine parle d'une « rage difficile à contenir dans les quartiers » face à l'injustice se déroulant dans la bande de Gaza. « Donc nous on veut faire passer un message aujourd'hui qui reste gentil, MAIS QUI EST FERME ! Mais sachez que nous, avec tous les gens qu'il y a derrière nous, on sera pas capables de les tenir longtemps », alerte-t-il. Se filmant ensuite, entouré de ses acolytes toujours masqués, l'individu maintient face caméra : « C'est un message qui s'adresse d'abord au propriétaire du Bataclan : vous assumerez la responsabilité de vos actes. C'est aussi un message qui s'adresse aux organisateurs, le Migdal, cette organisation pro-israélienne, raciste et islamophobe... », avertit une voix, que je pourrais reconnaître entre mille. Selon France 24, qui consacre en 2015 un article web aux nombreuses menaces ayant visé la salle de concert, le militant qu'ils n'ont pas pu identifier aurait même ajouté : « Vous allez payer la conséquence de vos actes. Dans les quartiers, ça bouge et ça chauffe. La prochaine fois, on ne viendra pas pour parler. » Le gala, lui, a fini par être annulé.

En mars 2023, quatre lauréats sont choisis par la communauté d'agglomération Paris-Vallée de la Marne pour soutenir des « projets engagés ». Parmi ceux-ci, celui d'Omar Somi est un tiers-lieu écolo à Chelles intitulé « Ferme sauvages et cultivées », cogéré par sa compagne. De cette jolie ferme qui accueille des visites scolaires dès le primaire, le couple ambitionne de faire « un outil d'autonomie alimentaire ».

Lorsque je suis informée de cela, je ne peux m'empêcher de soupirer en pensant qu'un militant, qui appelle à commettre un « déluge d'Al Aqsa » en France, c'est-à-dire un soulèvement armé, à faire tomber un gouvernement, et qui diffuse inlassablement et ouvertement les messages du terrorisme islamiste, a pu bénéficier du soutien du Val-de-Marne sans que cela ne pose le moindre problème.

Déterminés à empêcher leur dissolution, La Jeune Garde et Urgence Palestine, qui se soutiennent mutuellement depuis le 7 octobre 2023, ont décidé de faire front commun contre ce qu'ils estiment être une « dictature » en multipliant les actions et événements. Urgence Palestine peut compter évidemment sur le soutien de Samidoun qui, sur notre boucle Telegram, a appelé à tracter dans les rues de Paris pour signer la pétition contre la dissolution.

Mais cette violence n'est rien à côté de celle à laquelle j'allais devoir faire face lors de mes enquêtes sur Rima Hassan.

12

L'obsession juive de Rima Hassan

«Je serai une grande de ce monde ou une clocharde.»

C'est le 16 août 2024 que j'ai aperçu la story de Rima Hassan à Amman en Jordanie. Filmant une foule compacte au cœur d'une manifestation et ajoutant une musique à son post, la jeune femme écrit sobrement : «Tous les vendredis, jours de manif après la prière.» Quelques mois plus tôt, après qu'elle a été élue députée européenne, elle affichait ouvertement sa proximité avec Taha Bouhafs. Participant à une conférence avec lui et David Guiraud en Tunisie en novembre 2023, Rima Hassan était même partie avec Bouhafs et d'autres en Algérie peu après, dans un cadre visiblement intimiste, propre à des vacances. J'en profite alors pour visionner la story de Taha Bouhafs, présent avec elle à l'événement. Sur sa vidéo, rien n'est édulcoré et tout confirme mes soupçons : on distingue dans la foule des nombreuses pancartes brandies qui rendent hommage à Ismaïl Haniyeh. Je demande à Omar Youssef Souleimane de me traduire ce que scandent les participants dans les vidéos que j'enregistre et il m'apprend qu'ils disent tous «*Labaiku y a Aqsa*», ce qui veut dire «On arrive, ô Aqsa». Un slogan courant chez les islamistes qui appellent à prendre la mosquée sacrée de Jérusalem et ainsi à la libérer de la présence juive. Sur les affiches en hommage à Haniyeh, un verset coranique extrait de la sourate *Al-Ahzab* dit : « Il est, parmi les croyants, des hommes qui ont été sincères dans leur engagement envers Allah. Certains d'entre eux ont atteint leur fin, et d'autres attendent encore ; ils n'ont varié aucunement. » Pas de doute, Rima Hassan et Taha Bouhafs participaient à une manifestation pro-Hamas. Mon article[1] fait l'effet d'une bombe et, malgré le démenti de Rima Hassan, d'autres vidéos de la manifestation fuitent sur les réseaux sociaux, confirmant mes dires. Plus de cinquante députés demandent la levée de son immunité parlementaire et la députée belge Assita Kanko exige même que le Parlement européen enquête sur Rima Hassan et sur sa présence à la manifestation.

Les plaintes la concernant ne font que s'enchaîner depuis son élection en juin 2024 : de François-Xavier Bellamy à Pernelle Richardot, en passant par l'animateur Arthur, mais aussi des collectifs et associations jusqu'aux deux jeunes étudiants strasbourgeois que j'ai évoqués au chapitre 8[2]. Des enquêtes la concernent aussi, sous forme de portraits comme ceux du *Monde*, ou encore de scoops comme ceux parus dans *Le Canard enchaîné* ou dans *Le Point* révélant qu'elle a reçu une somme de 10 000 euros de la Fondation Kamel-Lazaar pour l'écriture de son autobiographie (jamais publiée) et dont le contrat a été signé en juin 2023 avec les Éditions des Équateurs. Cette bourse de la Fondation Kamel-Lazaar que Rima Hassan confirme avoir obtenue n'est pas le seul lien entre la députée et la fondation : ainsi a-t-elle exposé ses photographies intitulées « Nakba Survivor » à

1. *Le Point*, 2024.

2. À l'époque où je rédige ce texte, des procédures sont en cours et rien ne laisse préjuger de leur issue.

l'édition 2024 du festival d'art tunisien Jaou, dirigé par la fille de l'homme d'affaires, Lina Lazaar. D'après des personnes qui y ont collaboré, Rima Hassan aurait été mieux payée que la plupart des autres participants pour la présentation de son exposition. Une information que ni Rima Hassan ni l'organisation du festival n'ont daigné me confirmer.

Mais qui est vraiment Rima Hassan ? Après avoir quitté la Syrie en 2002 pour la ville de Niort où vivait sa mère, aujourd'hui décédée, Rima Hassan, de confession musulmane, grandit entourée de ses quatre frères et de sa grande sœur qui travaille aujourd'hui pour des institutions publiques françaises. Excellente élève au collège puis au lycée ZEP de la ville, c'est peu après son arrivée qu'elle rencontre Raphaël[1], jeune juif, dont une partie de la famille se trouve en Israël, élevé de manière laïque et peu pratiquante. Tous deux se lient rapidement d'amitié avant de finir par tomber amoureux. Dès le lycée, celui-ci se rappelle à quel point la jeune femme est obnubilée par Israël, au point que cela altère souvent leur relation que beaucoup de leurs amis qualifient de « toxique ». En 2011, Rima Hassan a dix-neuf ans quand elle contacte sur Facebook Yves, dont le pseudonyme est Ariel et qu'elle pense être un juif résidant en Israël. Elle lui aurait affirmé être palestinienne et souhaiter entrer en relation avec quelqu'un qui réside en Israël, parce que ayant un ami juif qui « n'est pas objectif sur le sujet israélien », il semble lui, Ariel, correspondre exactement à ce qu'elle cherche[2]… Malgré leur différence d'âge,

1. Prénom modifié à sa demande.

2. Ce pan de l'histoire de Rima m'a été évoqué par Raphaël, puis raconté par Yves au téléphone après que je suis parvenue à retrouvers sa trace.

tous deux se lieront d'une amitié épistolaire, où Rima se serait beaucoup confiée sur sa vie personnelle, tout en débattant avec celui qu'elle croit être un Israélien, soldat de Tsahal. « Elle était convaincue d'être victime d'une injustice et ne comprenait pas pourquoi on ne la laissait pas retourner en Palestine. Mais elle avait des sentiments ambivalents à l'égard d'Israël, une sorte de fascination/répulsion », se souvient Yves. La même année, Rima Hassan tente d'aller en Palestine avec le collectif EuroPalestine et sans doute même le mouvement BDS[1]. « Elle m'a proposé de nous retrouver à l'aéroport mais, comme j'ai décliné, elle m'a proposé de me laisser un paquet à mon attention, ce que je lui ai déconseillé », ajoute le quinquagénaire. Un deuxième compte, « Lm Ml » sur Facebook, permet à la jeune femme de poster ses ressentis sur la Palestine et sur son avenir. Yves me lit l'un des posts : « Je serai une grande de ce monde ou une clocharde », écrit-elle. Je retrouve de mon côté un compte en quelques clics, au nom de « Rima.hassan88 »... Un choix de nombre troublant[2] quand on sait que la jeune femme est née en 1992 et que le code postal de sa ville est 79. Yves partage un autre post daté de 2012 où Rima Hassan s'interroge sur son existence, après avoir exposé la précarité de sa vie estudiantine, entre petits boulots et études prenantes.

Enchaînant les jobs alimentaires, comme chez Domino's Pizza, en parallèle de ses études de droit, la

1. Rima Hassan que j'ai interrogée n'a pas souhaité me confirmer être partie avec le mouvement BDS, ce que m'a pourtant soutenu Raphaël.

2. Le nombre 88, qui doit sans doute avoir été choisi par hasard, est un nombre à la connotation néonazie puisqu'il ferait référence à « *Heil Hitler* » (le H étant la huitième lettre de l'alphabet).

jeune femme n'a pas eu la chance de grandir dans un milieu aisé, ainsi que me le confirme Raphaël. « On a beaucoup discuté ensemble, je me suis attaché à cette fille comme à une petite sœur, et je suis certain qu'elle n'est pas antisémite, mais depuis qu'elle a rejoint La France insoumise, elle est méconnaissable et semble avoir été instrumentalisée », soutient Yves. Et pourtant, il suffit de voir par exemple que même le député Aymeric Caron[1] (de son côté visiblement obsédé, en atteste son compte Twitter, par l'humoriste Sophia Aram qu'il qualifie « d'Aram de service » ou par la rabbine Delphine Horvilleur) a contredit publiquement Rima Hassan. Le mercredi 21 août 2024, pour la Journée internationale du souvenir en hommage aux victimes du terrorisme organisée par l'ONU, Rima Hassan a de nouveau fait parler d'elle par un énième tweet nauséabond. Elle écrivait dans un long message que « pour l'essentiel du monde en dehors de la pensée hégémonique occidentale, personne ne rattache le 7 octobre à du terrorisme dans le contexte d'occupation et de colonisation de la Palestine qui perdurent depuis 1948 ». Cette fois-ci, même Aymeric Caron bondit et lui répond publiquement que « les attaques du Hamas le 7 octobre sont des actes terroristes ». Il n'en faut pas plus à Taha Bouhafs, bras droit de Rima Hassan, pour enlever la muselière : « Le culot qu'il faut pour reprendre publiquement une femme palestinienne membre de ton groupe politique, quand on sait le harcèlement qu'elle se prend [...]. Tu sais très bien ce que tu mobilises en

1. Le 21 janvier 2024, le créateur de contenus Simon Moos, fondateur d'InMediaPlus, a calculé le nombre de tweets postés par Aymeric Caron depuis l'ouverture de son compte X en 2016. Selon son calcul, 80 % de ses tweets relatifs à l'actualité internationale concernent Israël et de façon systématiquement négative.

faisant ça. Et tu sais que ça va contribuer à la fragiliser. C'est pas beau. Pas beau du tout.» Aymeric Caron ne se laisse pas démonter et rappelle le harcèlement que lui aussi subirait, ce qui n'émeut pas Taha Bouhafs : «Tu vois la différence entre toi et Rima Hassan, c'est qu'elle est harcelée pour ce qu'elle est et toi pour ce que tu dis.» Avant de conclure : «Toi, il te suffit de faire un petit tweet pour montrer patte blanche. Elle, quoi qu'elle dise, il y a écrit "terroriste" sur sa tête.»

Malgré tout, son ami épistolaire Yves persiste à penser que la radicalité de Rima Hassan n'est la faute que de La France insoumise. Est-il aveuglé par sa propre culpabilité ? Il m'a en effet avoué avoir sciemment menti à la jeune Rima lors de leurs mois de correspondance : s'il est bel et bien juif, il n'est pas un soldat de Tsahal résidant en Israël. Une vérité qu'il finira par lui apprendre, ce qui, d'après lui, aurait profondément blessé la jeune femme. «Rima reste une énigme», souffle-t-il, encore ému en pensant à elle malgré les années passées.

Durant cette période de sa vie, Rima Hassan aurait pris des cours d'hébreu. Élève sérieuse, la jeune femme souhaite chaque fête juive à Raphaël et à sa famille dans des messages dont je découvre le ton charmant et chaleureux. «Shana tova, mon cours d'hébreu est annulé», qu'il s'agisse de Kippour, Roshashana ou Soukkot, c'est même Rima qui renseigne souvent Raphaël et ses parents sur les dates. Avec une moyenne de 12 en droit constitutionnel comme elle le glisse dans un mail, la jeune femme poursuit sa formation de manager chez Domino's Pizza et confesse volontiers dans des échanges qui me sont lus avoir «développé un amour pour le peuple juif» tout en restant «une farouche adversaire des politiques inhumaines». En 2012, elle demande même à un proche de Raphaël quelques conseils pour un voyage en Israël, « si possible seule » pour s'y « ressourcer ». Dans les messages que je parcours, je surprends même une dissertation sur « l'échec » de celle qui était alors étudiante et qui aurait écrit « Ma réussite est ailleurs et elle m'attend », mais aussi une volonté farouche de convaincre ses interlocuteurs, quasi uniquement autour de la politique israélienne. Raphaël m'affirme que tous deux s'aimaient toujours passionnément en 2014 et me confie son projet de la rejoindre au Liban. Elle avoue dans un message envoyé à l'un des proches de Raphaël avoir honte en relisant ses prises de position « d'ado instable » : « J'ai honte de me relire sur le sionisme. » « Dans un message que j'ai retrouvé, elle me disait même d'embrasser ma grand-mère, pourtant israélienne. Et elle est partie au Liban avec ma magen David autour du cou ![1] »

« C'est au Liban qu'elle a totalement changé. Elle était méconnaissable », se souvient Raphaël. En janvier 2015, il la trouve de plus en plus « malsaine », comme il le lui écrira. « Ironie du sort, je viens de tomber sur ton compte Twitter où tu repostes une photo de quenelle sur le compte de ton pote Dieudo », lui écrit-il dans un long mail, lui demandant de ne plus le contacter. Trois minutes plus tard, en réponse, Rima Hassan ne semble pas nier et lui répond, ironiquement : « Tu n'as pas retweeté ??:D »

C'est à cette période que Raphaël découvre que Rima a fait deux retweets d'Alain Soral, un an plus tôt. Un acte impardonnable pour lui, qu'il voit comme un tournant. « Je ne l'ai plus jamais vue pareil. Depuis toutes ces années, jamais Rima n'avait eu le moindre propos antisémite sur ma famille ou sur moi. Mais c'est au Liban pour la

1. Elle raconte à Raphaël avoir reçu des remarques agressives pour avoir arboré autour de son cou la magen David.

première fois qu'elle souligne mon "rapport à l'argent" », se rappelle-t-il, écœuré à l'époque de cette bassesse.

Leurs échanges par mail se poursuivent malgré tout durant l'année, mais se font de plus en plus virulents : alors que Raphaël lui reproche une fois encore son appétence pour Alain Soral, Rima lui rétorque dans un mail sanglant : « Faible comme stratégie défense. Décidément tu ne t'améliores pas. Tu crois que je vais rougir devant toi Raphaël ? » avant d'ajouter avoir « le cran qu'il faut » pour reconnaître que durant sa construction intellectuelle, elle se serait attardée sur « de fausses références qui induisent en erreur n'importe quelle personne ». « Tu sais on a pas tous papa chéri pour donner le bagage et les références à étudier :) », « T'as l'air très dérangé par les mecs d'extrême droite en France mais très à l'aise avec ceux d'Israël. Ça ne te choque pas les centaines de milliers de colons et les mecs au pouvoir qui encouragent la colonisation du territoire palestinien ? Ça Raphaël, c'est plus flippant plus indigne qu'un type égaré comme Soral :) » Le long mail, « incendiaire », fait état du manque de valeurs, mais aussi de connaissances de Raphaël, qu'elle qualifie de « connard ». Dégoûté, Raphaël constate que Rima Hassan ignore sans sourciller son rejet parfaitement assumé de l'extrême droite israélienne, sa détestation de Netanyahou et son engagement pour la paix et pour une solution à deux États.

Raphaël a encore aujourd'hui beaucoup de mal à évoquer Rima avec distance. Cette dernière, malgré ses refus, fait mention de son existence dans des portraits parus dans *Libération*, ou plus récemment dans *Le Monde*, comme son premier amour juif. Une « essentialisation », voire une « caution » (c'est ainsi que se voit Raphaël) qu'il ne pourra s'empêcher de reprocher à Rima, alors qu'elle lui apprend avoir parlé de lui lors d'une interview accordée au rédacteur en chef du *New York Times* : « J'ai pas les mots Rima tellement tu es abjecte. Tu me fais honte. Si tu crois un seul instant que je vais devenir ta caution juive, ou pire te pardonner pour tout le mal que tu fais à notre pays Israël et aux juifs de France. Tu avais tout pour devenir une femme de paix et une icône mais tu t'es rabaissée au pire. » « Tu verras que l'antisémitisme a un prix », poursuit Raphaël, la menaçant de porter plainte pour diffamation si elle continue de le citer. À nouveau, les messages de Rima se succèdent : elle lui assure avoir fréquenté d'autres juifs, et lui joint des captures d'écran de messages d'encouragements de personnes qu'elle présente comme « juifs de France ». Je fais défiler les nombreux messages qui datent d'années différentes.

Son père âgé, qu'elle présente tantôt comme un ancien « pilote-mécanicien dans l'armée de l'air », tantôt comme un « prof d'électrotechnique enseignant aux futurs pilotes de chasse de l'aéroport militaire[1] syrien », tiendrait aussi selon elle une échoppe de réparation d'appareils électroniques à Nayrab[2].

Dans un rapport en langue arabe qui circule de manière très confidentielle au Moyen-Orient et que me remet un confrère reporter, j'apprends, après l'avoir traduit et contacté d'autres sources, que le père de Rima Hassan, Ahmad Hassan, serait accusé selon plusieurs sources syriennes d'avoir travaillé dans une usine de la région. Une usine bien mystérieuse, selon ce rapport, impossible à authentifier, et qui serait un centre de recherche

---

1. « Rima Hassan, à l'origine de l'Observatoire des camps de réfugiés, se veut la voix des "indésirables" », *Le Parisien*, 28 mai 2022.

2. « Rima Hassan, eurodéputée LFI, trois identités et une obsession : la Palestine », *Le Monde*, 14 mars 2025.

scientifique militaire en coopération avec l'Iran. Il semblerait, d'après le texte, que ce centre soit utilisé dans le cadre d'un projet visant à développer des missiles balistiques iraniens en Syrie. On peut toutefois trouver des traces de la coopération militaire entre la Syrie et l'Iran, notamment à travers le CERS, le Centre d'études et de recherches scientifiques, organisation gouvernementale syrienne impliquée dans la recherche et le développement militaire. Plusieurs rapports indiquent en effet que l'Iran a renforcé sa coopération avec le centre, notamment dans la production de missiles de précision, de drones et potentiellement d'armes chimiques et biologiques. Et, parmi les installations du CERS, on retrouve l'Institut 4000, situé dans le nord-ouest de la Syrie et qui serait considéré comme un lieu stratégique pour la fabrication de missiles et d'autres armes avancées. L'Iran jouerait un rôle très actif sur ces installations, en coordonnant notamment les activités de production. Quant au camp de Nayrab, on connaît son aéroport militaire près d'Alep, utilisé par les forces syriennes et certains de leurs alliés comme l'Iran pour des opérations militaires. Ce réseau aurait été transformé en « une structure armée aux mains du régime iranien » comme le révèle le *Times of Israël*, précisant que six sites de l'Institut 4000 du CERS se situant dans la région de Masyaf étaient chargés du développement et de la production de projectiles de précision à moyenne portée utilisés par le Hezbollah.

N'ayant aucune preuve que le père de Rima Hassan ait bien travaillé dans une usine de ce type ni même que celle-ci puisse être au courant, je lui ai posé la question par mail. Je l'ai également interrogée sur ses liens avec Shahin Hazamy. Rima Hassan, que j'ai relancée à plusieurs reprises, a affirmé par le biais de son équipe ne pas souhaiter répondre à mes questions, arguant la protection de sa « vie privée » et n'a pas nié ni confirmé les éléments que j'ai mis à sa disposition dans mes questions.

De son côté, le rapport, tout comme de nombreux internautes sur les réseaux sociaux, s'interroge sur les soudaines ressources financières obtenues par Rima Hassan. J'avais moi-même eu la confirmation de sa précarité dont elle avait pu se plaindre (à raison) durant ses études. En avril 2024 (donc, juste avant son élection), elle lance aux avocats de l'OJE, l'Organisation juive européenne, sur son compte X : « On n'en restera pas à l'absence de poursuites me concernant, je ne connais pas la capitulation, je vais vous traîner devant la justice comme on ne vous a jamais traînés vous et vos complices. J'ai le temps et l'argent. Vos cinquante avocats n'y feront rien. » Elle renchérit : « Vous êtes si petits face à la résistance palestinienne à laquelle j'ai été biberonnée ! » Comment a-t elle soudainement acquis une telle aisance financière ? Son tour d'une partie du Moyen-Orient avait en effet dû représenter un coût très important. Plus tard, en décembre 2024, dans une interview pour le média en ligne *Au poste*, elle raconte l'histoire de son père « paysan communiste » qui serait tombé fou amoureux de sa mère « bourgeoise, très bourgeoise, possédant des biens, de l'immobilier et des terres au point de loger trois cents familles de réfugiés ». Une fortune qu'elle va perdre selon sa fille, après avoir été déshéritée pour avoir choisi d'épouser son père, avant de finalement quitter la Syrie pour la France. Elle avoue également dans cet entretien avoir pour arrière-grand-oncle maternel Ibrahim Hanany, révolutionnaire syrien qui s'est rebellé contre la présence coloniale française dans le nord de la Syrie. Rima le dépeint comme le « leader de l'indépendance syrienne contre les Français, contre la présence des Français, il a été pourchassé par les Français, a lutté, a dédié une partie de sa vie à la résistance, y compris armée, contre l'occupant». Embarrassée, la députée admet que le sujet syrien est très compliqué pour elle, et que si elle a pu se rendre sur sa terre natale, c'est uniquement parce qu'elle est une femme. Ce qui ne l'aurait pas empêchée de passer par «une vingtaine de checkpoints» durant son trajet. «La seule raison qui a fait que je n'ai pas été arrêtée [...] c'est que je suis une femme, et que voilà, et qu'on m'a arrêtée pour fouiller mes affaires, regarder mes papiers [...]. Mais j'étais en règle [...]. Aucun de mes frères ne peut faire ce trajet.» Beaucoup lui reprochent toutefois son absence de critique du régime de Bachar Al-Assad, même lors de son effondrement. Elle se contentera, sur son compte X, de dire : «La chute du régime d'Assad marque une nouvelle page pour le peuple syrien dont la révolution a été confisquée par les puissances régionales et occidentales [...]. Cet avenir politique qui se dessine, aussi incertain soit-il à l'heure actuelle, nous oblige après quatorze années de dictature et d'impasse qui ont sacrifié la vie de millions de civils syriens.»

Mon confrère à *Franc-Tireur*, David Medioni, relève même dans le portrait qu'il lui consacre ses entretiens au média du Hezbollah *Al Mayadeen* et recense que son ONG, L'Observatoire des camps de réfugiés, qu'elle a créée en 2019 compterait entre deux cents et trois cents membres qui s'acquitteraient d'une adhésion à 20 euros. Pas de quoi payer ses séjours en Syrie, en Jordanie, au Liban ou en Tunisie !

Avec le tampon du Collège citoyen de France, qui forme des étudiants à devenir les futurs responsables politiques, Rima Hassan se voit même distinguée parmi les quarante citoyens engagés de leur promotion. Mais c'est sans compter sur l'un des donateurs du Collège qui aurait demandé, selon elle, son exclusion sous peine de retirer ses financements. En 2021, le club élitiste Les Napoleons la fait intervenir lors de l'un de leurs sommets à Val-d'Isère. Incubée par l'association SINGA qui vient en aide aux réfugiés, Rima va même être mise en avant par le gouvernement par le biais de la délégation interministérielle chargée de l'accueil et de l'intégration des réfugiés ! Elle conseillera L'Oréal sur les enjeux d'insertion des réfugiés et fera partie des quarante femmes « d'exception » du magazine *Forbes* en 2023. Une nomination qui dérange, et qui entraînera finalement l'annulation de la soirée de remise du prix.

À Niort, sa ville familiale, son retour en tant que députée ne plaît pas à tout le monde, bien au contraire, et l'accueil n'est pas très bon comme le racontent des habitants qui ont en mémoire une petite mobilisation, bien moins imposante que ne le laissait présager le nombre d'abonnés sur les réseaux sociaux de Rima Hassan. La ville d'enfance de la Franco-Palestinienne avait déjà été le théâtre de radicalités à l'encontre du maire Jérôme Baloge, sommé verbalement et physiquement par les militants propalestiniens de la ville de prendre position contre Israël en lui hurlant dessus en meute, alors qu'il se trouvait à une terrasse de café avec sa femme et des amis. Celui-ci ne s'est pas laissé démonter et a tenu bon, jusqu'à retirer la subvention municipale à l'AFPS locale d'un montant de 400 euros après qu'on lui a communiqué des propos appelant à la destruction d'Israël et des hommages au Hamas, qualifié de « résistant », ce que réfute formellement l'association. Quant aux manifestations, elles entravent le passage des habitants pour accéder au marché, de quoi agacer les familles et habitués, lassés des outrances. La tante de Rima aurait ouvert, d'après certains Niortais, un restaurant proposant des produits venus du Maghreb, un projet qui plaît beaucoup aux habitants, soutenu par la mairie, selon une source municipale, dans le cadre de la politique de quartier.

Le 7 octobre, Rima Hassan se trouvait à nouveau au Liban pour les besoins de son livre fantôme et n'a eu de cesse, depuis, de choquer par ses propos postés notamment sur son compte X. Pour Raphaël, la radicalité qu'il avait observée dans l'intimité apparaît au grand jour. J'ai choisi volontairement de ne pas m'épancher sur les nombreuses informations intimes de la vie de Rima Hassan qui ont été portées à ma connaissance par des gens qui l'ont côtoyée depuis son enfance. Un point me touche cependant : l'obsession qu'a Rima Hassan de se prétendre aujourd'hui féministe, alors que ceux qui l'ont connue adolescente se rappellent sa manière excessivement rude de juger les « femmes françaises » qu'elle disait trouver, selon eux, trop libres et « impures ». Se souvient-elle seulement d'avoir tenu ces propos ?

J'ai voulu clore cet ouvrage sur ce portrait de Rima Hassan, car elle me paraît être le symbole de cet antisémitisme internalisé, peut-être même inconscient, venu de l'ultragauche et qui constitue une menace réelle pour la démocratie et la pensée en France. Incarne-t-elle un changement de la ligne d'ultragauche, capable de fédérer des Insoumis à Révolution permanente jusqu'au NPA ? J'en ai la crainte. Plus celle-ci est dénoncée sur les réseaux sociaux, plus les plaintes s'accumulent, et plus celle-ci s'érige en martyre, galvanisant ses adeptes. Si je ne nie évidemment pas (et je le déplore même) les milliers de messages de haine qu'elle peut recevoir, je crois déceler chez elle une forme de jubilation quand elle s'acharne sur ses pairs et déchaîne sa horde d'abonnés à l'assaut de figures politiques rivales.

Ceci n'est pas une conclusion mais un cri de désespoir face à ce qui est en train de se passer

J'achève ces lignes le cœur lourd. Ces longs mois à travailler sur l'antisémitisme, à rencontrer une centaine de personnes de la France à la Belgique en passant par Columbia me paraissent presque vains. Non par lassitude pour ces récits terribles de discriminations, mais plutôt par mon sentiment sincère de profonde inutilité. Je sais déjà que ce manuscrit, avant même sa parution, me paraîtra constamment obsolète, nécessitant d'interminables réactualisations face aux dizaines d'informations portées chaque jour à ma connaissance sur un énième acte antisémite ou une nouvelle apologie du terrorisme. Mais j'espère aussi que ce livre sortira à temps. En 2026, La France insoumise et donc Rima Hassan brigueront les mairies de France. Ce n'est pas pour rien que celle-ci s'est autant acharnée sur Karim Bouamrane, député socialiste à qui elle reproche de ne pas être suffisamment engagé pour la Palestine. Même s'il emploie le terme de « génocide » et appelle à un cessez-le-feu, Bouamrane a toujours eu un mot pour les otages israéliens. Un symbole pour Rima Hassan de ce qu'elle appelle « la gauche coloniale » et qui lui permet son coup de poker : « J'irai faire campagne à Saint-Ouen pour LFI. Soyez-en assuré.

Hâte », répond-elle à un tweet d'un internaute. À l'instar de Jordan Bardella dont la force de frappe sur les réseaux sociaux auprès de la Génération Z avait fait couler beaucoup d'encre[1], j'observais la faculté avec laquelle certains Insoumis, et plus particulièrement Rima Hassan, étaient capables de fédérer une génération qui sera « primo-votante » en 2026[2], mais aussi en 2027.

La question palestinienne, ce sujet devenu emblème de la convergence des luttes, sera-t-elle suffisamment puissante pour influencer les scrutins municipaux ? Ce que je sais, c'est qu'une stratégie s'opère, comme le prouvent les propos tenus respectivement par Houria Bouteldja et Elias d'Imzalène. En 2024, la première écrit sur le site *QG décolonial* un article intitulé « Garder la tête froide, rester stratège, définir des objectifs à courts, moyens et longs termes, gagner en rapport de force, viser 2027 ». Ses mots me glacent le sang : « Nous devons marcher sur nos deux jambes : une représentation parlementaire qui soit la plus nombreuse possible. Il faut donc que la FI (France insoumise) obtienne le maximum de sièges. C'est ainsi qu'elle gagnera en indépendance vis-à-vis du PS ; une mobilisation de rue, selon les modalités de chaque secteur en lutte, à commencer par l'antiracisme. Mais aussi l'écologie, le féminisme, la défense des travailleurs et des sans-papiers, et bien sûr l'anti-impérialisme. La rue doit se penser de manière stratégique. Chaque secteur

1. J'y avais moi-même consacré un article avant les élections européennes de 2024 : « Pourquoi TikTok vote "Jordan" », *Le Point*, 22 juin 2024.

2. Selon une enquête, une trentaine de villes sont susceptibles de basculer du côté de La France insoumise en 2026 : « Enquête sur la machine de guerre LFI : ces 39 villes potentielles cibles aux municipales de 2026 », *Marianne*, 11 mai 2025.

doit venir renforcer l'autre. Il faut réaliser l'unité dans la séparation. »

Deux ans plus tôt, en 2022, Wissam Xelka, militant pour Parole d'Honneur et au parti des Indigènes de la République, conversait avec Elias d'Imzalène dans une vidéo sobrement intitulée « Mélenchon, dernier rempart contre l'islamophobie ? ». Ses propos, comme ceux de Bouteldja, ont le mérite de la franchise : « Et les élections qui arrivent c'est l'une des cartes (…) et se dire quel est le candidat qui peut potentiellement (…) enrayer un minimum cette dynamique islamophobe, quel est le seul candidat potentiellement éligible qu'on a, c'est Mélenchon. Il a pris position aux côtés des musulmans en parlant d'islamophobie, en parlant de haine des musulmans. Il faut reconnaître les avancées de Mélenchon sur nos questions et les radicalités qu'il a sur certaines questions. En fait, il faut être pragmatique (…) on est une minorité, ce qu'il faut c'est de mettre en place (…) ceux qui seraient nos potentiels alliés, qu'on les mette en place et qu'on les radicalise de jour en jour. La seule manif contre l'islamophobie qui a réellement pesé, c'est 2019. (…) C'est pas parti des nôtres. (…) Cette manif elle a marché parce qu'il y avait la France insoumise. » De son côté, Elias d'Imzalène va affirmer ce qui aura tôt fait de confirmer, si j'en avais encore besoin, le combat anti-républicain qui s'annonce : « Quand je vois l'histoire des nôtres dans les mouvements décoloniaux (…) on se rend compte qu'ils se sont construits contre la matrice républicaine, systémique, étatique. »

Ce que je sais aussi, c'est qu'enquêter a un véritable impact. Dénoncer ce que vivent beaucoup de citoyens français de confession juive, de militants LGBT ou de féministes universalistes, d'étudiants, de professeurs, d'élus locaux, vaut bien toutes les menaces et insultes qui parsèment mes boîtes de réception et mes commentaires sur les réseaux sociaux. Je n'ai absolument pas la prétention de pouvoir affecter l'avenir, mais j'ai au moins le mérite d'avoir essayé d'y contribuer avec ma plume. J'achèverai cet ouvrage en vous disant simplement que, maintenant que vous m'avez lue, vous ne pourrez plus dire que vous ne saviez pas.

Personnages principaux

Abdallah, George Ibrahim : militant communiste libanais condamné pour complicité d'assassinat.

Abu Daqqa, Mariam : militante de l'organisation terroriste du Front populaire de libération de la Palestine.

Abu El-Haj, Nadia : professeure d'anthropologie, une des leadeuses officielles du mouvement BDS.

Abu-Qare, Khaled : Palestinien né à Jérusalem, fondateur de SJP à Sciences Po Paris.

Agresti, Lexie : historienne de l'art, autrice, militante pour la question trans et créatrice du compte Instagram *Aggressively trans.*

Al-Adnani, Abu Mohamed : djihadiste en Syrie, terroriste de l'État islamique.

Aloisio, Elsa : scénariste, réalisatrice et actrice.

Alsoumi, Omar (Omar Somi, dit) : militant antisioniste et porte-parole du collectif Urgence Palestine.

Arab, Yannis : doctorant en histoire, militant antisioniste.

Aram, Sophia : humoriste et chroniqueuse sur France Inter.

Arfi, Yonathan : président du Conseil représentatif des institutions juives de France (CRIF).

Autain, Clémentine : députée de gauche et ex-Insoumise.

Ayad, Adel : porte-parole de Samidoun.

Barghouti, Omar : cofondateur du mouvement BDS.
Barseghian, Jeanne : maire écologiste de Strasbourg.
Bazian, Hatem : professeur de droit islamique, créateur de SJP.
Bellamy, François-Xavier : professeur agrégé de philosophie, essayiste et eurodéputé.
Benomar, Fatima : militante féministe et autrice.
Benoualid, Shani : conseillère DILCRAH et cofondatrice de l'association #jesuislà.
Bernard, Dominique : professeur d'histoire, assassiné le 13 octobre 2023 par un islamiste.
Biazar, Bashir : accusé d'être un agent d'influence de la République islamique d'Iran.
Bilfeld, Léo : ancien président de l'UEJF Toulouse.
Billy, alias Rebeudeter : influenceur vidéaste.
Bompard, Manuel : député (LFI).
Bouamama, Saïd : un des fondateurs du parti des Indigènes de la République, auteur de *Nique la France* et *Planter du blanc, chroniques du (néo-)colonialisme français.*
Bouhafs, Taha : militant d'ultragauche, condamné pour « injure publique en raison de l'origine ». Journaliste, anciennement à la rédaction du *Média,* collabore aujourd'hui à *Blast.*
Boussoumah, Youssef : militant anticolonialiste, anti-impérialiste intervenant sur *Paroles d'honneur.*
Bouteldja, Houria : Franco-Algérienne née le 15 janvier 1973 à Constantine, militante antisioniste, fondatrice du parti des Indigènes de la République et autrice du livre controversé *Les Blancs, les juifs et nous.*
Brauman, Rony : ex-président de Médecins sans frontières.
Bret, Marika : présidente du Printemps républicain.

Cattan, Olivia : journaliste, écrivaine, présidente des associations SOS autisme France et Paroles de femmes.
Coffin, Alice : journaliste, politique, militante féministe et LGBT.
Collin, Héloïse : coprésidente non binaire du collectif Fiertés en lutte.
Collon, Michel : journaliste aux sites *Investig'Action* et *Le Média.*
Constantino, Arlindo : libraire, militant et président d'Act Up.

Crazy N'ouss (Youssra Mahdi) : illustratrice, autrice de BD et conférencière.

Danblon, Emmanuelle : linguiste et professeure de rhétorique à l'ULB.

De Haas, Caroline : militante féministe, fondatrice du collectif #NousToutes et cofondatrice du cabinet Egaé.

Delga, Carole : présidente de la région Occitanie.

Deneken, Michel : ex-président de l'université de Strasbourg.

Dieudonné : humoriste controversé, condamné à plusieurs reprises pour « provocation à la discrimination ou à la violence raciale ou religieuse », diffamation, injure raciale, négationnisme et apologie du terrorisme.

Dubreuil, Philippe : ex-président du Centre LGBT de Lyon.

Elbaz, Galina : avocate et vice-présidente de la LICRA.

Elias d'Imzalène (El Yess Zareli) : prédicateur musulman, fondateur des sites *Islam & Info* et *Perspectives musulmanes*. Condamné en 2024 pour provocation publique à la haine, ce dont il a fait appel.

El Tabaa, Chedy : créateur de l'application Boycott X.

Enthoven, Raphaël : essayiste, philosophe et directeur adjoint de la rédaction de *Franc-Tireur*.

Esfandiari, Mahdieh : ressortissante iranienne détenue en France pour apologie du terrorisme.

Fourest, Caroline : journaliste, essayiste et directrice de la rédaction de *Franc-Tireur*.

García Galán, Irene : autrice et militante anarchiste et féministe.

Giboint, Jorick : président de Body Design Lyon.

Gil, Françoise : sociologue, auteur de *Prostitution, fantasmes et réalités*. Elle travaille depuis les années 1990 sur les rapports entre sexualité et santé.

Girard, Étienne : journaliste politique à *L'Express*.

Glucksmann, Raphaël : eurodéputé.

Goldfarb, Élise : productrice, chroniqueuse sur RMC, créatrice de contenus et cofondatrice du média *Fraîches*.

Greene, Molly : enseignante d'histoire, fondatrice de « L'initiative de désinvestissement des professeurs de Princeton », déclinaison du mouvement BDS.

Grignard, Alain : commissaire chargé de la lutte antiterroriste. Pionnier de la lutte antiterroriste en Belgique depuis 1985, islamologue chevronné, il était aussi maître de conférences à l'université de Liège. Il est décédé en juillet 2023.

Guedj, Jérôme : député (PS).

Guedj, Philippe : journaliste cinéma au *Point*.

Habibitch (Lissia Benoufella) : danseuse de « voguing » et artiste non binaire, créatrice du spectacle *Décolonisez le dancefloor*.

Hamouri, Salah : avocat franco-palestinien, emprisonné pour participation à la tentative d'assassinat d'Ovadia Yossef, ex-grand rabbin d'Israël et fondateur du parti ultra-orthodoxe Shass. Soupçonné par Israël d'être un membre de l'organisation terroriste du FPLP.

Haniyeh, Ismaïl : leader du Hamas tué en 2024 à Téhéran.

Hassan, Ahmad : père de Rima Hassan.

Hassan, Rima : militante propalestinienne et eurodéputée (LFI).

Hazamy, Shahin : influenceur et soutien de la République islamique d'Iran.

Heilbronn, François : professeur à Sciences Po depuis trente-trois ans, membre du conseil de direction, vice-président du Mémorial de la Shoah et écrivain.

Hetzel, Patrick : député (Les Républicains), ex-ministre de l'Enseignement supérieur et de la recherche.

Hirsi, Isra : étudiante militante à Columbia, fille de la représentante du Minnesota au Congrès des États-Unis.

Iquioussen, Hassan : imam et conférencier.

Jafarian, Mona : consultante, conférencière, cofondatrice de *@femmeazadi*, autrice.

Kanko, Assita : eurodéputée (Nieuw-Vlaamse Alliantie).

Karalis, Irène : militante du collectif Du Pain et des Roses.

Kazib, Anasse : marxiste, militant politique, cheminot et syndicaliste SUD Rail.

Khaled, Barakat : les États-Unis et le Canada ont désigné Khaled Barakat comme membre de la direction du FPLP, une organisation classée comme terroriste par ces deux pays, ainsi que par l'Union européenne. En octobre 2024, le département du Trésor américain et le gouvernement canadien ont sanctionné Barakat, l'accusant de collecter des fonds pour les activités terroristes du FPLP via Samidoun, une organisation qu'il a fondée et qui est également désignée comme une entité terroriste par les États-Unis et le Canada.

Khaled, Leila : militante de l'organisation terroriste du Front populaire de libération de la Palestine.

Khatib, Mohammed : coordinateur européen de l'organisation terroriste Samidoun.

Kojfer, Julien : scénariste, réalisateur.

Kouachi, les frères : terroristes.

Labretonnière, Johanna : créatrice de contenus.

Layani, Julia : créatrice de contenus engagés, animatrice du podcast « Conversations avant la fin du monde » et cofondatrice du média *Fraîches*.

Léaument, Antoine : député (LFI).

Legrave, Jérôme : membre de la direction nationale du POI (Parti ouvrier indépendant), il est élu député en 2022 puis réélu en 2024 dans la 12e circonscription de la Seine-Saint-Denis.

Lejoyeux, Samuel : ex-président de l'UEJF.

Loth, Maxime : président du Printemps républicain à Sciences Po Paris.

Madar, Samuel : journaliste et créateur de contenus.

Mahmoud, Mohamed Amine, alias Aminematue : streameur.

Mansour, Sandrine : coordinatrice régionale de la fédération du planning familial des Pays de la Loire.

Merzouk, Nahel : adolescent de dix-sept ans tué en 2023 par un policier après un refus d'obtempérer.
Mian, Zia : chercheur scientifique, soutien du BDS et Students for Justice in Palestine, et fondateur du Comité de Princeton sur la Palestine.
Michaud, Catherine : déléguée spéciale à la Lutte contre les discriminations, le racisme et l'antisémitisme à la région Île-de-France et présidente de l'association GayLib.
Miské, Elsa, alias Zazem : créatrice de contenus, féministe, anticolonialiste et intervenante pour le média militant *AJ+*.
Moutot, Dora : créatrice de contenus, féministe et militante accusée de transphobie.

Nasser, Gamal Abdel: ancien président d'Égypte de 1956 à 1970.
Nuñez, Laurent : préfet de police de Paris depuis juillet 2022.

Obono, Danièle : députée (LFI).
Omar, Ilhan : représentante du Minnesota au Congrès des États-Unis.
Ouaknine-Melki, Muriel : avocate pénaliste, présidente de l'Organisation juive européenne.
Ouassak, Fatima : militante écologique et antisioniste, essayiste et cofondatrice de l'association Front de mères.

Panot, Mathilde : présidente du groupe La France insoumise à l'Assemblée nationale.
Paty, Samuel : professeur d'histoire, assassiné le 16 octobre 2020 par un islamiste.
Pauli-Geysse, Mélanie : militante féministe No Silence.
Podemski, Axel : fondateur du collectif Tous 7 octobre.
Portes, Thomas : député (LFI).

Raïssi, Ebrahim, le « boucher de Téhéran » : ancien président de la République islamique d'Iran.

Ram, Omri : ancien étudiant de Sciences Po, tué le 7 octobre 2023 au festival SuperNova.
Ramadan, Tariq : islamologue et prédicateur, membre de la confrérie des Frères musulmans.
Razavi, Emmanuel : journaliste, grand reporter, spécialiste du Moyen-Orient.
Retailleau, Sylvie : physicienne et ancienne ministre.
Richard, Diane : militante féministe, ex-coordinatrice de #NousToutes.
Richardot, Pernelle : conseillère municipale socialiste (Strasbourg).
Rodan-Benzaquen, Simone : directrice d'American Jewish Committee en France et d'AJC Europe.
Rubinfeld, Joël : président de la Ligue belge contre l'antisémitisme. Il a été président du Comité de la coordination des organisations juives de Belgique de 2007 à 2010, vice-président du Congrès juif européen entre 2009 et 2010 et coprésident du Parlement juif européen de 2012 à 2014.

Sansal, Boualem : écrivain franco-algérien, retenu en détention en Algérie.
Saitouli, Sanaa : militante écologiste.
Sel, Marcel : écrivain et blogueur belge.
Sfar, Joann : auteur de bandes dessinées et illustrateur.
Shaath, Nabil : homme d'État palestinien, membre du Fatah.
Shaath, Ramy : militant politique antisioniste.
Sinwar, Yahya : chef du Hamas, successeur d'Ismaïl Haniyeh assassiné en 2024 à Rafah.
Soan, alias @soantinforme : parent trans, non binaire et créateur de contenus.
Soudais, Ersilia : députée (LFI).
Souleimane, Omar Youssef : journaliste, poète et écrivain syrien.
Stern, Marguerite : ancienne Femen, fondatrice du mouvement des collages contre les féminicides, accusée de transphobie.
Szeftel, Ève : ex-journaliste à *Libération* et directrice de rédaction de l'hebdomadaire *Marianne*.

Teitelbaum, Viviane : femme politique belge bruxelloise, membre du Mouvement réformateur (MR) féministe.

Vassy, Luis : directeur de cabinet du ministre de l'Europe et des Affaires étrangères, de juillet 2022 à juillet 2024, ancien ambassadeur de France aux Pays-Bas et actuel directeur de Sciences Po Paris.

Waked, Dina : professeure de droit, ex-présidente du conseil de l'Institut de Sciences Po.

Walid, Daqqa : militant accusé de complicité avec le Front populaire de libération de la Palestine.

Yaropolskaya, Sasha : militante du collectif Du Pain et des Roses.

Remerciements

S'il est toujours de bon ton de remercier son éditeur, je tiens particulièrement à le faire, car ce livre n'aurait pas pu voir le jour sans l'énergie, la connaissance, le courage et la relecture minutieuse de ce dernier.

Je remercie également mes deux rédactions, *Le Point* et *Franc-Tireur*, de me laisser la liberté d'écrire et d'enquêter, sans censure.

Je remercie bien sûr tous ceux qui ont témoigné et m'ont aidée dans l'écriture de cet ouvrage : Caroline Fourest, Mona Jafarian, Fiammetta Venner, Simone Rodan-Benzaquen, François Heilbronn, Diane Richard, Arnaud et Victor de Fiertés citoyennes, Yonathan Arfi, Liam, Pernelle Richardot, Léo Bilfeld, Gad et Gabrielle, Sarah Aizenman, Théo, Annabelle, Maxime Loth, Marika Bret, Nadia Geerts, Viviane Teitelbaum, Joël Rubinfeld, Emmanuelle Danblon, Daphné Hubelé, Sarah, Axel Podemski, Leah Marciano, Mélanie Pauli-Geysse, et les dizaines et dizaines d'autres, sous pseudo ou non.

Merci à mes amis de plume et confrères, dont l'écriture a nourri mon immersion : Gabrielle Deydier, Tristane Banon, Peggy Sastre, Abnousse Shalmani, Jean Quatremer, Michaël Prazan, Ève Szeftel, Erwan Seznec, Géraldine Woessner, Clément Pétreault, Mathilde Gardin, Valia Breitembruch, Atmane Tazaghart, Martine Gozlan, David Medioni, Julie

Girard, Samuel Fitoussi, Pierre Valentin, Ruben Rabinovitch, Chékéba Hachemi, Sarah Barukh, Raphaël Enthoven, Jérémy Sebbane, Emmanuel Razavi, Déborah Münzer, Lara Tchekov, Marie-Madeleine Rigopoulos et les autres collègues de *Franc-Tireur*, du *Point*, d'*Écran de veille* et d'ailleurs…

Et un merci tout particulier à l'amour, l'unique, et aux proches de toujours, là pour essuyer les larmes, qu'elles soient de joie, de colère, de tristesse ou de peur : Dylan, Léa, Célia, Nine, Sabrina, Marine, les Nico, Fred, Antoine, Julie, Clara, Maud, Gwen, Frank, Morgane, maman et tous les autres.

Table

DE LA MÊME AUTRICE

Survaillante,
Éditions Favre, 2018.

Mille yeux,
Éditions de la Rémanence, 2021.

Les Nouveaux Inquisiteurs
Albin Michel, 2023.
Palmarès des 100 livres de l'année de *Lire magazine,*
prix Joséphine-Baker 2024.

Composition : IGS-CP
Impression : Imprimerie Floch, octobre 2025
Éditions Albin Michel
22, rue Huyghens, 75014 Paris
www.albin-michel.fr

ISBN : 978-2-226-49773-4
N° d'édition : 26124/05 – N° d'impression : 107854
Dépôt légal : septembre 2025
Imprimé en France